Goa, kein Traum

Das Buch

Schon vor dem alljährlichen Urlaub im indischen Goa läuft es für Vera nicht rund. Sie fällt durch die Prüfung, die ihr eine berufliche Perspektive bieten sollte. Dann erklärt ihr Mann Dieter auch noch, dass seine beiden Freunde, Adam und Roswitha, mit ihnen verreisen werden.

Als Vera in der Ferienanlage Sabor, einen jungen Handwerker aus Deutschland, kennenlernt, stürzt sie sich in eine Affäre. Diese muss ein Ende haben, beschließt Dieter, aber nicht, weil er eifersüchtig ist, sondern weil er glaubt, dass Sabor ihnen näher steht als sie es sich eingestehen.

Vera jedoch will nichts wissen von den alten Geschichten. Von damals, als Dieter und sie jung waren und sie auf keinen Fall Kinder wollte...

Die Autorin

Sabina Salander ist Schriftstellerin, Filmemacherin, Fotografin und Tänzerin. Sie lebt mit ihrer Familie in München.

Sabina Salander

Goa, kein Traum

Roman

© 2017 Sabina Salander
Umschlaggestaltung, Foto: Sabina Salander
Lektorat: Sabina Salander
Verlag: tredition GmbH, Hamburg
www.tredition.de
Printed in Germany
ISBN Taschenbuch: 978-3-7439-2680-6
ISBN Hardcover: 978-3-7439-2681-3
ISBN e-Book: 978-3-7439-2682-0

Bibliographische Information der Deutschen Nationalbibliothek: Die Deutsche Nationalbibliothek verzeichnet
diese Publikation in der Deutschen Nationalbibliografie;
detaillierte bibliografische Daten sind im Internet über
http://dnb.d-nb.de abrufbar.

Für C. in memoriam

Veras Absatz rutschte weg. Sie suchte Halt, aber hier war nichts, woran sie sich festhalten konnte. Mit der linken Pobacke knallte sie auf den Boden. Sie presste die Lippen aufeinander und zog zischend Luft durch die Nase. Es roch nach Bohnerwachs.

Nach ein paar Atemzügen rappelte sie sich hoch und ging weiter. 114..., 116..., 118..., bei Zimmer 120 blieb sie stehen. Zwei Frauen warteten davor.

„Haben Sie sich wehgetan?", fragte die Blonde.

„Geht schon", sagte Vera.

Ihre Hüfte pochte. Als hätte sich etwas verschoben. Aber kein Vergleich zu damals im Krankenhaus, als sich wirklich alles verschob.

„Böse glatt hier", sagte die Dunkelhaarige.

Vera nickte.

„Ist hier die Prüfung zum Kleinen Heilpraktiker", fragte sie.

Eigentlich hätte sie ‚Heilpraktiker für Psychotherapie' sagen müssen, aber da selbst in den Büchern die Rede vom ‚Kleinen Heilpraktiker' war, hatte sie es sich so angewöhnt. Obwohl das ‚klein' irgendwie minderwertig klang.

„Hier sind Sie richtig", sagte die Dunkelhaarige.

Vera zog ihre Jacke aus und setzte sich auf einen freien Stuhl. Graues Hartplastik auf glänzendem Metallgestell. Beim hin und her Rutschen berührte sie immer wieder eine andere kalte Stelle.

Wer zog auch im März ein Sommerkleid an. Das lachsfarbene, ihr Lieblingskleid, mit kurzen Raglanärmeln und Schulterpolstern. Man hatte jetzt wieder den Achtzigerjahrestil, aber das Kleid war wirklich so alt.

„Dumme Zeit, so mitten am Vormittag, ich musste mir freinehmen", sagte die blonde Frau.

Die Dunkelhaarige nickte. Sie hatte große Augen, was später für den Job bestimmt gut war, wenn man einen vertrauenswürdigen Eindruck auf die Klienten machen musste.

„Meinen Sie, das hier ist in zwei Stunden erledigt?", fragte sie.

„Ich hoffe", antwortete Vera.

„In einer Viertelstunde bin ich dran", sagte die Frau und hob die Brauen, was ihre Augen noch größer erscheinen ließ.

Vera schaute auf ihr Handy, es war Viertel nach zehn.

„Sie haben auch um halb elf Prüfung?", platzte sie heraus.

Die Blonde lachte und sah sie beide an.

„Doppelbelegung bei euch, was? Aber ich komm noch vorher dran!"

Musste das sein? War doch so schon aufregend genug.

Vera hob ihre Tasche auf den Schoß. Sie holte das braune Glas heraus und nahm eine Tablette. Zehn Minuten dauerte es normalerweise, bis die Wirkung kam. Jetzt hatte sie einen schlechten Geschmack auf der Zunge. In der äußersten Ecke ihrer Tasche bekam sie einen Traubenzucker in die Finger. Sie riss das Plastik auf und steckte ihn in den Mund.

Einfach an den Urlaub denken. Sonne, Strand, Meer. Bald würden Dieter und sie wieder nach Goa fliegen.

Da öffnete sich die Tür zum Zimmer 120. Eine Frau in Jeans und Sweatshirt trat heraus. Vielleicht die Sachbearbeiterin? Die blonde Frau neben ihr stand auf und ging hinein. Die Tür ging wieder zu.

„Die Schriftliche war ganz schön schwer", sagte die Dunkelhaarige.

Vera schob ihre Handflächen unter die Oberschenkel und nickte.

„Ich hab das letzte halbe Jahr nur gelernt", sagte die Frau, „abends nach der Arbeit."

Vera zog eine Hand unter dem Bein hervor und kratzte sich an der Stirn. Sie hatte erst vor einigen Wochen mit dem Lernen angefangen. Dieter wunderte sich, dass sie nicht ins Pilates und Power Yoga ging, sondern Unterlagen auf dem Küchentisch ausbreitete.

Die dunkelhaarige Frau sah sie von der Seite an.

„Meine Lerngruppe hat mir viel geholfen", sagte sie.

Lerngruppe? Vera stellte sich vor, wie unangenehm es sein musste, mit jemandem zu lernen, der einen so durchdringenden Blick hatte.

„Also, ich hab mir einfach die Prüfungsfragen der letzten Jahre heruntergeladen und die bearbeitet."

Die Frau starrte sie unverwandt an. Das sollte sie verdammt noch mal lassen. Hielt doch keiner aus. In Veras Bauch ballte es sich heiß zusammen. Sie hatte Lust, die Frau einfach vom Stuhl zu stoßen. Da hörte sie Schritte hinter der Tür. Die Sachbearbeiterin trat heraus.

„Frau Schlicht?"

„Ja", sagte Vera und griff nach Tasche und Jacke.

Als sie in die Firma zurückkam, traf sie Marianne auf dem Gang. Die trug eine Kaffeekanne mit Wasser drin.

„Du siehst ja schrecklich aus, Veraschatz."

Dass Marianne immer so ehrlich sein musste. Vera ging ins Büro und streifte die Jacke ab.

„Durchgefallen", sagte sie.

Marianne stellte die Kanne auf den Schreibtisch und ließ sich auf den Stuhl plumpsen.

„Ach nein!"

Vera nahm einen Stapel DIN A 4 Blätter und schob ihn in die Druckerschublade.

„Du hattest doch so ein gutes Gefühl!", setzte Marianne an.

Die Schublade rastete ein. Es knallte in Veras Ohr.

„Schon. Aber die Prüferin hatte so was Grässliches an, Jeans mit Strass und ein kastenförmiges Oberteil. Ich dachte, die ist die Sekretärin."

Marianne beugte sich nach vorn, als hätte sie nicht richtig verstanden.

„Ja und?"

„Außerdem hat sie gerochen."

Vera setzte sich hin und stützte den Kopf in die Hände.

„Was ich machen würde, wenn mir einer meiner Klienten unsympathisch wäre, hat sie gefragt."

„Ja?"

Marianne schob das Kinn nach vorn.

„Ich muss erst eine ‚therapeutische Persönlichkeit' entwickeln", hat sie dann gesagt.

Marianne atmete tief durch. Dann stand sie auf, goss das Wasser in die Kaffeemaschine, füllte Pulver in den Filter und drückte den Schalter.

„Jetzt trinken wir erst mal eine schöne Tasse Kaffee."

Vera nickte und betrachtete die Sachen auf ihrem Schreibtisch. Den Behälter für die Stifte, in dem sich Spitzerdreck sammelte, warum auch immer, sie hatte hier noch nie einen Stift gespitzt. Sie benutzte die Stifte, bei denen man die Mienen einfach nachschob, wenn die Spitze aufgebraucht war.

Dann fiel ihr Blick auf den Locher, über den sie sich immer ärgerte, weil die Schiene verrutschte und die Löcher auf dem Papier dann am falschen Platz saßen. Neben dem Locher stand die Tasse vom Vortag, die sie vergessen hatte in die Spülmaschine zu stellen.

Sie hob sie hoch. Immer bildeten sich diese klebrigen Kaffeeränder.

„Ich bring dir eine frische Tasse!", rief Marianne und ging hinaus.

Vera wäre auch gern so gewesen, praktisch, unbeschwert, zuversichtlich. Sie legte die Hände auf den Tisch und streckte die Finger aus. Ganz schön faltig.

Marianne kam mit der sauberen Tasse, stellte sie hin und schenkte ihr ein. Dann begann sie, Rechnungen abzuheften.

„Wenigstens darfst du bald in der Südsee entspannen", sagte sie in das monotone Geräusch der sich öffnenden und schließenden Metallklammer hinein.

Es war nicht die Südsee, aber egal. Vera rührte mit dem Löffel im Kaffee.

„Süße, du musst doch noch Milch und Zucker reintun."

Vera nippte und schüttelte den Kopf. Passte auch so. Sie blickte vor sich auf den Schreibtisch. Dann kniff sie die Augen zusammen. Ihr gefiel das nicht, wie das hier aussah. Die Sachen sollten gerade sein.

Sie verrutschte den Locher bis er parallel zum Stiftebehälter stand. Stimmte noch nicht. Sie schob den Stiftebehälter in die Tischecke, um ihn am rechten Winkel auszurichten. Dann noch mal den Locher anpassen. Jetzt war es ordentlicher. Nur das runde Geschirr störte noch.

Sie stellte Tasse und Untertasse auf die andere Seite. Es schepperte leise, ein bisschen Kaffee schwappte über. Marianne hob den Kopf.

„Was machst du da?"

„Ich räume auf."

„Aber es ist doch aufgeräumt."

Irgendwie nie genug. Am liebsten hätte sie einen leeren Schreibtisch gehabt, ohne alles, vor allem ohne diesen Turm links oben.

Drei Plastikfächer, gefüllt mit Arbeit. Angebote, die sie schreiben musste. Darüber Zahlungseingänge, die sie überprüfen musste. Und oben das, was sie immer am schnellsten erledigen musste: Beschwerden. Das Fach war glücklicherweise leer.

„Wie du es immer schaffst, die Beschwerden so schnell zu bearbeiten."

Marianne war offenbar ihrem Blick gefolgt.

„Ich telefoniere mir einen Wolf und du bist immer schon fertig."

Vera zuckte mit den Schultern und stand auf.

„Entschuldige bitte."

Auf der Toilette stellte sie sich vor den Spiegel und wartete, bis die Tür zum Gang ins Schloss gefallen war.

Sie musterte sich. Von links, von rechts. Sie streifte ihre braunen Locken aus der Stirn, ließ sie wieder zurückfallen, zog sie in die Länge.

Dann strich sie ihr Kleid glatt, schob die Schultern nach hinten und drückte den Busen heraus. So wie Marianne. Die schaffte es, schön gerade zu stehen. Bei ihr fielen die Schultern immer nach vorn.

Sie wusch sich die Hände. Ohne Seife, das trocknete die Haut aus, und sie musste dauernd cremen. Dann ging sie zurück ins Büro.

„Du machst diese blöde Prüfung natürlich nochmal", empfing sie Marianne.

Vera schüttelte den Kopf. Es war ihre letzte Chance gewesen. Marianne blies die Backen auf.

„Das ganze fängt doch jetzt erst an. Wie lange lernst du diesen Psychokram schon?"

Da klopfte es an der Tür.

„Guten Tag, die Damen."

Der Chef trat ins Zimmer.

„Alles in Ordnung?", fragte er.

Die Kaffeemaschine röchelte.

„Klar! Mögen sie eine Tasse?", fragte Marianne.

Er lächelte und hob die Hand.

„Danke, vielleicht später, wollte nur was wissen."

Vera hatte zwei Finger am Stiftebehälter und tat so, als suchte sie etwas. Aus dem Augenwinkel sah sie, wie ihr Chef sein Handgelenk schüttelte und auf seine Uhr schaute.

„Unser bester Kunde hat angerufen, weil die Ware schon wieder zu spät kam."

Sie blickte auf. Für den Kunden war sie zuständig.

„Ich kann mich momentan nicht erinnern", sagte sie.

Ihr Chef zuckte mit den Schultern, als ob er sich für den Kunden entschuldigen wollte.

„Die haben schon zwei Briefe geschickt, ganz altmodisch per Post, das machen offenbar doch noch einige."

Vera hatte einen Bleistift aus der Stiftebox gezogen und drückte die Miene ein paar Millimeter nach draußen.

„Wissen Sie, wovon ich spreche, Frau Schlicht?"

Sie konzentrierte sich auf die Miene.

„Grade nicht."

Er trat von einem Fuß auf den anderen.

„Suchen Sie doch bitte den Vorgang raus."

„Natürlich."

Als er draußen war, nahm sie einen Schluck Kaffee. Nur noch lauwarm. Sie konnte sich wirklich nicht erinnern, dass der Kunde sich beschwert hatte. Sie trank noch einmal. Bitter.

Dann holte sie den Schlüsselbund aus ihrer Tasche. Mit dem kleinen, leicht verbogenen Schlüssel sperrte sie den Rollcontainer unter dem Tisch auf. Die unterste Schublade klemmte. Sie zog fester. Mit einem Ruck sprang die Schublade auf.

Taschentücher und eine Küchenrolle quollen heraus. Sie schob sie beiseite. Darunter lagen beschriebene Blätter, manche zerknüllt und wieder glatt gestrichen. Auf einigen klebten Zettel mit Anmerkungen vom Chef.

Zuunterst dann ein Stapel ungeöffneter Briefe.

Dieter klopfte an die Tür und betrat das Zimmer, ohne Adams Antwort abzuwarten. Der schlief tatsächlich noch, im Sitzen wie meistens, weil er Angst hatte, sonst an seiner eigenen Spucke zu ersticken.

Seit er das erzählt hatte, überprüfte Dieter jedes Mal, ob das Kopfteil auch richtig eingerastet war.

„Guten Morgen!", rief er ihm zu.

Adam öffnete die Augen.

„Was heißt hier guten Morgen", brummte er und stützte sich mit den Ellbogen ins Kissen.

Die grauen Haare standen in alle Richtungen.

„So schlimm?", fragte Dieter, zog die Vorhänge zurück und kippte das Fenster.

Einige Sekunden lang hörten sie gemeinsam dem Zwitschern der Vögel zu. Es war einer der ersten Tage, an dem sie wieder sangen. Es wurde auch Zeit. An einigen Stellen kam schon das Grün unterm Schnee zum Vorschein.

Adam hustete.

„Ich hab Schmerzen."

Dieter drehte sich um.

„Wo denn?"

„Mein Hintern."

„Dann wollen wir dich mal wenden."

Adam duckte sich weg und hob die Arme, als müsste er Schläge abwehren.

„Ich bin doch kein Grillhähnchen."

„Komm schon."

Dieter stützte mit einer Hand Adams Rücken und ließ das Kopfteil herunter. Mit einem Rums rastete es in der Waagrechten ein. Dann zog er ihn an der Schulter, damit er sich hinlegte.

„Zu Befehl, Sir", salutierte Adam.

Dieter umfasste den Rumpf, wippte zwei Mal hin und her und hievte ihn auf die Seite.

„Hast du Kraft, Kerlchen", sagte Adam.

Es sollte wohl fröhlich klingen, aber er presste Augen und Lippen dabei zusammen.

Dieter sah einen handtellergroßen roten Fleck auf dem Rücken. Die Wunde nässte.

„Wieso hast du dir die Salbe nicht drauf getan?"

„Hab ich doch glatt vergessen."

Manchmal war Adams Humor schwer zu ertragen.

„Deine Hände kannst du schließlich noch gebrauchen."

Als Dieter das gesagt hatte, tat es ihm schon leid. Aber Adam schien es ihm nicht übel zu nehmen.

„Ja, Chef, ich weiß, Chef", murmelte er.

Dieter nahm den Tiegel vom Nachttischchen und tauchte zwei Finger in die Salbe. Nachdem er sie aufgetragen hatte, legte er Mull auf die Wunde und klebte ein weiches Pflaster darüber.

Adam stöhnte. Dann er holte Luft.

„Und ob ich meine Hände noch gebrauchen kann!", rief er und packte Dieter am Ohr.

„Au!", jaulte der.

Adam ließ los.

„Etwas mehr Respekt, mein Bürschchen!", sagte er mahnend. Und nach einer kurzen Pause: „Spielen wir heute 66?"

Dieter rieb sich das Ohr und überlegte.

„Vielleicht nach der Teamsitzung."

Roswitha hatte ihn ermahnt, nicht so viel Zeit mit Dingen wie Würfeln oder Kartenspielen außerhalb des Dienstes zu verbringen, das würde nicht bezahlt werden. Aber er tat es ja gern.

„Machen wir dich erst einmal fertig", sagte er und schlug die Bettdecke zurück.

Adams Windel war voll. Er zog sie ihm aus und fuhr mit dem Waschlappen ein paar Mal zwischen den Beinen hindurch und über das Hinterteil.

Adam schwieg. Offenbar fiel ihm jetzt kein lustiger Spruch ein.

Wie dünn er war. Kaum noch Muskeln an den Oberschenkeln. Die Haut wie ein schlaffer Lederbeutel. Dafür aber zart wie die eines Kindes.

Dieter zog ihm eine frische Unterhose an. Danach holte er die restliche Kleidung aus dem Schrank und half ihm ins Unterhemd, T-Shirt und in die Jogginghose. Roswitha meinte zwar, sie durften ihm nicht alles abnehmen. Aber wenn er schon mal dabei war.

Noch die Strümpfe und die Hausschuhe. Dann zog er Adam an die Bettkante. Die Beine baumelten herunter, als ob sie nicht dazu gehörten.

Dieter schob den Rollstuhl heran, hakte sich bei Adam ein und hob ihn hinüber. Beide ächzten sie.

„Wenn ich dich nicht hätte!", rief Adam.

Dieses Gefühl, gebraucht zu werden, machte Dieter richtig beschwingt.

„Gleich bist du tagesfein. Hier die Bürste."

Adam fuhr sich damit durch die Haare, doch sie stellten sich immer wieder auf.

„Nass machen, bitte", wies er Dieter an.

Der ließ Wasser über die Bürste laufen und gab sie ihm triefend zurück. Jetzt sprangen nur noch ein paar Strähnen in die Senkrechte. Adam hielt mit dem Bürsten plötzlich inne.

„Vielleicht wär`s besser gewesen, wenn ich bei dem Unfall damals gestorben wäre."

Dieter erschrak und setzte sich aufs Bett.

„Was redest du denn da?"

Adam schaute an die Decke.

„Ich meine bloß, dann müsste ich den ganzen Mist hier…"

Er boxte sich erst in den Oberschenkel und schlug dann mit der flachen Hand auf die Armlehne des Rollstuhls.

„…nicht erleben."

Dieter legte die Hand auf Adams Hand.

„Aber wir hätten uns nicht kennengelernt", sagte er so sanft er konnte, damit sich Adam schnell beruhigte.

Der lächelte.

„Ja, mein Lieber, was für eine glückliche Fügung mit uns zwei beiden."

Dieters Herz pochte. So glücklich, wie Adam dachte, war die Fügung jedoch nicht.

Dieter war schließlich derjenige gewesen, der die rote Ampel missachtet hatte und dann davon gerast war. Trotz dieser weit aufgerissenen Augen.

Adam knuffte ihn mit der Faust am Arm.

„Ist was mit dir?"

Zur Antwort schüttelte Dieter den Kopf.

„Lüg nicht", alte Bekannte haben keine Geheimnisse voreinander", sagte Adam und beugte sich nah zu ihm hin.

„Läuft nicht besonders mit deiner Frau und dir, oder?"

Dieter schluckte. Das war nicht falsch, aber nur die halbe Wahrheit. Doch nicht einmal die konnte er ihm erzählen, das hatte er Vera versprochen.

Adam pfiff leise durch die Zähne und fragte nicht weiter. Sie saßen ein paar Minuten schweigend beieinander und Dieter überlegte, wer wohl mit Reden wieder anfangen würde.

„Fährst du mich jetzt zum Frühstück", fragte Adam.

„Ja, klar."

Dieter drehte den Rollstuhl zur Tür.

„Aber falls Sie mir mal was sagen wollen, Sir..."

Adam legte die Hand an die Stirn zum militärischen Gruß.

„...immer gern zu Diensten!"

Im Aufenthaltsraum für die Pfleger lag der Duft von frisch gebrühtem Kaffee. Dieter schenkte sich ein und setzte sich zu Roswitha. Sie waren die letzten in der Pause.

Er biss von seinem belegten Brot ab. Roswitha machte ein Joghurt auf, faltete den Deckel zwei Mal und warf ihn in den Alumüll. Dann holte sie Luft.

„Ich muss dir was sagen."

„So feierlich?"

Sie legte ihm die Hand auf die Schulter.

„Ich mach`s kurz: Dem Adam bleibt nicht mehr viel Zeit."

Er starrte sie an.

„Krebs", sagte sie.

Sein Kopf war plötzlich ganz leer.

„Hat mir gar nichts erzählt, der Schlimme."

Er klammerte sich an sein Brot. Ein Stück Salatgurke drückte sich zwischen den Scheiben hervor. Als es leise auf den Teller platschte, zuckte er zusammen.

Roswitha sah ihn an und streichelte ihn über die Wange, dass die Bartstoppeln knisterten.

„Wenn du mich brauchst..."

Er tat einen tiefen Atemzug.

„Wie lang hat er noch?"

„Ich weiß es nicht", sagte sie leise.

Das Brot in seiner Hand zitterte. Roswitha beugte sich zu ihm und flüsterte ihm ins Ohr.

„Er hatte eine gute Zeit bei uns und wird sie weiter haben, bis zum Schluss, man muss es nehmen, wie es kommt."

Wenn sie mal redete! Aber er beschwerte sich nicht. Wie oft hatte er geredet und sie ihm zugehört.

Er machte die zwei obersten Knöpfe seines Hemds auf.

„Ist dir zu warm?", fragte sie und aß einen Löffel von ihrem Joghurt.

Als er nicht antwortete, ging sie zum Fenster und öffnete es. Vogelgezwitscher erfüllte den Raum. Noch lauter als am Morgen.

„Um wen soll ich mich dann kümmern?", fragte er.

Roswitha hielt ihm eine Serviette hin. Er schnäuzte sich.

„Ich muss leider los", sagte sie und warf den Joghurtbecher weg.

Als sie hinausgegangen war, popelte er ein Stück Gurke aus dem belegten Brot und steckte es in den Mund. So pur war es ihm zu sauer, und er spuckte es in die offene Hand.

Wenn er nicht arbeitete, also krank war oder im Urlaub, was wurde dann aus Adam? Man konnte zu dem armen alten Mann nicht einfach eine Vertretung schicken.

Auf einmal stand Roswitha wieder in der Tür.

„Hilfst du bitte Marion mit dem Rollstuhl?"

Er sah sie an und wiederholte in Gedanken, was sie eben gesagt hatte.

„Dieter?"

„Ja, komme gleich."

Er stand auf und räumte den Teller in die Spülmaschine. Dann drehte er das kalte Wasser auf und ließ es über seine Hände rinnen. Faust, locker, Faust. Er trocknete sich am Geschirrtuch ab.

Zu Marion sollte er gehen. Vorbei am Fernsehzimmer, wo jetzt kurz nach elf schon einige saßen, vorbei am Spielzimmer mit den drei Hometrainern, warum auch immer die hier standen, bei so vielen Gebrechlichen und Behinderten, und vorbei am Speisesaal, wo schon für Mittag gedeckt war, zu Marions Zimmer. Die alte Dame hasste es zu warten.

Doch wen sah er da, links hinten im Speisesaal? Er blieb stehen.

Adam saß mit dem Rücken zu ihm mit Blick auf die Terrasse. Dieter trat leise näher.

Zwei Amseln stritten sich draußen um einen Brocken Brot. Die eine, ein dickes schwarzes Männchen mit leuchtend-gelbem Schnabel, pickte ein Stück aus dem Brocken heraus. Der Rest fiel der zweiten Amsel, auch ein Männchen, aber viel kleiner, vor die Krallen.

Es schnappte sich das Stück und hopste weg, um in Ruhe zu fressen. Als das große Amsel-männchen das sah, stürzte es sich auf den Konkurrenten und entriss ihm das Brot. Beide flatterten wild auf und hackten mit den Schnäbeln aufeinander ein.

Das Kreischen der Vögel war durch die geschlossene Glastür zu hören. Adams Schultern zuckten, und er schüttelte den Kopf.

Sein Haar war im Nacken so kurz, dass die Kopfhaut unter den Stoppeln hindurch schimmerte. Wie verletzlich das aussah.

Bisher war es Dieters Aufgabe, für Adam da zu sein, ihm seine Querschnittslähmung so erträglich wie möglich zu machen. Aber jetzt, da er von Adams tödlicher Krankheit wusste, wollte er ihm eine extra Freude bereiten.

Er trat noch einen Schritt näher. Da machten seine Schuhe ein quietschendes Geräusch, sodass Adam herum fuhr.

„Hast du mich erschreckt, Kerl. Machst du gerade Pause?"

„Nein."

Dieter setzte sich auf den Stuhl neben ihm.

„Muss zu Marion."

„Das ist aber die falsche Tür."

Adam blickte ihn von der Seite an.

„Hast du was ausgefressen, mein Freund?"

„Nein", lachte Dieter, „ich möchte dich einladen."

Adam kratzte sich mit dem Zeigefinger am Kopf.

„Wozu einladen? Du siehst mich doch dauernd."

Da trat Roswitha in den Speisesaal und rief:

„Dieter, Marion ist verzweifelt, das Rad klemmt!"

Beim Aufstehen hätte er fast den Stuhl umgeworfen. An der Tür drehte er sich noch einmal zu Adam um.

„Bis gleich."

Sabor stellte die Kreissäge ab und wischte mit einem Handbesen die Späne weg.

Es würde das erste Mal sein, dass sein Vater ihn in der Arbeit besuchte.

Sein Gesellenstück war auch viel zu sperrig, um es nach Hause zu schleppen und ihm dort zeigen.

Das Regal war viereinhalb Meter breit und zweieinhalb Meter hoch, zusammengesetzt aus 45 Modulen à 50 Zentimeter im Quadrat, die ohne jede Schraube auf- und abgebaut werden konnten. Es war eine ziemliche Tüftelei gewesen, bis die Verbindungen fest und fugenlos saßen.

Der Meister hatte ihm erlaubt, das Regal an die Wand gegenüber vom Eingangstor zu stellen. Wer die Werkshalle betrat, konnte es gleich sehen. Jetzt läutete die Glocke. Er lief zum Tor.

„Hallo mein Junge."

Sein Vater fasste ihn fest im Nacken und schaute sich um.

„Keiner da sonst?"

Er legte seine Umhängetasche auf die Werkbank.

„Die machen Mittag. Aber schau doch, Papa."

Sabor deutete nach vorn, er spürte seinen Finger zittern. Sein Vater hob den Kopf, pumpte die Backen auf und ließ die Luft auf einmal herausplatzen. Dann ging er näher hin, blickte nach oben, nach links, nach rechts.

Sabor stützte die Hände in die Taille, ließ sie fallen, stützte sie wieder in die Taille.

„Na?"

Sein Vater drehte sich um.

„Irre."

Dieses Wort hatte er noch nicht von ihm gehört. Er tippte mit dem Fuß schnell hintereinander auf den Boden.

„Schön oder nicht schön?", fragte er.

Sein Vater kam auf ihn zu und legte ihm den Arm um die Schultern.

„Sehr schön."

„Komm, du musst es anfassen."

Sie traten näher.

„Eiche, oder?"

„Ja klar, für die Ewigkeit."

Sein Vater lächelte. Er fuhr mit der Hand über das Holz, in langsam kreisenden Bewegungen.

„Fühlt sich gut an. Wie hast du das hinge-kriegt?"

Sabor steckte die Hände in die hinteren Ta-schen seiner Hose.

„Hobelmaschine und dann mit der Hand nachgearbeitet, ziemlich lang, am Schluss geölt."

Er drehte sich um und griff nach der Leiter.

„Du musst das System kennenlernen."

Er stellte die Leiter an und nahm zwei Stufen auf einmal. Oben hob er ein Regalmodul herunter und übergab es seinem Vater.

„Schwer", ächzte der und stellte es auf den Boden.

„Eiche eben."

Er hatte bereits ein zweites Modul in den Hän-den.

„Reicht schon, reicht schon", sagte sein Va-ter und nahm es entgegen.

„Nur noch eins, sonst kann ich`s dir nicht zeigen."

„Also gut."

Als sein Vater es mit einem Seufzen übernommen hatte, stieg Sabor die Leiter wieder hinunter. Er hakte das eine Modul in das danebenstehende. Die obere Kante war so geformt, dass sie genau in das Gegenstück des anderen passte.

Das dritte Modul stellte er darauf. Auch das rastete ein. Die Kante am Boden passte auf das Dach des unteren.

„So baut sich das ganze Ding auf, und du kannst dir verschiedene Größen zusammenstellen", sagte Sabor.

Sein Vater pfiff durch die Zähne.

„Raffiniert."

Sabor löste die Holzteile wieder voneinander und stieg die Leiter hinauf.

„Willst du gar nicht wissen, welche Note ich gekriegt hab?"

Sein Vater wuchtete die Teile nacheinander zu ihm hoch.

„Für mich ist es eine Eins", schnaufte er.

„Ist es auch."

„Siehst du. Komm runter, ich hab was mit gebracht."

Sie gingen zur Werkbank, wo sein Vater eine Flasche Champagner aus der Tasche zog und gleich damit begann die Metalldrähte aufzuzwirbeln.

So kannte er ihn gar nicht. Alkohol tagsüber. Dann schüttelte sein Vater die Flasche auch noch. Sabor grinste in sich hinein.

„Schaffst du es, Papa?"

Mit einem Knall sprang der Korken in die Luft. Der Champagner sprudelte heraus. Normalerweise würde sein Vater sich jetzt fein säuberlich mit einem Taschentuch die Hand abtrocknen.

Stattdessen leckte er sich die Hand ab, holte zwei langstielige Gläser aus der Tasche und goss ein. Sabor blieb der Mund offen stehen.

„Auf deine Zukunft", rief sein Vater.

Sie stießen an, dass die Gläser klirrten und tranken. Dann hob sein Vater das Kinn.

„Was hast du jetzt eigentlich vor?"

„Der Meister übernimmt mich."

„Gut!"

Wie sein Vater so nickte, sah es aus, als wollte er noch etwas sagen. Stattdessen schenkte er ihnen beiden Champagner nach und holte eine Schachtel Knabberzeug aus der Tasche.

„Sonst sind wir ja gleich betrunken", sagte er wie zur Entschuldigung.

Dann versuchte er, den Plastikdeckel der Schachtel abzuziehen. Es ging nicht. Doch plötzlich riss die Schachtel auf, und eine Ladung Kekse, Brezeln und Fischchen kullerte auf den Boden.

„Kehren wir nachher auf", murmelte er und machte eine wegwerfende Handbewegung dazu.

Wenn sein Vater es erlaubte, Dreck liegen zu lassen, musste wirklich ein besonderer Tag sein. Sabor war wirklich gespannt, was noch kommen würde. Er nahm eine Handvoll Knabberzeug aus der Schachtel. Sein Vater tat es ihm gleich. Es knusperte in ihren Mündern.

„Dann geht es bei dir also nahtlos weiter, mein Junge."

„Nicht ganz, ich mach erst mal länger Urlaub."

Sabor nahm ein Fischchen und biss ihm den Kopf ab.

„Das beruhigt mich aber."

Sein Vater hielt ihm das Glas zum Anstoßen hin.

„Ich muss noch was tun, Papa."

„Und wenn schon, heute ist kein Tag wie jeder andere."

Klar, aber langsam übertrieb sein Vater etwas. Er stieß mit ihm an und trank.

„Was glaubst du, hätte Mama wohl zu meinem Gesellenstück gesagt?"

Sein Vater schaute zu Boden und schwieg. Sabor wartete eine Weile. Das hatte er jetzt nicht gewollt, ihm die Laune verderben. Aber wen sonst konnte er das fragen?

„Sie hätte sich sehr gefreut", sagte sein Vater gedehnt und goss sich noch einmal ein.

Nachdem er getrunken hatte, räusperte er sich.

„Ich muss dir was sagen, Junge."

Da kam also wirklich noch etwas.

„Ja?"

Sein Vater lehnte sich gegen die Werkbank und verschränkte die Arme vor der Brust. Er löste sie wieder und stellte sich gerade hin. Dann holte er Luft.

Plötzlich ging das Tor auf.

„Ich grüße die Herren!"

Der Meister kam zurück.

„Ah, da gibt`s was zu feiern. Lassen Sie sich nicht stören", sagte er mit Blick auf Flasche und Knabberschachtel.

„Nein, schon fertig", antwortete Sabor schnell.

Noch war er ja nicht im Urlaub.

Der Meister kam auf sie zu. Auch ohne ihn zu kennen, konnte man ihn für einen Handwerker halten, quadratische Hände mit Schwielen, der Rücken breit vom schweren Heben.

Sabor hoffte, er würde später nicht auch so aussehen, nur die schwarze Hose und das weiße Hemd würde er beibehalten. Er trat auf den Meister zu und zermalmte dabei ein paar heruntergefallene Kekse.

„Darf ich vorstellen, das ist mein Vater. Das der Meister."

Er deutete erst auf den einen und dann auf den anderen. Die zwei Männer schüttelten Hände.

„Beachtlichen Sohnemann haben Sie da", sagte der Meister.

Es entstand eine Pause, in der sein Vater fast unmerklich nickte und sich dann räusperte, bevor er sprach.

„Jetzt müssen wir aber ein paar Monate auf ihn verzichten."

Der Meister pfiff durch die Zähne.

„Wohl, wohl. Wo willst du überhaupt hin?"

Sabor atmete tief ein.

„Weit weg", entfuhr es ihm lauter als er gewollt hatte.

„Na, dann machen wir noch so lang weiter", lachte der Meister und klopfte mit den Fingerknöcheln auf die Werkbank.

Sabor war wieder allein mit seinem Vater. Der wich seltsamerweise seinem Blick aus, als ob er sich für irgendetwas schämte.

Dann würde Sabor jetzt eben die Kekse zusammenkehren. Manche klebten so fest am Boden, dass er den Besen hochkant nehmen und die Brösel mit dem Rahmen wegkratzen musste.

Inzwischen packte sein Vater die Gläser in die Tasche. Als er den Reißverschluss zugezogen hatte, deutete er auf die leere Flasche und das Knabberzeug.

„Machst du nachher den Rest weg?"

„Klar. Aber du wolltest mir noch etwas sagen, Papa."

Sabor stellte sich vor ihn hin und wartete. Es war schon witzig, mittlerweile überragte er seinen Vater um fast einen Kopf. Er geriet jedenfalls nicht nach ihm.

Wohl eher nach seiner Mutter, wobei er nicht wusste, wie groß sie überhaupt gewesen war. Sein Vater hängte sich die Tasche um die Schulter und sah ihn an.

„Lass uns heute Abend gemütlich eine Pizza zusammen essen, was hältst du davon?"

Sabor blies lachend Luft aus der Nase. Er hatte es aufgegeben, aus seinem Vater klug werden zu wollen.

„Auch schön", gab er sich vorerst zufrieden.

Er nahm ein Fischchen, biss ihm den Kopf ab und warf den Körper hinterher.

Vera fand gerade noch ein freies Eckchen, um ihre Kaffeetasse abzustellen. Dieter hatte auf dem Küchentisch die Reiseapotheke ausgebreitet:

Ein Antibiotikum, ein Mittel zum Fieber senken, eine Packung Schmerztabletten, Mullbinden, Leukoplast, Pflaster in verschiedenen Größen, eine Schere, Insektengel, außerdem eine Packung Einmalhandschuhe und Desinfektionsmittel. Sie würde sicher nichts davon brauchen. Ihre eigenen Sachen musste sie noch zusammensuchen:

Zwei Öle, Kampfer bei Übelkeit und eine Mischung aus Menthol und Wintergrün bei Schwindel. Dann die homöopathischen Kügelchen, vor allem Arnika bei Verletzungen und Belladonna bei Kopfschmerzen.

Außerdem die Tabletten im braunen Glas. Sie würde sie später einpacken, Dieter musste sie nicht sehen. Sie würde sie sowieso nur gelegentlich nehmen, vielleicht im Flugzeug, wenn ihr die Turbulenzen die Kehle zuschnürten.

Dieter kam in die Küche. Er holte sich ein Glas aus dem Schrank und hielt es unter den Wasserhahn. Beim Trinken schmatzte er leise. Sie hatte ihm so oft gesagt, dass sie das nicht mochte. Er setzte das Glas ab.

„Ich hoffe, du nimmst nicht die Lernsachen mit", sagte er.

Sie sah ihn an.

„Wieso Lernsachen?"

Er lehnte sich an die Spülmaschine. Es klackte laut, die Tür war nicht ganz zu gewesen.

„Na, damit es beim zweiten Anlauf klappt."

An sich hätte Vera auch gern so eine Einstellung gehabt. Dieter gab allem noch eine Chance.

Auch damals, nachdem endlich alles über die Bühne gegangen war. Die acht Wochen vorbei, die Formalitäten geklärt, sogar ohne, dass Vera die Pflegemutter noch einmal sehen musste, geschweige denn die Adoptiveltern kennenlernen musste, was damals eigentlich schon üblich war.

Sie wusste es noch wie heute. Gerade als sie ihren Bikini anprobierte und feststellte, dass er endlich wieder passte, trat Dieter hinter sie und flüsterte ihr ins Ohr: Dann probieren wir`s eben bald nochmal. Wie konnte er sich nur so in ihr täuschen?

„Vera?"

Sie schreckte aus ihren Gedanken hoch.

„Nein, nein, ich nehme nichts zum Lernen mit."

Dieter schwenkte das Wasserglas, als wäre Whiskey darin und schwieg. Gut, dass er nicht nachfragte. Ihr war es lieber, nichts erklären zu müssen.

Sie nahm die Kaffetasse am obersten Rand mit Daumen und Mittelfinger. Heiß. Besser wäre eine Tasse mit Henkel gewesen. Vorsichtig blies sie hinein. Als ihre Lippen den Rand berührten, zuckte sie zurück.

„Hast du eigentlich alles beisammen?", fragte sie.

Er seufzte auf, wie wenn ihm etwas Schlimmes eingefallen wäre.

„Gut, dass du mich erinnerst, ich wollte noch was besorgen."

Er legte ihr die Hand auf die Schulter und rüttelte ein bisschen daran.

„Kannst du dir vorstellen, dass wir über morgen schon am Strand liegen?"

Er beugte sich zu ihr und schmiegte sein Gesicht an ihres. Sie wand sich aus der Umarmung.

„Das kratzt."

Er gab ihr einen Kuss auf die Schläfe und ging hinaus.

„Brauchst du noch was aus der Drogerie?"

„Nein."

Sie hörte, wie er den Schlüssel nahm und eine Jacke vom Bügel streifte. Dann erschien er noch einmal in der Küchentür.

„Ach, ähm, …"

Er machte eine Pause und zog sich die Jacke an.

„… was ich dir noch sagen wollte, …"

Sie öffnete den Kühlschrank und nahm die Milch heraus.

„… Adam und Roswitha kommen mit."

Trotz der Kälte, die aus dem Kühlschrank strömte, fing Vera an zu schwitzen. Sie drehte sich um.

„Wie bitte?"

Dieter klopfte sich mit den Fingerspitzen an die Stirn, als ob er hoffte, dass ihm eine kluge Antwort einfallen würde.

„Das hat sich kurzfristig ergeben. Der Adam ist doch so krank. Zu allem, was er schon hat, ist jetzt noch der Krebs gekommen."

Ihr entfuhr ein fassungsloser Lacher.

„Deshalb muss er doch nicht mit uns in den Urlaub fahren!"

Sie knallte Kühlschranktür zu und stellte sich vor Dieter hin.

„Was ist das für eine Schnapsidee?"

Ein paar Tropfen ihrer Spucke landeten auf seinem Hemd. Er wischte sie weg.

„Du weißt doch", sagte er halblaut.

Sie musterte ihn. Alles nur, weil er damals kopflos davon gerast war, über alle roten Ampeln, vor allem über diese eine und in dieses Auto hinein gekracht war.

„Du kommst nicht darüber weg", sagte sie genervt, „aber es war doch deine Entscheidung, du hättest auch anhalten können, als Adam um Hilfe schrie."

Dieter starrte sie mit halb offenem Mund an. Er schien wirklich erschüttert.

So deutlich hatte sie es wahrscheinlich nie zu ihm gesagt. Sie drehte sich weg und räumte das Geschirr in die Spülmaschine, dass es nur so schepperte. Dann fuhr sie herum.

„Aber warum muss diese Roswitha mit?"

Er hob die Arme zu einer entschuldigenden Geste.

„Sie kümmert sich um Adam."

Vera schüttelte den Kopf.

„Ich kenne diese Leute nicht."

„Dann lernst du sie kennen."

Sie setzte sich an den Tisch und stützte ihr Gesicht in die Hände. Er stellte sich neben sie.

„Wir müssen ja nicht alles gemeinsam machen", sagte er.

Aber wenn er etwas mit Adam und Roswitha machte, wo blieb sie dann? Jetzt hätte sie doch gern seine Bartstoppeln an ihrer Wange gespürt.

Aber er wandte sich zum Gehen. Sie drehte sich weg, griff ihre Handtasche und nahm eine Tablette aus dem braunen Glas.

„Ich gehe jetzt duschen", sagte sie und zupfte sich das T-Shirt von den feuchten Achselhöhlen.

Vom Bad aus hörte sie die Wohnungstür ins Schloss fallen.

Sie stellte die Brause an, spritzte sich Wasser in den Mund und schluckte die Tablette. Dann seifte sie sich unter den Armen ein. Danach noch einmal.

So eine dumme Idee, diesen Adam mitzunehmen. Als ob Dieter auf diese Weise etwas gut machen konnte. Adam saß nun einmal seit dem Unfall im Rollstuhl. Daran war nichts mehr zu ändern. Aber Dieter meinte wohl, seine Schuld auf irgendeine Weise abtragen zu können, hatte sogar in dem Altenheim angefangen, weil Adam dort war.

Was sollte sie nun mit diesem Menschen im Urlaub reden, sie, die wusste, wie alles gewesen war, mit dem, der nichts wusste? Ihr entfuhr ein missmutiger Seufzer. Sie trocknete sich ab und zog ihren Hausanzug an.

Jetzt ins Schlafzimmer, Koffer packen. Sie sagte immer noch Schlafzimmer, obwohl es längst ihr Zimmer war, Dieter schlief seit Jahren auf dem Sofa.

Sie hatte die Kleidung schon aufs Bett gelegt. Sechs T-Shirts, auch das neue pinke. Dann drei Blusen, blau, braun und weiß. Sie legte sie zusammen. Knopf oben und unten zumachen, Ärmel an der Naht falten, einschlagen, Kragen so drapieren, dass er oben auflag. Dann drei Baumwollhosen, hellbraun, schwarz und weiß. Sie strich sie ein paar Mal glatt, bevor sie sie zusammenlegte. Außerdem der Jeansminirock und der weite weiße Baumwollrock, auch wenn der immer schnell schmutzig wurde, war er ihr Lieblingsstück.

Dann die Kleider. Das lachsfarbene nicht, es erinnerte sie an die Prüfung, aber das blaue Polokleid und für besondere Anlässe das rote mit den Knöpfen. Für besondere Anlässe, mal sehen, was da kam.

Außerdem den gestreiften und den geblümten Bikini. Schuhe noch. Ihre Clogs, dann die braunen und die weißen Sandalen, die Turnschuhe und natürlich die Badelatschen. Ja, und die Jeansjacke. Dazu der blaue und der weiße Schal.

Zuletzt noch die Unterwäsche. Und der Hut, aber den würde sie aufsetzen.

Im Koffer war noch Platz. Drei, vier Modezeitschriften, die dicken von Marianne, gingen rein. Und später, vor der Abreise noch der Kulturbeutel.

Sie klappte den Kofferdeckel zu und ließ sich der Länge nach aufs Bett fallen. Das Deckenlicht blendete. Sie drehte sich zur Seite und stützte den Kopf in die Hand. Dann holte sie das braune Glas aus der Tasche. Man konnte nicht durchsehen.

Sie öffnete es und schüttete die Tabletten auf die Tagesdecke. Waren noch einige. Sie reihte sie nacheinander auf und versuchte dabei, immer denselben Abstand einzuhalten. Normalerweise konnte sie sich auf ihr Augenmaß verlassen.

Nach einer Weile war tatsächlich eine gleichmäßige Linie entstanden. Vera fuhr mit dem Zeigefinger entlang und zählte. 42. Auf dem Etikett stand ‚50 Filmtabletten'. Acht Stück hatte sie also schon genommen.

Sie löste die Reihe auf und ordnete die Tabletten jetzt in Kreisen an. Ein kleiner Kreis in der Mitte, drum herum ein größerer, außen der größte. Aber für den waren nicht mehr genug Tabletten da. Sie begann die Figur von Neuem.

Vielleicht war es doch nicht so schlecht, wenn Adam und Roswitha mitkamen. Dieter war beschäftigt, und sie konnte tun, wozu sie Lust hatte. Sie musste nur noch überlegen, was das war.

Diesmal gelang die Figur. Sie schob die letzte Tablette in den Kreis. Dann legte sie die Wange auf die Tagesdecke, um die Kreise näher zu betrachten. Sie erschienen jetzt oval. Wie sich das Auge täuschen ließ.

Plötzlich hörte sie den Schlüssel in der Wohnungstür. Dieter. In einem Handstreich wischte sie die Tabletten zusammen und füllte sie ins Glas zurück. Sie rieselten wie Sand aus ihrer Hand.

Vera hasste es, spät dran zu sein. Da Dieter etwas vergessen hatte, mussten sie noch einmal umkehren. Aber dass die so knapp am Flughafen ankamen, hatte auch einen Vorteil. Es verhinderte, dass sie gleich mit Adam und Roswitha plaudern musste.

Die beiden waren schon eingestiegen. Im Flugzeug fand dann auch nicht mehr als ein Namennennen und Händeschütteln statt. Adam und Roswitha saßen ganz vorn, wo der zusammengefaltete Rollstuhl Platz hatte und nahmen auch das vordere Klo.

Dieter und sie saßen über dem Flügel und nahmen das hintere. Auch später kamen sie sich nicht näher. Als sie in den Bus stiegen, schlief Adam schon zusammengesunken, und Roswitha gähnte entweder oder sie schnäuzte sich.

Angekommen in der Anlage trennten sie sich gleich und gingen in ihre Bungalows. Vera war so kaputt, sie musste sofort eingeschlafen sein. Eine milchige Helligkeit im Raum weckte sie.

„Auch schon wach?", fragte Dieter und drehte sich zu ihr.

Sie streckte sich. Ein dumpfer Schmerz um den Nabel machte sich breit. Sie fühlte sich, als hätte sie Bauchmuskelübungen gemacht.

„Bin ganz schön gerädert."

„Ich auch", ächzte er im selben Tonfall und gab ihr einen Kuss auf die Wange.

Dann stand er auf. Bevor er ins Bad ging, öffnete er die Bungalowtür. Warme Luft wehte bis zum Bett und brachte den Geruch von brennendem Holz mit sich.

So roch Urlaub hier. Vera stand auf und trat hinaus. Weit hinten das Meer, ein grauer Streifen, es war Ebbe, die Brandung schwach.

„Dusche ist frei!", rief Dieter.

Er trat nackt neben ihr Bett. Auf seiner Schulter glitzerten Wassertropfen. Sie musterte seinen Bauch, er hatte in den letzten Jahren einige Kilos dazu gewonnen.

„Schau nicht so", murmelte Dieter.

„Wie schau ich denn?"

„Wie eine Fitnesstrainerin."

Dabei wollte sie ihn gar nicht dazu bringen, Sport zu machen. Der Anblick der drei Speckringe, die sich weich wölbten, als er sich jetzt bückte, beruhigte sie irgendwie.

Dieter holte Shorts und T-Shirt aus dem Koffer und zog sich an.

„Ich geh dann mal rüber zu Adam und Roswitha", sagte er.

Vera hibbelte mit den Füßen, sodass das Bett in eine leichte Schwingung geriet. Was wollte er jetzt bei denen? Dieter sollte seine ganze Aufmerksamkeit ihr schenken, so wie er es immer tat.

Sie zog die Badezimmertür mit einem Ruck hinter sich zu. Wieder dieser dumpfe Schmerz. Sie berührte ihren Bauch. Aber da war nichts, was weh tun konnte.

Sie hob das T-Shirt. Ein paar Streifen, heller als die übrige Haut, zeugten von damals. Damals, als sie kurzzeitig aufgegangen war wie ein Hefeteig. Ansonsten fast Sixpack. Selten bei einer Frau. Vorher keine Rundungen und nachher keine, dank ihrer Disziplin. Mit Disziplin würde sie bald auch die Gedanken an früher loswerden.

Sie hob den Kopf und blickte in den Spiegel. Dunkle Ringe unter den Augen. Offenbar nahm sie das Reisen von Mal zu Mal mehr mit. Diesmal würde sie nicht viel unternehmen, am besten gar nichts. In der Sonne liegen, baden, essen. Sie zog sich die Haare streng aus dem Gesicht und band sie zu einem Pferdeschwanz.

Nach dem Duschen nahm sie den Jeansrock und ein weißes T-Shirt. Sie wirkte noch etwas blass darin. Aber das würde am Nachmittag schon anders aussehen. Ein, zwei Stunden Sonne reichten bei ihr für eine erste Bräunung.

Bei Dieter, mit seiner rötlichen Haut, dauerte es lang, aber er rieb sich auch den ganzen Urlaub mit Lichtschutzfaktor 50 ein, da konnte es ja nichts werden.

Er sollte mal zurückkommen, sie hatte Hunger. Im selben Augenblick bog er um die Ecke. Auf ihn war Verlass.

„Entschuldige, hat ein bisschen länger gedauert, Roswitha und ich haben Adam noch in die Dusche gehoben."

Ihm standen Schweißperlen auf der Stirn.

„Lass uns was frühstücken", sagte sie.

Als sie auf der Restaurantterrasse ankamen, stand Roswitha zwischen zwei Tischen und wusste offenbar nicht, wohin sie Adam schieben sollte. Dieter übernahm den Rollstuhl.

„Morgen, Vera!", rief Adam und streckte ihr die Hand entgegen.

„Eine gute Nacht gehabt nach diesem unruhigen Flug?"

Sie überlegte. Sie konnte sich nicht an Turbulenzen erinnern.

„Ja danke und Sie?"

Adam rappelte sich in eine aufrechte Position, als wollte er aufstehen.

„Eins will ich mal klar stellen: Ich bin Adam."

Er gab ihr noch einmal die Hand und grinste.

„Vera", sagte sie.

Auch Roswitha lächelte.

Dann will ich mich mal anschließen.

„Roswitha mein Name", sagte sie und reichte ihr die Hand.

War da ein leichtes Zucken um ihr Auge? Es konnte auch die Reflektion der Brillengläser gewesen sein.

Dieter stand neben ihnen und knetete sich die Hände.

„Setzen wir uns doch. Wie wäre es mit einem Tisch am Geländer?"

Er deutete zu der Reihe mit freiem Blick auf Strand und Meer. Glücklicherweise war erst eine Handvoll Frühstücksgäste da, sie hatten freie Wahl. Die anderen nickten.

Dieter bahnte mit dem Rollstuhl den Weg durch die Stühle hindurch. Am Tisch stellte er die Bremse fest.

„Alles in Ordnung?", fragte er Adam.

Der lehnte sich zurück.

„In Ordnung ist schwer untertrieben bei der Aussicht. Und ihr kommt jedes Jahr in den Genuss?"

Dieter machte den Mund auf, um zu antworten, aber Adam ließ ihn nicht zu Wort kommen.

„Ich hab es ja immer gewusst, du kennst dich aus mit schönen Dingen!"

Dabei sah er Vera an. Sie setzte sich und tat so, als suchte sie etwas in ihrer Tasche, holte einen Traubenzucker hervor und wickelte ihn langsam aus. Als sie aufblickte, bemerkte sie, dass Roswitha sie beobachtete.

Die drehte sich sofort um, als wäre sie bei etwas Peinlichem ertappt worden und rief nach der Bedienung.

„Wir sind am Verhungern!"

„Kommt sicher gleich", sagte Dieter schnell, „ich glaube, die ist neu."

Er strich ein paar Mal über die rot-weiß karierte Tischdecke.

„Wie beim Italiener zuhause", lachte Adam.

„Du hast sogar Recht", sagte Dieter, „Lisa, die Chefin, ist Italienerin. Sie macht super Pizzas."

Roswitha rückte ihre Brille gerade.

„Aber nicht zum Frühstück, bitte."

Sie ballte die Faust in Dieters Richtung. Doch bevor sie ihn in die Schulter knuffen konnte, wich er aus.

„Warum eigentlich nicht zum Frühstück?", fragte er und sah Vera dabei an.

Vera lutschte am Traubenzucker und hatte keine Lust, sich an dem schrecklich netten Gespräch zu beteiligen.

Eher sollte mal einer Roswitha dazu bringen, sich etwas für die Haare zu überlegen. Eine raus gewachsene Dauerwelle stand niemandem. Als hätte Roswitha den Blick verstanden, schüttelte sie mit ein paar schnellen Bewegungen ihren Pony aus der Stirn.

Das machte die Frisur aber auch nicht besser.

„So, dann wollen wir mal!", rief Dieter in die Runde und verteilte die Frühstückskarten.

„Kinder, für mich ein Continental Breakfast", erklärte Adam.

Es klang wie „Brechfest". Und Vera platzte mit einem Lachen heraus. Dieter sah sie mit großen Augen an, als ob er ihre Reaktion völlig daneben fand, was sie ziemlich ärgerte. Doch Adam lächelte und tätschelte ihr die Hand.

„Wir verstehen uns, Vera, nicht wahr?"

Die Bedienung kam an den Tisch.

Höchstens Mitte 20, schwarzes Haar, exakt geschnittener Pagenkopf. Die Frisur gab ihr eine gewisse Strenge, aber nur bis zu dem Moment, in dem sie lächelte. Alle vier schauten zu ihr hoch.

„Hallo schönes Kind", flötete Adam.

„Hello, welcome here", sagte sie, wahrscheinlich ohne seine Worte verstanden zu haben, „I am Paula. My sister Lisa coming later."

Sie hatte einen starken italienischen Akzent.

„Ah", rief Adam, „die Schwester der Chefin, sehr erfreut."

Paula lächelte wieder und zückte ihren Block. Sie gaben die Bestellung auf.

„Thank you", sagte Paula und ging durch die Schwingtür in die Küche.

Sie sahen ihr alle nach. Roswitha fand als erste die Sprache wieder.

„Was für ein Figürchen."

Wieso zwinkerte Roswitha ihr so verschwörerisch zu? Vera hatte noch nie Probleme mit ihrem Gewicht gehabt. Im Prinzip jedenfalls. Außer vielleicht nach diesem extrem unangenehmen Zwischenfall vor 20 Jahren.

Da war ihr das passiert, das niemand, nicht sie und schon gar kein Arzt, für möglich gehalten hätten. Denn diese Pille, RA sowieso, versagte einfach nicht. Oder nur in Nullkommanullnulleins Prozent der Fälle. Zu denen leider sie gehörte.

Was auf dieses Versagen folgte, waren Monate, in denen Vera so viel aß wie sie konnte, weil sie glaubte, so mit der Schwangerschaft Schritt zu halten und sie unter dem Deckmantel der Leibesfülle verstecken zu können.

Was natürlich nicht ging und sie sich dann monatelang krankschreiben ließ. Aber nachdem das Ganze endlich mit einer Geburt beendet war, nahm sie alles, was sie gezwungenermaßen zugenommen hatte, wieder ab. Gott sei Dank!

Roswitha dagegen kämpfte offenbar mit ihrer Figur, bei ihrer Taille hatte sie den Kampf schon verloren.

Vera verstand das nicht, und es überkam sie mit einem Mal ein Gefühl des Ekels, das ihr Bauchschmerzen machte. Sie zwang sich, anderswohin zu schauen, nicht mehr zu Roswitha, sondern zu Adam.

Der nestelte an seiner Hosentasche. Es hing eine Kette heraus, die mit einem Karabiner an der Gürtelschlaufe befestigt war. Adam zog an der Kette. Eine goldene Uhr tauchte auf.

„Von meinem Großvater", sagte er.

Er klappte den Deckel hoch. Dieter beugte sich darüber.

„Darf ich mal sehen?"

Adam öffnete den Karabiner und wollte Dieter die Uhr reichen. Da entglitt sie ihm. Vera streckte den Arm aus. Doch Dieter hatte die Uhr schon aufgefangen.

„Beinahe!", rief er laut.

„Wer nimmt so ein schönes Stück auch mit in den Urlaub", platzte Roswitha heraus.

Sie warf Adam einen Blick mit Zornesfalte zu und gleich darauf lächelte sie Dieter an.

„Gott sei Dank hast du so eine Reaktion."

Er hielt die Taschenuhr und studierte sie.

„Hatte mal so eine ähnliche."

Adam sah ihn an.

„Ja?"

„Hab sie her geschenkt."

„Wie bitte?"

Adam wirkte wirklich bestürzt.

„Das war schon in Ordnung", sagte Dieter in sanftem Tonfall.

Doch Adam legte die Stirn in Falten und setzte eine melancholische Miene auf, dass sich Vera vorstellen konnte, wie gut er aussah, als er noch jung und gesund war.

„Der Glückliche, der das schöne Stück bekommen hat", seufzte er.

Vera erinnerte sich gar nicht an Dieters Taschenuhr, geschweige denn daran, dass er sie hergegeben hatte. Das musste vor ihrer Zeit gewesen sein. Obwohl da nicht so viel gewesen sein konnte. Sie waren so jung, als sie sich kennenlernten.

Paula kam mit einem großen Tablett. Brotkorb, Butter, Marmelade, Käse, Wurst, vier gekochte Eier. Fast wie zuhause.

Die aufgeschnittenen Mangos waren das Einzige, was ein bisschen nach Goa aussah. Dieter schenkte Kaffee aus. Sie tranken. Dann stieß sich Adam vom Tisch ab und rollte ein Stück zurück. Er breitete die Arme aus wie ein Politiker am Rednerpult.

„Alle mal herhören, ich spreche jetzt einen Toast aus."

Dieter massierte sich mit der Hand den Nacken und drehte den Kopf hin und her, als ob etwas Peinliches bevorstand.

„Ich will", setzte Adam mit feierlicher Miene an, „meinem lieben Freund Dieter und seiner Frau Vera, die ich jetzt das Vergnügen habe, kennen zu lernen, ganz herzlich für die Einladung in ihr langjähriges Ferienparadies danken."

Er machte eine Pause, wie um seine Worte nachklingen zu lassen.

„Ein Hoch auf die großzügigen Spender!"

Er klatschte drei Mal in die Hände und schaute zwischen ihnen beiden hin und her. Dann klopfte er Dieter auf die Schulter, und schließlich reichte er ihr die Hand über den Tisch.

„Es ist mir eine Freude, den Urlaub mit euch zu verbringen."

Dieter winkte ab.

„Reicht schon. Wir sind froh, dass du dabei bist."

Vera nickte zögerlich. Dann dachte sie nach. Auf einmal spürte sie, wie ihr das Blut ins Gesicht schoss. Dieter und damit auch sie zahlten Adam den Urlaub! Das hatte sie nicht gewusst. Dabei war ihr die zusammengewürfelte Gruppe gerade ein bisschen sympathisch geworden. Aber jetzt? Sie hielt sich die Hände an die heißen Wangen.

„Ist dir nicht gut?", fragte Roswitha.

„Doch, doch."

„Du schaust aber nicht gut aus."

Roswitha belegte eine Brotscheibe dick mit Wurst.

Möchtest du auch, fragte sie und hielt Vera die Wurstplatte unter die Nase.

Ihr wurde flau im Magen.

„Nein."

Roswitha stellte die Platte ab.

„Wie läuft`s denn eigentlich mit deiner Ausbildung?

Ihr wurde schwindlig. Roswitha redete einfach weiter.

„Ich muss zugeben, Dieter hat mir schon davon erzählt, von deinem Missgeschick. Aber eine Freundin von mir ist auch durchgefallen, und beim zweiten Mal hat sie es dann geschafft."

Vera wurde übel. Als sie aufstand, kippte ihr Stuhl um. Dieter rief ihr nach:

„Vera, was ist?"

Aber sie wollte nicht hören.

D ieter ließ die Badetasche in den Sand plumpsen. Dann breitete er die Decke neben Vera aus.

„Geht`s wieder?", fragte er vorsichtig.

Sie reagierte nicht, sondern rückte nur das Handtuch unterm Nacken zurecht. War wohl alles etwas überraschend für sie gewesen.

„Was liest du da?", fragte er und nahm das Heft, das neben ihr lag.

„Nicht verblättern!", fuhr sie ihn an.

Aber es war schon zugeklappt.

„Entschuldige."

„Nein."

Sie setzte sich mit einem Ruck auf und nahm ihre Sonnenbrille ab.

„Was hast du dir eigentlich dabei gedacht, ihm den Urlaub zu schenken?!"

Sie schlug mit der Hand auf den Boden, dass eine Delle in der Decke zurückblieb.

„Du hast Recht, ich hätte es dir sagen sollen."

Er stocherte im Sand herum.

„Aber die zwei sind doch ganz nett, oder?"

Vera lachte laut auf und wandte sich ab.

Dass sie sich so aufregen würde. Er gab sich doch auch mit ihren Entscheidungen zufrieden, ohne sich zu beschweren. Kein gemeinsames Squash, weil die Dame zusätzlich zu ihren Trainings keine Zeit hatte. Kein schnelles Auto, weil es ein Kleinwagen auch tat. Keine eigene Wohnung, die würden sie sowieso nie abbezahlen können.

Jetzt hatte sie sich auf die Seite gelegt und blätterte in dem Heft. Er betrachtete sie, folgte dem Schwung der Schultern, der überging ins Tal der

Taille. Dort wölbte sich die Hüfte empor. Dann der Po, perfekt, nicht zu wenig, nicht zu viel. Er erinnerte sich, dass ihre Haut am Morgen immer besonders weich war und schob sich näher heran, bis er sie riechen konnte. Er hatte nie eine andere Frau gewollt. Seine Lippen berührten ihren Rücken.

Sie schüttelte ihn ab.

„Lass!"

Er fasste sich in den Schritt und sank zurück auf die Decke.

Die Wolken trieben aufs Meer hinaus. Schnell schoben sie sich zusammen und sahen aus wie ein riesiger Wattebausch. Es musste sehr windig sein dort oben.

„Spricht diese Roswitha mich doch auf die Prüfung an."

Vera redete leise, aber die S-Laute in ihren Worten zischten durchdringend.

„Ist doch nicht so schlimm", versuchte er sie zu beschwichtigen.

Er holte sein Buch aus der Tasche und warf es auf die Decke. Ein Geschenk von Roswitha zum vergangenen Geburtstag, aber mehr als den Klappentext hatte er bisher nicht geschafft. Ein Mann, der den Vater nicht kannte und sich auf die Suche nach diesem machte. Ob er ihn fand? Die Seiten flatterten. Dieter würde an der Stelle zu lesen beginnen, die der Wind ihm anbot.

„Und was hast du Roswitha sonst noch alles erzählt?", unterbrach Vera seine Gedanken.

Er presste die Lippen aufeinander. Warum sollte er sich jetzt rechtfertigen?

Plötzlich zog Vera ihr Kleid über und hängte sich die Tasche um. Er setzte sich auf.

„Was machst du?"

„Siehst du doch."

Sie gabelte die Badelatschen auf zwei Finger und ging Richtung Lokal. Dieter streckte sich lang aus. Sollte sie doch, bitteschön.

Dieses Rauschen. So gleichmäßig. Waren es die Palmblätter? Er sah nach oben. Die Palme bewegte sich kaum. Er setzte sich auf. Es war das Meer. Die Wellen überschlugen sich viele Meter vor dem Strand und gaben dieses ununterbrochene Geräusch von sich. Er kniff die Augen zusammen. Der Dunst machte das Sonnenlicht gleißend.

Auf einmal sah er jemanden kommen. Roswitha. Die letzten Schritte stapfte sie schwer durch den Sand.

„Hallo", schnaufte sie.

„Setz dich", sagte er und wies auf die Decke neben sich.

Die Abdrücke von Veras Körper waren noch zu sehen. Roswitha ging daneben in die Knie.

„Warst du schon im Meer?", fragte sie.

„Nein."

Sie setzte sich auf die Unterschenkel, ohne die Decke zu berühren.

„Wo ist denn Vera?"

„Ich weiß es nicht, sie ist gerade gegangen."

Nun setzte sich Roswitha mit einer Pobacke auf die Decke und streckte die Beine aus.

„Will nicht lang stören."

Er schüttelte den Kopf.

„Du störst nicht."

Sie nahm die Brille ab, zog das T-Shirt ein Stück aus dem Hosenbund und putzte die Gläser mit dem Zipfel. Danach war der Stoff verknittert. Sie dehnte ihn in die eine und in die andere Richtung, um ihn wieder glatt zu bekommen. Sorgfältig, wie immer.

„Warst du schon im Wasser?", fragte er.

„Du weißt doch. Nicht allein."

Er überlegte.

„Ich kann ja mal mitgehen."

Sie sah ihn an.

„Also, ich hätte meinen Badeanzug drunter."

Schon öffnete sie den Knopf der Hose. Dieter sah ein, dass er es anders hätte formulieren müssen. Bei Gelegenheit konnte er mal mitgehen, oder so.

„Ich wollte eigentlich noch ein bisschen lesen", sagte er.

Aber Roswitha streifte sich schon die Hose ab.

„Wenn die Wellen noch höher werden, trau ich mich gar nicht mehr."

Sie zog das T-Shirt aus. Dieter raffte sich innerlich zusammen und klappte sein Buch zu.

„Fertig", lächelte Roswitha und legte die Brille aufs Buch.

„O.k.", sagte er.

Die ersten Schritte hielt er es noch aus, dann wurde ihm der Sand unter den Füßen zu heiß, und er rannte. Er ließ sich als erster in die Wellen sinken. Hinter sich hörte er Roswitha ins Wasser platschen.

„Ist das nicht herrlich!", prustete sie.

Schon hatte sie ihn eingeholt. Ihre Haare standen in alle Richtungen. Sie sah ein bisschen aus wie eine nasse Ratte. Offensichtlich scherte sie sich nicht darum. Sie schnitt sogar Grimassen, riss den Mund auf und formte ihn zu einem Oh. Er hätte sie küssen können dafür.

Vera hätte sich nie so gehen lassen. Sie hätte sich schnell die Haare aus der Stirn gestrichen, um wieder gut auszusehen. Müßig, darüber nachzudenken. So war sie eben. Doch plötzlich fühlte er seine Beine ganz schwer werden, als ob ihn etwas zwingen wollte, doch darüber nachzudenken.

Einmal hatte er Vera anders erlebt. Damals, als sie sich die Seele aus dem Leib presste, um ihr beider Kind auf die Welt zu bringen. Da hatte sie keine Lust, ihr mit Strähnen verklebtes Gesicht freizumachen. Wie schön sie da war. Seine Vera.

„War deine Frau schon im Wasser?", fragte Roswitha.

Auf dem Rücken liegend paddelte sie in seine Richtung.

„Nein", antwortete er, obwohl er es gar nicht wusste.

„Sollte sie mal!"

Roswitha schlug wild mit den Füßen, dass ihm Wasser ins Gesicht spritzte.

„Hey!", rief er und spritzte zurück.

Eine höhere Welle kam, und sie ließen sie über ihre Köpfe rollen. Danach rieben sie sich die Augen und lachten.

„Warte mal", sagte Roswitha und schwamm zu ihm.

Sie zupfte ihn an der Stirn.

„Au, du kneifst mich."

„Hier", lachte sie und ließ ein langes Stück Tang vor seinen Augen hin und her baumeln.

„Bah!"

Er stieß sich nach hinten ab und tauchte unter. Erst sah er nichts, die Wellen wirbelten den Sand unter Wasser auf. Dann gewöhnten sich seine Augen daran, und er entdeckte ein paar Fische. Sie waren seltsam farblos. Gab es hier sonst nicht blaue, rote und gelbe? Langsam wurde sein Atem knapp, aber er wollte noch ein Stück weiter, zu den Felsen dort. Er streckte den Arm aus. Der Stein war rau und mit einer Art grünem Gras bewachsen, das im Wasser hin und her wogte. Noch zwei Schwimmzüge weiter. Da vorn wurde es dunkel. Vielleicht eine Stufe? Jetzt musste er aber Luft holen.

Als er auftauchte, hörte er jemanden schreien. Es war Roswitha, die ein Stück entfernt im knietiefen Wasser stand.

„Mein Gott, wo bleibst du denn?", rief sie.

Er kraulte zu ihr. Sie hatte die Arme um den Körper gelegt und zitterte.

„Alles o.k.?", fragte er.

Sie brach in Tränen aus.

„Ich dachte, dir ist was", schluchzte sie.

Er legte ihr den Arm um die Schultern und wartete, bis sie sich beruhigt hatte. Sie lehnte sich schwer an ihn.

„Komm."

Er führte sie zurück unter die Palme. Noch immer hielt sie die Arme fest um sich geschlungen. Dann begann sie langsam, sich das Wasser mit den Händen vom Körper zu streichen. Er reichte ihr sein Handtuch. Erst vergrub sie eine Weile das Gesicht darin. Dann trocknete sie sich ab. Als sie fertig war, trat sie vor ihn hin.

„Danke", sagte sie leise und streichelte ihm über die Wange.

Er wollte das nicht.

„Roswitha", bat er sie.

Sie setzte die Brille auf.

„Entschuldige", flüsterte sie.

„Nein, nein, ich muss mich entschuldigen."

Es tat ihm wirklich leid. Er klopfte die Abdrücke, die Roswitha auf Veras Decke hinterlassen hatte, wieder eben. Dann legte er sich bäuchlings auf seine Decke und schloss die Augen.

„Ich geh dann mal wieder", sagte Roswitha.

Er nickte. Ihre stapfenden Schritte entfernten sich.

Alle Frühstücksgäste hatten sich verzogen. Adam war der einzige auf der Terrasse. Er genoss es, einfach nur aufs Meer zu schauen. Ungestörter Panoramablick. Da hörte er Schritte hinter sich. Das typische Klatschen von Badelatschen. Er drehte sich langsam um. Da sagte schon eine Stimme neben ihm hallo. Vera.

„Was für eine Überraschung, schon genug von Sonne und Meer?", fragte er.

Sie zuckte mit den Schultern.

„Na ja... , vielleicht."

Es war ihm ein bisschen peinlich, dass er im Rippunterhemd da saß. Als vorhin alle weg waren, hatte er sich das T-Shirt ausgezogen. Musste sie jetzt aushalten. Er streckte den Arm nach einem Stuhl aus und zog ihn zu sich her.

„Setz dich doch."

Vera war seiner Bewegung mit den Augen gefolgt.

„Da staunst du, was?", sagte er und spannte seinen Bizeps an.

Glücklicherweise hatte er vor dem Urlaub wieder mit dem Hanteltraining angefangen.

„Schon", lachte sie.

Er klatschte mit der flachen Hand auf den Muskel.

„Ich war mal Ringer."

„Ah!"

Sie setzte sich. Er ergriff ihre Hand und führte sie an den Oberarm.

„Fühl mal. Mein Trainer hat gesagt, Junge, du hast Zukunft."

Sie betastete zaghaft seinen Arm.

„Hmhm."

„Kannst ruhig fester."

„Danke, hab schon."

Sie zog ihre Hand zurück.

„Aber dann hatte ich diesen Autounfall vor 20 Jahren."

Er musste das jetzt sagen. Vera lächelte ihn auf eine Art an, die ihn zum Reden brachte. Aber warum fragte sie nicht nach? Er hätte gern mehr erzählt. Mit dem Handballen klopfte er ein paar Mal auf die Armlehne, dass der Rollstuhl bebte.

Vera deutete aufs Meer hinaus. Am Horizont lag ein riesiges Schiff.

„Ein Tanker?", fragte sie.

Er zwickte die Augen zusammen, um besser zu sehen. Aber das Schiff war zu weit weg.

„Möglich. Oder ein Kriegsschiff."

Er strich sich über die Wangen. Unrasiert, auch das noch. Auf so netten Damenbesuch war er nun wirklich nicht vorbereitet gewesen. Er drehte sich zu ihr. Die hellbraunen Locken fielen ihr weich in den Nacken. Sie konnte sicher gut zuhören.

„Nach Monaten im Krankenhaus war dann alles anders", begann er noch einmal, „Job weg, Frau weg."

Vera rutschte auf der Sitzfläche herum, als ob sie aufstehen wollte, aber sie blieb.

„Der mir reingefahren ist, hat sich übrigens aus dem Staub gemacht."

Vera zog sich einen Stuhl heran und stellte die Füße auf die Kante.

„Noch ein Tanker", sagte sie und deutete aufs Meer.

„Weiß nicht."

Adam griff mit zwei Händen unter seinen linken Oberschenkel und hob das Bein hoch. Auf diese Weise konnte er den Fuß auf die Fußstütze setzen. Das Gleiche mit rechts. Dann nahm er die Führungsräder und schob sich näher zum Geländer. Er schaute eine Weile aufs Meer hinaus.

„Ich glaube, es ist ein Passagierschiff", sagte er dann.

Vera hob die Füße von der Stuhlkante und schlüpfte in die Badelatschen.

„So eins mit sieben Stockwerken?", fragte sie.

„Moment", sagte Adam.

Er tat so, als ob er die Ebenen zählte.

„Adam Adlerauge", lachte sie laut heraus.

„Du lachst, meine Liebe. Aber ich sehe so gut, dass ich manchmal sogar in die Menschen hineinschauen kann", flüsterte er.

Die Luft flirrte. Er hatte das Gefühl, sie anfassen zu können. Unwillkürlich streckte er die Hand aus. Aber er griff ins Leere. Da knackte etwas hinter ihm. Das Geräusch kannte er. Es war die Schwingtür beim Tresen. Er drehte sich um und sah Lisa aus der Küche kommen.

„Ciao, ich konnte noch nicht euch begrüßen", rief sie ihnen entgegen.

Sie drückte Vera so fest, dass er überlegte, ob er eifersüchtig werden sollte. Fragte sich nur auf wen.

„Ein Jahr wir haben uns nicht gesehen", lachte Lisa.

Dann wandte sie sich ihm zu.

„Willkommen die neuen Gäste, Adam und seine Frau Roswitha!"

Sie grub die Finger in seinen Oberarm und rüttelte daran. Er spitzte den Mund.

„Wir freuen uns auch sehr. Allerdings ist Roswitha nicht meine Frau."

Er deutete auf seine Beine.

„Sondern meine Pflegerin."

„Ah, si."

Lisa nickte und machte ein ernstes Gesicht.

„Wir haben übrigens geplant was Tolles."

Sie hob die Augenbrauen, als ob sie die Spannung bei ihren Zuhörern steigern wollte.

„Ein centro für Wellness, Yoga, Ayurveda. Neben der Rezeption wir bauen ein Haus."

Dabei zeichnete sie mit den Händen etwas in die Luft, was wohl ein Haus sein sollte. Adam streckte den Zeigefinger nach oben, wie er es beim Melden in der Schule getan hatte.

„Bin dabei!", rief er.

„Wie lange bleiben alle?", fragte Lisa.

„Zwei Wochen", antwortete Vera, „warum?"

Lisa blinzelte wie eine Kurzsichtige, die etwas in der Ferne erkennen wollte.

„Das soll klappen. Wir sind fertig dann mit dem centro."

Adam war müde geworden und hatte das plötzliche Bedürfnis allein zu sein. Er bat die beiden, ihn zu entschuldigen. Der Weg zum Bungalow war holprig, aber es war an der Zeit, ihn einmal selbst zu fahren.

Als er angekommen war, stellte er sich auf der Terrasse ab und nahm sich das Kreuzworträtselheft vom Tisch. Eine Weile knobelte er an dem ‚Um die Ecke gedacht', aber eigentlich konnte er das gar nicht, um die Ecke denken. Da sah er aus dem Augenwinkel, wie Roswitha, nur mit einem Badeanzug bekleidet, versuchte, unbemerkt in den Bungalow zu huschen.

„Wen haben wir denn da?", tönte er im Bass.

Sie wäre fast gestolpert.

„Muss duschen", sagte sie schnell.

Er war gespannt, was sie ihm nachher erzählen würde. In der Zwischenzeit machte er eines von den einfachen Kreuzworträtseln. Als sie herauskam, war sie angezogen.

„Soll ich uns einen Orangensaft holen?", fragte sie.

„Eine hervorragende Idee!"

Eine Weile hörte er sie klappern. Dann kam sie mit einem Tablett auf die Terrasse. Eine Karaffe Saft, zwei Gläser und ein Schälchen mit Nüssen.

„Ah", ließ er wieder seine tiefe Stimme er klingen, „danke. Na, wo waren wir denn gerade?"

„Also, wenn du mich meinst, ich war am Strand", sagte sie und schenkte Saft in die Gläser.

„So allein?", fragte er und fasste in das Schälchen.

Wenn sie nichts sagte, würde er eben erzählen.

„Ich war jedenfalls ein bisschen mit Vera zusammen gesessen."

Er kaute.

„Ich mag sie", sagte er mit vollem Mund.

Roswitha hustete und trank einen Schluck.

„Du hast ja keine Ahnung!", blaffte sie ihn plötzlich an.

Er erschrak über ihre Heftigkeit.

„Was hab ich denn gesagt?"

Sie schlug die Augen nieder.

„Entschuldige."

Er wartete auf eine Erklärung. Aber offenbar wollte sie nichts erklären.

Er lehnte sich zurück. Neben der Bungalowtür entdeckte er ein paar dieser Eidechsen, Geckos, hießen sie. Er hatte im Reiseführer gelesen, dass die meisten nachts aktiv waren, ein paar wenige auch tagsüber. Das hier mussten also die tagaktiven sein. Sie saßen starr da, schauten mit hervorstehenden Augen nach links und rechts, als ob sie auf etwas warteten. Vielleicht auf Fliegen? Lang konnte Adam ihnen nicht zusehen, seine Augen fingen an zu brennen. Er rieb sie.

Vielleicht durch die plötzliche Bewegung aufgeschreckt, rannten die Geckos wie wild umher. Danach saßen alle woanders. Jetzt wollte er doch noch einmal bei Roswitha nachhaken.

„Wovon hab ich keine Ahnung?"

„Ach."

Sie rollte das Ch im Rachen, dass es sich wie ein Knurren anhörte. Dann ergriff sie die Armlehne und stand mit Schwung auf.

„Was der Dieter alles mitgemacht hat", stieß sie hervor.

Adam verstand gar nichts mehr. Roswitha machte eine Pause, als ob sie ihre Gedanken ordnen musste.

„Wenn dir jemand das verwehrt, was du dir im Leben am meisten wünschst!"

Dann verschwand sie im Bungalow.

„Was denn?", rief er ihr nach.

Es dauerte eine Weile, bis sie mit einem Apfel, einem Messer und einem Brettchen wieder kam. Sie schälte den Apfel, entfernte das Kerngehäuse und schnitt ihn in schmale Schnitze. Dann schob sie das Brettchen über den Tisch.

„Willst du?"

Sie blickte nicht auf dabei.

„Danke", sagte er und winkte ab.

Manchmal fragte man besser nicht weiter. Jeder arbeitete auf seiner eigenen Baustelle.

„Vera hat ein bisschen was von meiner Ex", sagte er stattdessen.

Roswitha stand wieder auf, holte sich ein Kissen aus dem Bungalow und machte es sich auf der Liege bequem. Sie nahm eine Zeitschrift und blätterte darin.

Einige Geckos saßen nun in der prallen Sonne. Ein Wunder, dass ihre zarten Körper nicht schmolzen.

„Hoffentlich bleiben die Viecher in der Nacht draußen", sagte sie auf einmal, wohl mehr zu sich selbst als zu ihm.

Er setzte sich aufrecht hin, legte die Handfläche ans Knie und zog daran. Der Oberschenkel hob sich. So konnte er den verschwitzten Stoff an der Unterseite von der Haut zupfen. Es war, als ob er an etwas Fremdem hantierte, nur nicht an sich. Jetzt der andere Oberschenkel. Er hob ihn hoch, doch das Bein fiel so schwer zurück, dass der Rollstuhl schepperte.

Roswitha zuckte zusammen und schaute herüber. Diesmal fasste er das Knie fester. So lüftete er den anderen Oberschenkel. Aus Schweiß, Hitze und ein paar Sandkörnern konnte schnell eine wunde Stelle entstehen.

„Und was genau hat Vera von deiner Ex-frau?", fragte Roswitha.

Er atmete aus.

„Diesen leicht herunterhängenden Mund-winkel, links, glaube ich, wo man nicht weiß, ob sie es verächtlich meint oder wit-zig.

Sie legte die Zeitschrift beiseite.

„Warum bist du eigentlich nicht mehr mit ihr zusammen?"

Das Interesse tat ihm gut.

„Nach dem Unfall hat sie mich nicht mehr ertragen."

Roswitha schlug die Augen nieder und schwieg. Er wollte jetzt wirklich nicht, dass sie sich Sorgen machte. Das nächste, was er sagte, würde fröhlich klingen.

„Übrigens gibt es hier bald Wellness. Wie wär`s, wenn ich dich zu einer Massage ein-lade?"

Roswitha lächelte, erst ein bisschen, dann von einem Ohr zum anderen. Treffer.

A ußer den Schmelzkäse hatte Sabor alles gegessen. Das Hühnchencurry, den gemischten Salat, den Himbeerquark und die Knäckebrote. Die Stewardess schob das Tablett in den Wagen und lächelte. Ihre dunkle Hautfarbe machte ihre weißen Zähne noch weißer.

„Do you like tea or coffee?"

Sie war ungefähr so alt wie er.

„Coffee please."

"Milk and sugar?"

Dieser Augenaufschlag.

„Yes."

Sie stellte den Becher mit Kaffee in die dafür vorgesehene Vertiefung und tat zwei Zuckertüten und zwei Portionsmilch dazu. Außerdem ein Glas Wasser. Er nahm eines dieser Plastikkännchen, hielt es ein Stück von sich weg, bog die Lasche nach oben und zog. Wie immer. Die Milch spritzte auf den Tisch. Er tippte mit der Fingerspitze hinein und leckte daran.

Die Stewardess hatte ihm dabei zugesehen.

„Uups", sagte sie mit einem langgezogenen U und legte ihm eine Serviette hin.

Dann beugte sie sich über ihn, um seinen Nachbarn die Getränke zu reichen. Er presste den Rücken in den Sitz. Dieser Blick, dieser Geruch. Wie sie sich wohl anfühlte? Endlich war sie fertig und schob den Wagen zur nächsten Reihe.

Ein Bildschirm klappte sich von der Decke herunter. Das kleine Flugzeug darauf blinkte rot über dem Südosten Europas. Die Schnauze deutete ungefähr auf Kroatien. Dort war er schon mit seinem Vater gewesen.

„Das erste Mal in Indien?", fragte der Mann neben ihm.

Sabor räusperte sich.

„Ja."

Der Mann lächelte und deutete auf den dicken Reiseführer im Netz vor ihnen.

„Sie bereiten sich gut vor."

„Ja, schon."

Sabor wusste nicht recht, was er mit dem Mann im Anzug reden sollte. Aus Verlegenheit nahm er den Reiseführer und klappte ihn auf. Aber er war zu müde zum Lesen.

Die Tage vor dem Flug hatte er so viel zu organisieren gehabt. Rucksack kaufen, Impfungen machen lassen. Außerdem bat er den Arzt, ihm vorsichtshalber etwas gegen Malaria zu verschreiben, auch wenn die Moskitos gegen fast alle Mittel resistent waren. Aber sein Vater wollte es, und so tat er ihm den Gefallen. Seit dem gemeinsamen Pizzaessen war es anstrengend genug mit ihnen beiden. Also nicht noch mehr Durcheinander.

Das rot blinkende Flugzeug auf dem Bildschirm war schon über dem Nahen Osten. Das war schnell gegangen. Aber ob das wirklich ihrer aktuellen Position entsprach? Die Anzeige schaltete um auf einen Spielfilm. Der Mann neben ihm riss die Plastiktüte mit dem Kopfhörer auf und stöpselte ihn ein.

Sabor hatte keinen gewollt, als sie ausgeteilt wurden. Er schaute den Film einige Minuten lang an. Die Schauspieler öffneten und schlossen den Mund, lachten sich an, rollten die Augen, der eine stieg aufs Motorrad und fuhr davon, alles völlig geräuschlos. Rätselhaft, worum es ging. Er starrte am Bildschirm vorbei ins Leere.

Wie hatte sein Vater so lang schweigen können? Das war nicht fair. Nach der Pizza hatte Sabor es nicht mehr ertragen und war allein nach Haus gegangen. Salzige Tränen verdünnt mit Regentropfen.

Der Spielfilm wurde unterbrochen, und es erschien wieder die Landkarte. Das kleine rote Flugzeug blinkte über Afghanistan. Oder war es Saudi Arabien? Langsam verließen ihn seine geographischen Kenntnisse. Sein Nachbar drehte sich zu ihm.

„Sie haben Recht, sagte der und zog sich die Kopfhörer aus den Ohren."

Was meinte er? Sabor schaute wohl so fragend drein, dass der Mann gleich antwortete.

„Dass Sie den Film nicht ansehen. Taugt nichts."

Sabor nickte. Die Stewardess von vorhin schob den Wagen an ihnen vorbei. Sie war so schmal, dass sie die Uniform nicht ganz ausfüllte. Als sie bei ihrer Kollegin in der Küche angekommen war, zog sie den Vorhang zu. Sabor glaubte, ein Kichern zu hören. Vielleicht machten sie Pause. Doch da wurde der Vorhang aufgezogen und dieselbe Stewardess kam mit einem Wagen, vollgepackt mit Kissen, wieder heraus. Sie verteilte sie an die Passagiere. Ein bisschen ähnelte sie seiner Mutter auf dem Foto, das er immer bei sich trug. Eine sehr junge schöne Frau mit dunklen Haaren. Sie war bei ihm angelangt und reichte ihm ein Kissen.

„If you like, Mister."

Er sah ihr in die Augen.

"You can take the cushion, if you like", sagte sie noch einmal.

Er nahm das Kissen und legte es auf den Schoß. Die Stewardess schob den Wagen weiter. Nach einer Weile drehte er sich um. Als hätte sie seinen Blick gespürt, drehte auch sie sich um. Er setzte sich wieder nach vorn und schaute aus dem Fenster. Außer dem Weiß der Wolken war da nichts.

Sein Sitznachbar hatte sich das Kissen in den Nacken gestopft und das Gesicht von ihm abgewandt. Sabor sah die Halsschlagader unter der Haut pochen. Auf einmal fühlte er sich sehr allein. Er zog die Knie zu sich heran. Das Kissen lag nun eingekeilt zwischen Oberschenkeln und Bauch. Wäre doch sein Vater hier. Aber der Vater vor dem Abend in der Pizzeria, nicht der andere, der nur so tat, als wäre er es. Wie sollte er ihn jetzt bloß nennen? Er schloss die Augen. Doch ihm fiel nichts anderes ein als ‚Vater'.

Als er aufwachte, fror ihn. Das rote Flugzeug blinkte schon über Indien. Er stand auf und holte seine Jeansjacke aus dem Fach über den Sitzen. Als er sie anzog, fiel etwas aus der Brusttasche. Das Päckchen, das ihm sein Vater vor dem Abflug in die Hand gedrückt hatte. Zusammen mit einer Tüte belegter Brote, Äpfeln, Tetra Paks Orangensaft und Gummibärchen, wie für einen Schulausflug. Sabor hatte gefragt, was das denn wäre, aber sein Vater umarmte ihn bloß. Seltsam, wenn man sich größer fühlte als der, der einen aufgezogen hatte.

Der Mann neben ihm wachte auf und zerrte an seinem Jackett. Es war in den Spalt zwischen den Sitzen gerutscht und steckte fest. Noch ein Ruck, dann schnalzte es heraus. Der Mann stieß ihm versehentlich den Ellbogen in die Seite.

„Oh, entschuldigen Sie."

„Schon o.k.", winkte Sabor ab.

Der Mann schraubte eine Flasche Wasser auf.

„Mögen Sie auch", fragte er und hielt die Flasche hoch.

„Ja, gern."

„Diese Luft hier trocknet einem die Kehle aus, finden Sie nicht auch", sagte der Mann und schenkte ihm ein.

Sabor nickte und trank. Dann deutete er auf die zerknitterte Stelle am Jackett. Der Mann nahm den Stoff zwischen beide Handflächen und versuchte ihn zu glätten.

„So ist das, wenn man unterwegs ist", lachte er, „aber ich hab noch zwei Jacketts dabei."

„Sie fahren nicht in Urlaub, oder?", mutmaßte Sabor.

„Erraten."

Der Mann neigte den Oberkörper nach vorn, um sich gleich darauf wieder anzulehnen. Es wirkte wie eine Verbeugung.

„Ich arbeite in der Tourismusbranche."

„Sowas wie Restauranttester?"

Der Mann lächelte.

„Nicht direkt. Ich suche schöne Plätze für unsere Investoren."

Sabor presste die Lippen aufeinander. Er stellte sich vor, wie dieser Geschäftsmann sündhaft teure

Feriendomizile an steinreiche Leute vermittelte. Der Mann trank sein Glas leer und stellte es in die Vertiefung zurück.

„Und was machen Sie beruflich?"

„Schreinergeselle."

„Ah! Deutsche Wertarbeit."

Der Mann musterte Sabors Hände, Arme, Schultern.

„Ich hätte da vielleicht was für Sie", sagte er plötzlich.

Sabor war auf dem Sitz ein Stück nach unten gerutscht, weil er dem Blick des Mannes ausweichen wollte. Jetzt schob er sich wieder hoch.

„Was meinen Sie?"

„Ich kenn da eine kleine Anlage in Goa", fuhr der Mann fort, „die wollen anbauen, Wellness oder so. Also, wenn Sie einen Job suchen... ."

Sabor war so überrascht, dass ihm der Mund offen stehen blieb. Der Mann glättete noch einmal sein zerknittertes Jackett.

„Natürlich kein Lohn wie bei uns, aber freie Kost und Logis."

„Wow", entfuhr es Sabor.

Er war zwar kein Zimmerer, aber ein Gartenhaus hatte er immerhin schon gebaut. Der Mann griff in die Brusttasche und gab ihm eine Visitenkarte. Sabor las stumm: Peter Mayer, Beautiful Real Estate, Indian Section.

„Und wo und wie?", stotterte er, noch völlig perplex.

„Dreaming Goa, ein Familienbetrieb im Süden. Ich schreib Ihnen den Kontakt mit dazu."

Der Mann kritzelte etwas auf das Kärtchen.

„Sie sagen einfach, dass Sie von mir kommen.

Dann nahm dieser Peter Mayer eine Zeitung aus dem Netz.

„Und wie war Ihr Name?", fragte er, als er sie aufschlug.

„Sabor."

Sie gaben sich die Hand. Das Papier knisterte.

„Na dann, Sabor, sag bitte Peter."

Damit verschwand er hinter der Zeitung. Sabor fiel zurück in den Sitz. Er musste nachdenken. Was für ein Angebot. Aus heiterem Himmel. Er blätterte ziellos im Reiseführer. Dann begann er zu suchen. Nirgends ein Dreaming Goa. Musste ein Geheimtipp sein. Er klopfte ein paar Mal mit der Visitenkarte auf das Tischchen. Eigentlich hatte er zuerst in den Norden reisen wollen. Egal. Urlaub! Abenteuer! Er legte die Karte als Lesezeichen in den Reiseführer und steckte ihn zurück ins Netz. Dabei streifte er das Päckchen, das er beim Abflug hinein geklemmt hatte.

Er zog es heraus und legte es auf das Kissen in seinem Schoß. Nach dieser unvorhergesehenen Wendung seiner Reisepläne fand er es jetzt die passende Gelegenheit, das Geschenk seines Vaters zu öffnen. In der durchsichtigen Plastiktüte mit blauen Sternchen drauf, die aussah wie ein Gefrierbeutel, steckte mit Küchenpapier umwickelt etwas Hartes, Schweres.

Auf einmal schepperte es im Gang. Weiter vorn verteilte seine Stewardess Duty Free Produkte. Hin und wieder sah sie ihn an. Nein, er wollte jetzt ungestört sein. Er stand auf und ging in die entgegengesetzte Richtung.

Als er den Riegel der Toilette vorgeschoben hatte, löste er den Klebstreifen der Plastiktüte. Dann faltete er das Küchenpapier auseinander, vorsichtig, damit er es danach wieder verwenden konnte. Es war in mehreren Lagen um das Geschenk gewickelt. Er befühlte das Päckchen noch einmal. Rund. Eine Münze? Er rollte die letzte Lage Papier ab, und zum Vorschein kam eine Taschenuhr. Glänzend, golden.

Unwillkürlich pfiff er durch die Zähne. Wie kam sein Vater darauf, ihm so eine Uhr zu schenken? Er nahm sie in die Hand. Das Metall schmiegte sich kühl an die Haut. Auf dem Deckel prangte eine großflächige Gravur. Verschlungene Blumen und Blätter. Er strich mit der Fingerspitze darüber und spürte die zarten Vertiefungen. Dann klappte er den Deckel auf. Die Uhr hatte römische Ziffern, feine lange Striche. Die Innenseite des Deckels war so glatt poliert, dass Sabor sein Spiegelbild darin sah. Er hob die Uhr auf Augenhöhe und schaute sich an. Da sah er drei Initialen.

Er neigte den Deckel, damit er sie besser lesen konnte. Von D. & V. für E. Ja klar. Die Uhr war von dem Mann und der Frau, die er nicht kannte. Noch nicht. Aber wofür das E. wohl stand? Hatte er am Anfang anders geheißen, vielleicht Emil oder Erik? Dabei hatte er "Sabor" immer für den einzigen Namen gehalten, der für ihn möglich war. Jemand rüttelte an der Toilettentür. Schnell klappte er die Uhr zu, schlug sie ins Küchenpapier ein und packte sie weg.

Als er sich auf den Platz setzte, ertönte ein Piepen. Gurte anlegen. Die Stewardess ging langsam an ihm vorbei. Auf einmal hatte er das Gefühl, sie schon lang zu kennen.

„Fasten your seat belts, please."

Fast klang es so, als sagte sie es nur zu ihm. Er ließ den Gurt einschnappen. Peter knuffte ihn in die Seite.

„Vielleicht klappt`s ja, würde bestimmt passen."

Was meinte er denn jetzt?

„Ich meine das mit dem Job im Dreaming Goa", unterbrach ihn Peter in seinen Gedanken und grinste.

Dann deutete er auf das Titelbild des Reiseführers. Weißer Strand, türkises Meer, grüne Palmen.

„Wirklich ein Traum, dieses Goa. Du wirst es erleben."

Dieter öffnete die Augen. Vera war schon wach. Sie streckte sich, Arme weit nach oben. Er berührte ihre Wange. Ein zarter Flaum. Weiter zum Mund. Die Oberlippe war so entspannt von der Nacht, dass sie ein bisschen über die Unterlippe ragte. Als ob Vera schmollte. Er fuhr ihren Arm entlang bis zur Hand, wollte seine Finger mit ihren verschränken. Aber sie öffnete sie nicht. Er vergrub sein Gesicht unter ihrer nackten Schulter. Sie schüttelte sich und rückte von ihm ab.

„Deine Bartstoppeln!"

Er atmete tief ein. Ihren Morgengeruch, eine Mischung aus Schweiß und Vanille, kannte er nur vom Urlaub, wenn sie in einem Doppelbett schliefen. Er schob seine Hand unters Laken. Ihr Körper fühlte sich kühl an. Er streichelte ihre Brüste, ihren Bauch, ihre Hüften, dann fuhr er zwischen ihre Oberschenkel. Da war es warm. Er rückte näher. Ihr Körper entlang seines Körpers. Er umschlang ihren Hals und legte ein Bein über sie. Sie hatte die Augen geschlossen und bewegte sich nicht. Er küsste ihr Ohr.

„Nicht", sagte sie und wedelte mit der Hand, damit er aufhörte.

Er fasste sie fest um die Taille und wartete, dass sie sich entspannen würde. Aber sie schniefte nur und rieb sich hektisch mit dem Zeigefinger unter der Nase.

„Wir könnten es so schön haben", platzte es aus ihm heraus.

Vera machte sich von ihm los und drehte sich auf die andere Seite. Er lag nackt da und spürte die Kälte, die entstand, wenn plötzlich Luft an verschwitzte Haut kam. Er kratzte sich im Schritt.

Durch die Schlitze in den Fensterläden drang helles Licht. Er wollte gar nicht wissen, wie spät es war. Lieber glauben, sie hätten noch viel Zeit. Er griff nach dem heruntergerutschten Bettlaken und deckte sich zu.

Über der Badtür saß ein Gecko. Sein Körper war geschwungen wie ein Fragezeichen. Er musste sich doch mal bewegen. Wenigstens Luft holen. Aber er blieb starr wie ein Ding. Als Vera aufstand, wippte das Bett ein paar Mal nach. Sie ging ins Bad und schloss die Tür hinter sich. Da huschte der Gecko nach oben in die Zimmerecke. Lebte also noch. Die Dusche ging an. Nach einer Weile kam Vera wieder heraus. Sie trug BH und Slip und setzte sich aufs Bett. Dieter deutete auf den Gecko. Der hatte sich so in die Ecke gepresst, dass sein Körper fast darin verschwand.

Vera nickte.

„Wenn es ein Nachtgecko ist, wird er sich gleich ein dunkles Plätzchen suchen", sagte sie und wies auf die hellen Sonnenstreifen am Boden.

Dieter wollte jetzt doch nicht über Geckos plaudern.

„Und wenn es damals anders gelaufen wäre?"

„Was meinst du?", fragte sie und zog ein T-Shirt über.

„Wir hätten eine Familie sein können."

Sie seufzte.

„Nicht die alte Geschichte!"

Er ergriff ihr Handgelenk.

„Aua!"

Statt den Griff zu lockern, fasste er fester zu.

„Aber diese Geschichte ist nicht zu Ende", zischte er.

Wie sollte sie. Dieter hatte diese Augen nie vergessen. Augen, in denen er meinte zu versinken, als sie sich das erste Mal öffneten. Er wollte ihn nicht mehr hergeben, seinen Sohn. Aber Vera mit ihren zusammen gepressten Lippen wirkte so entschlossen, wie er sie noch nicht erlebt hatte. Sie sah das kleine Bündel nicht einmal an, als die Hebamme es hochhielt.

„Was willst du denn?", platzte Vera heraus und versuchte ihr Handgelenk aus der Umklammerung zu winden.

Aber er gab ihr keine Chance.

„Ich sag dir, was ich will."

Er senkte die Stimme.

„Ich will, dass es dir leid tut. Dass es dir von Herzen leid tut, dass wir keine Familie geworden sind", blaffte er ihr ins Gesicht.

„Bäh", machte sie.

Versehentlich hatte er sie angespuckt. Er ließ locker. Sie rieb sich mit dem Laken übers Gesicht. Dann fuhr sie hoch.

„Du bist ja verrückt!", stieß sie hervor und massierte sich das Gelenk.

Vielleicht hatte sie Recht. Es war lang her. Sie war so jung gewesen. Und er auch. Zu jung vielleicht. Aber auch danach hatte sie ihm keine Chance gegeben. Keine Reaktion auf seinen immer wieder vorgebrachten Vorschlag ‚Wie wär`s mit einem neuen Versuch'.

Hätte er Roswitha jetzt bei sich gehabt, hätte sie ihm die Hand auf die Schulter gelegt. Seltsam, es war ihm, als ob die Haut an der Stelle wirklich warm wurde.

„Entschuldige", sagte er.

Vera machte kreisende Bewegungen mit der Hand, wohl um zu prüfen, ob das Gelenk Schaden genommen hatte. Dann holte sie ein Glas mit Tabletten aus ihrer Tasche.

„Was nimmst du da eigentlich?"

Sie fischte eine Tablette heraus und spülte sie mit einem Schluck aus der Wasserflasche hinunter. Ihre Kehle bewegte sich auf und ab.

„Vitamine."

„Hmhm."

Wozu Vitamine, wenn man sich so gesund ernährte, wie sie es tat? Aber sie machte sowieso, was sie wollte. Dieter setzte sich auf.

Der Gecko in der Zimmerecke war weg. So wie sie plötzlich da waren, waren sie auch wieder verschwunden. Er sprang aus dem Bett und klappte die Läden auf. Grelles Licht fiel in den Raum. Er ging auf die Terrasse und setzte sich in den Schatten. Nach dem späten Abendessen gestern hatte er noch keinen Hunger. Das Meer rauschte laut. Wahrscheinlich kam die Flut.

Vera setzte sich ihm gegenüber. Sie klopfte eine Zigarette aus der Packung und zündete sie an. Nachdem sie einen tiefen Zug gemacht hatte, lehnte sie sich zurück und schloss die Augen.

„Ähm", begann er.

Sie öffnete die Augen.

„Der Rauch weht mir ins Gesicht."

Sie nahm die Zigarette in die andere Hand. Als ob das half. Er rutschte ein Stück weg und legte den Kopf in den Nacken.

Über ihnen ein dichtes Dach aus Palmblättern. Nur an ein paar Stellen stach das Sonnenlicht hindurch. Es war windstill, nichts rührte sich. Das Ganze hätte auch eine Fotografie sein können. Ein Moment, festgehalten bis in alle Ewigkeit.

Vera drückte die Zigarette aus und nahm einen Schluck von der Wasserflasche. Dann griff sie nach ihrem Handy.

„Eine SMS von Marianne!", rief sie aus.

Er zuckte zusammen.

„Ist was passiert?"

Vera tippte auf das Display und las vor:

„Hallo ihr, Paketdienst war da, hat mir aber nichts gegeben. Erwartet ihr was? Blumen wohlauf. Liebe Grüße, Marianne."

Sie blickte hoch.

„Hattest du was bestellt?"

Er dachte nach und schüttelte den Kopf.

„Nicht, dass ich wüsste."

Er überlegte noch einmal. Nach einer Weile meldete sich sein Magen mit einem Knurren.

„Lass uns doch jetzt frühstücken gehen", sagte er.

Vera nickte.

Als sie auf die Lokalterrasse kamen, saß da kein einziger Gast. Um halb zwölf waren natürlich auch Roswitha und Adam mit dem Frühstück fertig. Sie setzten sich an einen schattigen Tisch am Geländer. Dieter ließ die Sonnenbrille auf. Das gleißende Licht blendete ihn trotzdem. Er beschirmte die Augen eine Weile mit der Hand. Dann brauchte er beide Hände, um sich den Schweiß aus dem Nacken zu streichen. Man konnte ahnen, wie drückend es in der nächsten Zeit werden würde.

„Wo sind denn die anderen?", fragte Vera und fächelte sich mit der Speisekarte Luft zu.

„Mittagsschlaf vielleicht."

Da hörte Dieter Schritte hinter sich.

„Ciao ciao ragazzi, heute spät!", rief Lisa.

Sie kam lächelnd auf sie zu. Er bemerkte zum ersten Mal, dass ihre oberen Schneidezähne etwas übereinander standen. Wie sympathisch unperfekt.

„Ich möchte bitte nur zwei Buttertoast und Kaffee", sagte er.

Lisa nickte und schaute Vera an.

„Ich dasselbe."

Jetzt wiegte Lisa den Kopf hin und her. Es sollte wohl aussehen wie bei einer Inderin, die Ja sagt, wirkte aber doch wie das Kopfschütteln einer Italienerin.

„Schlecht geschlafen, ragazzi?", fragte sie.

Dieter hob die Schultern. Da legte sie den Zeigefinger an den Mund, als ob sie scharf nachdachte.

„Passe auf. Ich bringe noch ein kleines speciale."

Er schaute ihr nach. Sie ging so energisch in die Küche, dass die Schwingtür im Rahmen stecken blieb und den Blick auf den Herd freigab. Mattayar stand über einen Topf gebeugt und rührte darin. Kurz darauf erschien Lisa hinter ihrem Mann und schaute ihm über die Schulter. Er führte den Kochlöffel zum Mund. Sie pusteten beide gleichzeitig auf die dampfende Flüssigkeit. Mattayar probierte als erster. Dann hielt er Lisa den Löffel hin. Als sie genippt hatte, sahen sie sich an und lächelten.

Dieter atmete tief ein. Was alles hätte sein können. Er suchte Veras Blick. Sie sah ihn an und zog einen Mundwinkel herunter. Er berührte ihre Hand. Sie nahm sie weg und versuchte ein paar Wollknötchen von der Tischdecke zu zupfen.

„Ich denk grade dran", begann sie, „Marianne sollte doch nur bei was wirklich Wichtigem schreiben."

Sie stützte sich auf die Armlehne, Ellbogen weit nach außen, als ob sie aufstehen wollte.

„Ruf doch zurück, wenn es dich beruhigt", schlug Dieter vor.

Da kam Lisa mit dem Tablett. Als sie Tassen, Teller, Kaffee und gebutterten Toast verteilt hatte, stellte sie zwei Schüsseln mit helloranger Creme dazu.

„Voila", sagte sie in italienischem Französisch und breitete die Arme aus, „grade frisch gemacht."

„Ah, Mangocreme, mille grazie", bedankte er sich.

Aber sie war schon wieder weg.

Ein Sonnenstrahl spiegelte sich im Handy und blendete. Dieter schob es ein paar Zentimeter von sich weg. Vera blickte von ihrer Mangocreme auf.

„Weißt du, wie spät es zuhause ist?", fragte sie.

Er nahm eine Scheibe Toast und brach ein Stück davon ab.

„Zwölf Uhr plus fünfeinhalb Stunden", rechnete er, „macht ungefähr halb sechs."

Vera stellte die Schüssel mit der Mangocreme von sich weg und nahm ihr Handy.

„Marianne müsste also schon da sein", sagte sie und wählte.

„Mach doch auf Lautsprecher", bat er.

Sie drückte das Symbol. Es tutete.

„Vielleicht ist sie beim Joggen. Macht sie neuerdings wieder, hat sie mir erzählt."

Vera schaute in die Luft, während es weiter tutete. Dieter nahm einen Schluck Kaffee. Da krachte es in der Leitung.

„Hallo?"

Mariannes Stimme hörte sich ungläubig an.

„Hallo Marianne, hier ist Vera."

„Ist was passiert?", fragte Marianne in aufgeregtem Ton.

„Nein, nein, ich ruf nur an wegen deiner SMS."

Es krachte wieder in der Leitung.

„Marianne?"

„Bin noch da."

Dass sie überhaupt so gut zu verstehen war.

„Ich glaub, es ist nicht so wichtig", sagte Marianne von gelegentlichem Knacken unterbrochen, „aber ein junger Typ wollte eure Adresse zum Nachschicken. Ich hab natürlich gesagt, dass ihr in eurem Goatraum jetzt gar nichts braucht."

Plötzlich hörte es sich an, als würde sie ein Lied summen.

„Bist du noch dran?", fragte Vera.

„Jaa", flötete Marianne, „und außerdem sah er ziemlich gut aus."

Sie dehnte das I in „ziemlich" in die Länge.

„Wie bitte?"

„Na, der Typ vom Paketdienst", sagte Marianne, „übrigens hatte er kein Paket, sondern nur einen Umschlag dabei."

Dieter horchte auf.

„Von wem?", rief er ins Handy.

„Ach hallo Dieter! Weiß nicht, er hat ihn ja wieder mitgenommen."

War das möglich, jetzt, nach so langem Warten endlich eine Antwort? Am liebsten wäre Dieter aufgesprungen und losgerannt. Aber er wollte hören, was Marianne noch sagte.

„Tschuldigung, meine Lieben, muss los, bin zum Joggen verabredet."

„Ja, danke und bis bald dann", sagte Vera.

Sie legte auf und blickte noch ein paar Sekunden auf das leere Display.

„Na ja, wir werden schon noch erfahren, wer uns was schicken wollte", sagte sie.

Dieters Herz schlug hart an die Rippen. Der Umschlag konnte nur vom Jugendamt sein. Die Frau hatte ihm zugesichert, sich sofort per Boten zu melden, wenn sie eine Nachricht bekommen hatte. Von seinem Sohn. Von dessen Willen hing alles ab. Wenn der ihn sehen wollte, dann… Dieter stand auf und klammerte sich an die Stuhllehne.

„Bin mal ums Eck", sagte er, ohne Vera anzusehen.

Er ging Richtung Toilette. Doch kurz vorher drehte er ab zum Strand. In der Brandung fing er an zu joggen. Dann rannte er. Bis er nicht mehr konnte. Atemlos blieb er stehen. Hatte Marianne diesem Boten nicht etwas von Goatraum erzählt?

Dreaming Goa. Hier machten sie Urlaub. Am Horizont tauchte ein Gedanke auf, den Dieter erst nach ein paar tiefen Atemzügen zu Ende denken konnte.

Was, wenn der Bote sein Sohn war und ihm nun nachreiste? Er wusste nicht, ob er lachen oder weinen sollte.

D er Taxifahrer hatte die Anlage gleich gefunden. "Dreaming Goa" prangte in großen roten Buchstaben an der Rezeption. Sabor stellte den Rucksack ab. Es roch nach Räucherstäbchen. Aus dem Hinterzimmer tauchte eine junge Frau auf.

„Hello, can I help you?"

Er wusste nicht, wohin er zuerst schauen sollte, in ihre dunklen Augen in dem hellen Gesicht oder auf ihren hüpfenden Pferdeschwanz.

„You want a bungalow?", fragte sie in einem starken, vielleicht spanischen Akzent.

Er musste lächeln.

„Mister?"

„Sorry", sagte er und schlug die Brieftasche auf.

Er holte Peter Mayers Visitenkarte heraus und legte sie auf den Tresen.

„He said you are looking for a craftsman."

Sie nahm die Karte und las.

„Please wait."

Er sah ihr nach. Sie war jünger als er, höchstens 18. Er setzte sich auf eine Holzbank und wartete. Die Uhr hinter dem Tresen zeigte Viertel nach elf. Ein Glück, dass so spät noch jemand da war. Die Tür ging auf und die junge Frau kam in Begleitung einer anderen zurück. Diese sah ihr ähnlich, dieselben Augen, nur war sie älter.

„Ein Freund von Peter, bravo, bravo", sagte die Ältere.

Sie gab Sabor die Hand.

„Willkommen! Ich bin Lisa. Mein Mann und ich machen das Resort. Und das ist meine Schwester Paula."

Sie deutete auf die jüngere. Paula lächelte ihn an. Ein netter Empfang.

„Wie heißt du, ich darf ,du' sagen, oder?", fragte Lisa.

„Sabor."

„Was für eine Name", lachte sie, „Ungarn, Spanien?"

Er zuckte mit den Achseln. So hieß er eben.

„Scusi, wollte natürlich sagen, schöner Name. Und selten!"

Lisa klopfte ihm auf die Schulter.

„Wir besprechen morgen, welche Arbeit für dich ist. Du siehst müde aus."

Sie schob ihn sanft Richtung Tür.

„Wo könnte ich noch was zum Essen bekommen, bitte?", fragte er vorsichtig.

„Natürlich", rief sie und schlug sich auf den Mund, „ich mache das und Paula geht zum Bungalow mit dir."

Er schulterte den Rucksack.

„Numero cinque, per favore", sagte Lisa zu ihrer Schwester.

Paula nahm den Schlüssel mit der Nummer fünf vom Board. In ihrer kleinen Hand sah der große keulenförmige Anhänger noch größer aus.

Als sie vor die Rezeption traten, machte Sabor einen tiefen Atemzug. Hier konnte man es aushalten. Paula ging voraus. Die Laternen wiesen ihnen mit schwachem Licht den Weg. Immer lauter rauschte die Brandung, war aber noch nicht zu sehen. Nachher musste er schnell an den Strand, ans Meer!

Paulas Waden leuchteten. Heller als die Laternen. Jetzt blieb sie vor einem Bungalow stehen. Links und rechts zwischen den Palmen erkannte er noch weitere Bungalows. Es waren einfache Hütten, auf Stelzen gebaut. Konnte er unter Umständen auch bauen. Paula sperrte die Tür auf und knipste das Licht an.

Zwei Geckos an der Wand stoben auseinander und flüchteten in dunkle Ecken. Er hatte diese Tiere noch nie aus der Nähe gesehen. Paula betrat den Raum als erste. Sie öffnete die Holzläden, ein Glasfenster gab es nicht, nur ein Fliegengitter. Als sie das Licht im Bad anschaltete, huschten auch hier Geckos davon und verschwanden in den Ritzen des Fensterrahmens. Man nahm ihre Bewegung kaum wahr, so schnell waren sie. Paula drehte den Wasserhahn auf, wohl um zu zeigen, dass er funktionierte. Sie schob den Vorhang beiseite und stellte die Dusche an. Ein dünner Strahl.

Sabor stand genau hinter ihr und betrachtete ihren schmalen Hals. Sie drehte sich um.

„All is o.k.", sagte sie.

Würde sie doch noch mehr in diesem Italienisch-Englisch sagen. Doch sie zeigte ihm nur die Handfläche.

„See you!"

Statt ihr mit demselben Spruch zu antworten, kam er auf die Idee, seine Hand an ihre zu legen. Sie sah ihn an, ohne die Miene zu verziehen. Plötzlich schämte er sich und ließ die Hand sinken. Paula ging hinaus.

„You come for dinner later?"

„Yes, thank you."

Er schloss die Tür hinter sich und nahm den Rucksack ab. Das T-Shirt klebte am Rücken. Runter damit. Er setzte sich aufs Bett und atmete aus. Dann ließ er sich nach hinten sinken und verschränkte die Hände im Nacken.

Der Ventilator an der Decke stand still. Kein Laut war zu hören. Bei geschlossener Tür blieb sogar die Brandung draußen. Er streckte sich und spürte sein Herz im Brustkorb schlagen. Er schloss die Augen. Schon ein Traum hier. Und wenn er jetzt noch etwas zu essen bekommen würde. Er sprang auf, zog ein frisches T-Shirt an und nahm den Schlüssel.

Draußen fuhr ihm ein lauer Wind in die Haare. Die Laternen kamen ihm noch schwächer vor als vorhin, aber er fand den Rückweg sofort. Lisa hatte hinter die Rezeption gedeutet, als sie vom Ristorante sprach. Also ging er dorthin. Er betrat eine große Terrasse. Kein Gast war mehr da. Die Stühle standen schräg an die Tische gelehnt. Auch die Lampen an den Seiten waren bis auf ein paar wenige ausgeschaltet.

Aber Lisa wartete hinterm Tresen.

„Ciao bello, da bist du ja."

Sie verschwand durch eine Schwingtür und kam mit einem Teller wieder.

„Voila, Kichererbsencurry mit Chapati", sagte sie und stellte es vor ihn hin.

„Mille grazie."

Er setzte sich auf einen Barhocker.

„Mio caro, du kannst italienisch", sagte sie und klatschte in die Hände.

Er lachte.

„Ich kann auch noch ‚prego‘ und ‚molto bene‘ und ‚buonanotte‘.“

„Bravo, bravo“, rief sie und schien ehrlich erfreut zu sein.

Er nahm vom Curry.

„Hmmm.“

Es war wirklich köstlich, und er war hungrig.

„Einfach rufen, wenn du mich brauchst“, sagte Lisa und ging in die Küche.

Er horchte auf die Brandung und schaute ins Dunkel hinein, jenseits des Geländers, wo das Meer sein musste. Er versuchte langsam zu essen, wollte alles hier genießen. Sie nahmen ihn fast auf, als gehörte er zur Familie. Da klopfte es leise. Er drehte sich um.

Paula kehrte auf der anderen Seite den Boden und stieß immer wieder mit dem Besen gegen ein Tisch- oder Stuhlbein. Holz auf Holz, ein heiserer Ton. Sie nickte kurz herüber. Dann zischten die Borsten wieder in gleichmäßigen Bewegungen über den Boden. Bald kam sie bei ihm an. Sie kehrte den Schmutz auf eine Kehrichtschaufel und stieß die Schwingtür auf. Ihr Pferdeschwanz wippte.

„Buonanotte“, sagte sie und verschwand in der Küche.

„Buonanotte“, sagte er in Richtung Schwingtür.

Gerade, als er fertig gegessen hatte, kam Lisa.

„Espresso?“, fragte sie und räumte den Teller ab.

Er zögerte kurz.

„Ja, warum nicht.“

Es war zwar ein bisschen spät für Kaffee, aber er konnte dieser indisch-italienischen Stimmung nicht widerstehen. Und wollte es auch nicht. Er tat zwei gehäufte Teelöffel Zucker in den Espresso und trank in winzigen Schlucken, wie man Schnaps trinkt. Nach ein paar Minuten fühlte er das Blut durch die Adern strömen. Er schloss die Augen und horchte auf die Brandung. Keine Welle klang wie die andere. Eine zurückhaltend, die nächste ungestüm. Er stand auf.

„Buonanotte", sagte er zur geschlossenen Schwingtür hin.

„Bis morgen!", rief Lisa aus der Küche.

Er wartete einen Augenblick, ob sie sich sehen ließ. Aber er hörte nur das Geschirr klappern. Dann ging er zum Geländer.

Hier war der Wind stärker und das Meer lauter. Unter ihm der Strand. Das Licht der Lampen im Lokal reichte einige Meter weit hinaus. Dahinter begann die Dunkelheit. Der Mond schien nicht, und es gab auch keine Stadt, die die Küste erhellt hätte. Doch je länger er ins Schwarze starrte, desto mehr Konturen erkannte er. Das Meer hatte ein dunkleres Schwarz als der Himmel, war schwärzer als schwarz, wenn es so etwas gab.

Er sah sich um. Rechts neben sich entdeckte er eine Treppe. Er streifte seine Espandrillos ab und tauchte in die Dunkelheit. Der Strand war abschüssig, das beschleunigte seinen Schritt. Er lief aufs Meer zu. Schon spürte er Wasser an den Füßen. Es war kühler als die Luft, aber nicht kalt. Am Horizont meinte er einen Schatten zu sehen, vielleicht ein Schiff. Er bog nach rechts und watete in der Brandung. Jetzt einfach hinein springen. Doch da hörte er ein knirschendes Tapsen hinter sich. Er drehte sich um.

Eine Frau rannte aufs Meer zu. Nicht nur er wollte offenbar nachts baden. Da sah er den wippenden Pferdeschwanz. Paula. Er zögerte kurz, dann hob er die Hand und ging auf sie zu. Sie schaute in seine Richtung, grüßte jedoch nicht, sondern fing an, sich auszuziehen.

Ohne Eile legte sie das T-Shirt ab, dann den Rock. Vielleicht zehn Meter von ihr entfernt blieb er stehen. Hatte sie ihn erkannt? Sie führte beide Arme hinter den Rücken und ließ dann den BH auf die anderen Kleidungsstücke fallen. Zuletzt stieg sie aus der Unterhose. Ihr Körper fügte ein weiteres Schwarz in die Palette. Das hellste.

Sie hob die Arme und streckte sich in Richtung Himmel. Dann beugte sie den Oberkörper in weitem Bogen nach unten. Als sie wieder hochkam, hielt sie die Handflächen aneinander gepresst und streckte sich erneut nach oben. Machte wahrscheinlich Yoga. Er ging weiter auf sie zu. Sie fuhr mit den Übungen fort, aber eigentlich musste sie ihn längst bemerkt haben. Er blieb vor ihr stehen und schaute sie an. Die schlanken Schenkel, die kleinen Brüste. Die Achselhöhlen leuchteten hellschwarz. Sie hielt inne.

Dann wandte sie sich um und lief mit großen Schritten in die Brandung. Sie hechtete ins Wasser und kam erst ein gutes Stück weiter draußen an die Oberfläche.

„What is your name again?", rief sie.

„Sabor."

„Come, Sabor."

Er überlegte nicht lang und streifte T-Shirt und Shorts ab. Nach kurzem Zögern auch die Unterhose. Er lief ins Meer und schaufelte sich Wasser ins Gesicht. Es schmeckte salziger als erwartet. Er stieß sich ab und tauchte mit dem Kopf voran unter. Dann schwamm er zu ihr.

Sie lag auf dem Rücken und ließ sich treiben. Er tat es ihr gleich. Keine Sterne am Himmel, nur dunkle Wolken. Sie trieb auf ihn zu. Er hätte sie berühren können.

„It is wonderful", sagte sie und fing an, mit den Beinen zu paddeln.

Dann tauchte sie ab. Wo blieb sie? Da, fast schon am Strand. Er suchte den Boden unter den Füßen und stand eine Weile im brusthohen Wasser. Die Wellen schlugen ihm über die Schultern. Ihn fröstelte. Mit ein paar kräftigen Zügen schwamm er zurück und ging an Land.

Paula rieb sich den Körper mit einem Handtuch trocken. Hin und wieder warf sie einen Blick zu ihm herüber. Er troff und wartete, dass die warme Luft ihn trocknete. Mit einem Handgriff fasste er sich die Haare im Nacken zusammen und wrang sie aus.

„You want?", fragte Paula und warf ihm ohne Vorwarnung das Handtuch zu.

Es landete auf dem Boden. Er hob es auf und schüttelte den Sand aus.

„Thank you."

Als er aufsah, hatte sie schon die Unterwäsche an.

„See you", sagte sie und eilte zum Lokal.

Plötzlich blieb sie stehen und lief ein Stück zurück.

"What are you looking for, Sabor?"

Bevor ihm eine Antwort eingefallen wäre, war Paula schon weg.

Vor dem Eingang zur Rezeption standen Strohballen, lange Bretter und ein Stapel Kisten. Adam war froh, dass Roswitha ihn an den Hindernissen vorbeirangierte. Allein hätte er das nicht geschafft. Doch auf einmal blieb der Rollstuhl an etwas hängen.

„Hoppla", entfuhr es Adam.

Er wäre fast herausgefallen.

„Scusi!", rief Lisa von drinnen und eilte zu ihnen.

Sie schob Kisten beiseite und packte am Rollstuhl an.

„Leider Baustelle hier für das Wellnesscenter", sagte sie.

Aus dem Hinterzimmer trat ein Inder mit grauem Vollbart. Sie hob beide Arme, wie um alle zusammen zu bringen.

„Unsere neuen Gäste, Roswitha und Adam. Und das ist Mattayar, mein Mann", sagte sie.

So hatte sich Adam einen Inder vorgestellt. Weite Hose und darüber ein Hemd bis zu den Knien. Aber dieses Kopfwackeln verstand er immer noch nicht. Es hieß Ja, sah aber aus wie ein ‚Weiß-nicht-so-recht'.

„You tell us, if you wish something", sagte Mattayar.

Das indische Englisch klang irgendwie abgehackt. Doch Adam wusste, dass sein Englisch noch schlimmer klang.

„Thank you, yes", sagte er und lächelte Lisa an, „da hätte ich was. Könnte man so eine Auvedi-Massage schon gleich bekommen?"

Dazu krümmte er den Rücken und machte ein schmerzverzerrtes Gesicht, um seiner Bitte Nachdruck zu verleihen. Lisa nickte langsam, als ob sie überlegte.

„Ich kann anbieten einen Raum, aber leider sehr klein. Muss nur…"

„Oh ja, das wäre schön", unterbrach sie Roswitha.

„…unsere Ayurvedaärztin anrufen", sprach Lisa zu Ende.

Adam stützte sich auf die Armlehnen, ihm tat das Kreuz wirklich weh.

Lisa nahm den Telefonhörer und steckte ihren Finger in die Wählscheibe. War das der neue Retrostil, oder stammte das Telefon wirklich noch von Annodazumal? Lisa sprach ein paar Sätze in indisch. Dann schaute sie sie an.

„In einer Stunde?"

„Ja!", rief Roswitha.

Sie machte mit ihm im Rollstuhl kehrt und bugsierte ihn diesmal sicher am Baumaterial vorbei.

„Jetzt also noch eine Stunde rumschieben, meine Liebe", kicherte Adam und sah zu ihr hoch.

Sie lächelte.

Plötzlich war ein Hämmern zu hören. Roswitha schob ihn dorthin, wo der Lärm herkam. Neben der Rezeption kniete ein junger Mann auf dem Boden. Er schlug Nägel in ein Brett. Als er sie bemerkte, blickte er auf. Adam beugte sich vor und inspizierte die Arbeit.

„Nicht schlecht."

Dabei hatte er nicht die leiseste Ahnung vom Handwerk.

„Das muss die Fachkraft aus Deutschland sein. Guten Tag, Herr Zimmerer."

Er streckte dem jungen Mann die Hand entgegen. Der schlug ein.

„Sie können Sabor sagen, und ich bin Möbelschreiner, nicht Zimmerer."

„Egal, mein Lieber, du packst jedenfalls an."

Vor Schmerz massierte sich Adam die rechte Hand.

„Das ist übrigens meine beste Freundin Roswitha", deutete er hinter sich, „und ich bin Adam."

„Wusste gar nicht, dass ich deine beste Freundin bin", sagte Roswitha.

Er drehte sich um, so gut das mit den Rückenschmerzen ging.

„Was denn sonst? Pflegerin, Betreuerin? Ich käme mir ja krank vor!"

Dann rollte er sich näher zu Sabor. Sie waren jetzt auf Augenhöhe.

„Was soll das hier werden?"

Sabor legte ein kleines Brett vor sich hin und nahm eine Handsäge aus dem Werkzeugkasten.

„Ein Anbau mit einem größeren Raum, schön mit Holzfußboden und so."

„Ja klar", unterbrach Adam ihn, „hab schon gehört, ein Wellnesscenter."

Mit einer theatralischen Armbewegung wies er in die Gegend.

„Ich mag dieses Provisorische hier. Unbefestigte Straßen, Strohhütten am Flughafen. Und eben diese selbst gezimmerten Wellnesscenter!"

Er war nah genug, um zu sehen, das Sabors Oberlid zuckte. Irgendwie brachte ihn dieser Kerl dazu, Sachen zu sagen, die er gar nicht sagen wollte.

„Nichts für ungut, junger Mann", entschuldigte Adam sich, „sieht wirklich schon schön aus!"

Sabor erinnerte ihn an jemanden. An den neuen Azubi im Heim? Oder an Dieter auf dem Foto in dessen altem Führerschein? Nein, es war eher eine unangenehme Erinnerung. Er beugte sich vor. Ähnelte dieser Sabor nicht dem Mann, der ihn damals aus dem heruntergekurbelten Fenster ansah, kurz bevor ihm schwarz vor Augen wurde? Der Mann, der nicht ausstieg, sondern einfach weiterfuhr?

Die ganzen Jahre über hatte er sich gefragt, ob er diesen Mann wieder erkennen würde. Diese besonderen Augen, mandelförmig. Aber jedes Mal war er zum Schluss gekommen, dass seine Erinnerung ihn täuschen würde. Er konnte sich ja nicht einmal den Geburtstag seiner Exfrau merken, als sie noch seine Frau war.

Doch gesetzt den Fall, er würde diesen Mann doch irgendwo wieder erkennen. Wollte er ihn so lang danach wirklich zur Rede stellen? Vielleicht war es besser, die Zeit, die man hatte, zu genießen. Er atmete tief ein.

„Roswitha", rüttelte er am Rollstuhl, „lass uns gehen."

„Ja, ja, nur die Ruhe", sagte sie und machte mit ihm kehrt.

„Wir wollen unseren Landsmann schließlich nicht bei der Arbeit stören!"

Er fasste sich an die Stirn. Diese Hitze. Ihm war ganz blümerant.

„Sie stören nicht", sagte Sabor.

Adam hob die Hand, ohne sich umzudrehen. Hinter ihnen ratschte die Säge auf und ab. Roswitha schob ihn weiter.

„Wohin willst du eigentlich?", fragte sie.

„Weiß nicht."

Er hatte einfach keine Ruhe, schon lang nicht mehr. Sie lenkte in Richtung Bungalow.

„Netter Junge, dieser Schreiner", sagte sie.

„Hm."

Unter einer Palme hielt sie an.

„Entschuldige Adam, aber ich will in der Mittagshitze nicht spazieren gehen", sagte sie in genervtem Ton.

„Ist schon gut", beschwichtigte er sie.

Roswitha sah ihn an.

„Hast du Schmerzen?"

„Nein. - Doch."

Sie schob ihn ein Stück weiter in den Wald hinein zu einer Bank und setzte sich. Von fern war wieder das Hämmern zu hören. Sie tätschelte ihm die Hand.

„Du zitterst ja", sagte sie.

Jetzt bemerkte er es selbst. Plötzlich rang er nach Luft und hustete. Roswitha klopfte ihm leicht auf den Rücken. Aber es half nichts. Luftschnappen, Husten, Luftschnappen. Der Kampf dauerte einige Sekunden. Endlich fand er zu einem regelmäßigen Atem zurück.

Eine Weile saßen sie und blickten in den Wald hinein. Der war klein, und weiter hinten lichtete er sich, aber die Luft, die aus ihm kam, war frisch. Hin und wieder schrie ein Vogel, immer derselbe Schrei, hoch und spitz.

Adam hob Roswithas Hand zur Wange. Ihre Handfläche war weich wie ein Kissen. Er schloss die Augen. Seine Frau fehlte ihm immer noch. Auf einmal zuckte Roswitha. Er blickte hoch. Ihr standen Tränen in den Augen.

„Ist lange her", sagte sie mit erstickter Stimme.

„Du musst dich nicht entschuldigen", beruhigte er sie.

Sie zupfte ihren Pony gerade.

„Ich glaub, die Stunde ist langsam um. Wir können zur Massage", sagte sie.

Adam hatte jetzt Lust auf ein kaltes Bier, auch wenn diese Ayurvedaärztin gesagt hatte, er dürfte nachher nur Wasser trinken. Roswitha war für so etwas leider nicht zu haben. Er setzte den Rollstuhl in Bewegung und fuhr allein ins Lokal.

Früher Nachmittag, die heißeste Zeit des Tages, wahrscheinlich war deshalb niemand da. Das Meer lag still. Er sog die Luft in die Lungen. Gott sei Dank keine Atemnot mehr. Aber irgendwie tat ihm der Rücken jetzt noch mehr weh. Daran hatte sicher diese Ärztin Schuld. War nicht zimperlich gewesen.

Paula kam an den Tisch.

„Hello Mister, what do you like?"

Ihre Stimme klang wie die eines kleinen Mädchens.

„Ciao bella", begrüßte er sie.

Unwillkürlich hatte er viel höher als normal gesprochen. Er räusperte sich.

„Beer, very cold, please", sagte er jetzt mit extra tiefer Stimme.

Klang auch komisch. Sie lächelte. Nach einer Minute kam sie wieder, öffnete die Flasche und schenkte ein.

„That`s very nice of you", bedankte er sich.

Sie nickte ihm zu und verschwand in der Küche.

Da betrat Sabor das Lokal.

„Wohl zu heiß zum Arbeiten", rief Adam hinüber.

Sabor nahm sich einen Barhocker.

„Nein, ich mach Pause."

„Komm doch zu mir."

Adam wies mit der Hand auf den Stuhl neben sich. Dieser junge Kerl interessierte ihn irgendwie. Sabor schlenderte herüber und setzte sich.

„Und wie gefällt es dir hier?", fragte Adam.

„Sehr gut."

Paula kam mit einer Karaffe Wasser, in der Zitronenstücke schwammen. Sie hatte Sabor wohl schon gesehen, weil sie zwei Gläser dabei hatte.

„Anything to eat", fragte sie und stellte alles auf den Tisch.

„No thanks", antwortete Sabor und blickte ihr lang in die Augen.

Adam räusperte sich.

„Wäre nicht die schlechteste Wahl, mein Lieber", flüsterte er, als sie gegangen war.

Sabor machte ein verdutztes Gesicht, dann lachte er. Seine Schneidezähne standen schief. War schon in Ordnung, der Junge. Adams Anflug von Misstrauen war fast verflogen.

„Die Wellnessklitsche ziehst du mit links hoch, oder?"

Sabor lachte wieder.

„Nicht ganz, hab ja gerade erst ausgelernt."

„Darauf ein Prost!"

Sie hoben die Gläser. Es klirrte dumpf. Dieser Junge war wirklich sehr jung, höchstens zwanzig. Gott sei Dank aber war Sympathie keine Frage des Alters.

Adam hatte Lust, ihm seine Taschenuhr zu zeigen. Nur besonders nette Menschen durften sie sehen.

„Hast du die genaue Zeit, mein Lieber?"

Sabor stellte das Glas auf den Tisch.

„Ähm, ja, wieso?"

Adam zog die Uhr aus der Hosentasche und gab sie ihm. Nachdem sie vor kurzem fast herunterfallen wäre, ließ er sie diesmal an der Kette. Sabor wog sie in der Hand. Genauso wie Dieter es getan hatte.

„Darf ich mal aufmachen?"

„Natürlich."

Sabor steckte den Fingernagel in den Spalt, und der Deckel sprang auf.

„Hoppla!"

Fast zärtlich hielt er die Uhr in der Handfläche. Das sah man gern. Dann berührte er das Glas mit der Fingerspitze.

„Schöne römische Ziffern."

Adam lehnte sich zurück. Er würde ihm jetzt die Geschichte der Uhr erzählen, eine Geschichte seiner Eltern, seiner Großeltern und deren Eltern.

„Ich hab so eine ähnliche", sagte Sabor plötzlich.

„Aber die hast du natürlich zuhause gelassen, oder?"

Sabor schüttelte den Kopf.

„Wie?"

Verwundert stützte Adam sich mit den Unterarmen auf die Lehnen und stemmte sich im Rollstuhl hoch.

„Dann hol sie!"

Sabor öffnete den Reißverschluss seiner Gürteltasche.

„Was? Da hast du sie rein gequetscht?"

„Sie ist ja nicht groß."

Sabor packte eine durchsichtige Plastiktüte mit blauem Muster aus, in der ein Knäuel Küchenpapier lag und drückte sie ihm in die Hand. Adam schlug vorsichtig das Papier auseinander.

„Oh, die ist aber besonders", entfuhr es ihm, „dürfte aus Rotgold sein."

Ein bisschen Ahnung hatte er ja. Er drehte die Uhr herum.

„Dieser Hersteller hat meines Wissens hauptsächlich Uhren aus Rotgold gemacht." Er klappte den Deckel auf.

„Dürfte wirklich antik sein, das Zifferblatt hat die charakteristischen Flecken. Ein Erbstück?"

Sabor schwieg. Wieso sagte der Junge nichts mehr und sah ihn so erschrocken an?

„Woher wissen Sie das alles?", fragte Sabor.

„Tja."

Adam klappte die Uhr zu und legte sie auf den Tisch.

„Sag endlich Du zu mir."

Er hielt Sabor die Hand hin. Der schlug ein und lachte. Die Haut seiner Stirn glättete sich und gab ihm einen strahlenden Ausdruck. Wie es wohl wäre, noch einmal so jung zu sein? Noch einmal von vorn anfangen und all die schönen und schlimmen Ereignisse wieder erleben? Unwillkürlich fasste Adam sich an die Wange. Wie trockenes Leder. Nun wollte er aber doch noch einmal nachhaken.

„Die Uhr hast du bestimmt von deinem Vater geschenkt bekommen und der von seinem Vater und der wieder von seinem Vater. So jedenfalls war es bei mir."

Sabor ließ sich zurückfallen, dass der Stuhl krachte.

„Nicht direkt", sagte er.

„Wie, nicht direkt?"

„Ich glaube, sie ist von meinem anderen Vater."

Adam verstand ihn nicht.

„Von deinem anderen Vater", wiederholte er.

Sabor schlug die Augen nieder.

„Junge, Junge, du kennst ihn also nicht", riet Adam.

Sabor schüttelte langsam den Kopf.

„Und deine Mutter?"

Sabor stockte.

„Ich hab keine Mutter. Die eine ist tot, von der anderen weiß ich nichts."

Adam trank einige Schluck Bier und blickte aufs Meer. Er versuchte sich vorzustellen, wie es war, nicht das Kind seiner Eltern zu sein. Er schaffte es nicht. Sein Vater war sein Vater gewesen, seine Mutter seine Mutter, ganz klar. Das war der gute Teil seines Lebens.

Er drehte sich zu Sabor. Der schien sich das Muster der rot-weiß karierten Tischdecke einzuprägen. Dass Adam sich von dem armen Kerl vorhin aus der Fassung hatte bringen lassen.

„Ich muss dann mal wieder", sagte Sabor und stand auf.

„Moment."

Adam nahm noch einmal die Uhr.

„Auf jeden Fall hast du da ein wunderbares Stück."

Er klappte den Deckel zum zweiten Mal auf. Da war doch eben was gewesen. Adam blickte in sein rotgoldenes Spiegelbild und entdeckte Buchstaben.

„Von D. & V. für E.", las er laut.

Er kniff die Augen zusammen.

„Du warst also mal E.", murmelte er.

Sabor griff nach der Uhr.

„Bitte!", rief er und stopfte sie samt Plastiktüte und zerknitterten Küchentüchern in die Gürteltasche zurück.

Adam würde jetzt nichts mehr tun, was den Jungen aufregte. Aber eines musste er noch wissen.

„Du willst sie finden, oder?"

Sabor atmete tief ein und hob die Schultern.

Dann ging er ohne eine Antwort.

Vera zählte die Kärtchen für die Taxi-, Bus- und U-Bahnfahrten ab und teilte sie aus. Es war Dieter, der auf die Idee gekommen war, etwas zusammen mit Roswitha zu spielen. Vera wäre ihr wohl weiter aus dem Weg gegangen. Gleich konnte es losgehen. Nur noch ein neues Blatt in das Tableau schieben, damit sie die Spielzüge aufschreiben konnten.

„Magst du was trinken?", fragte Dieter aus dem Bungalow.

„Wenn du bitte ein Glas Wasser für mich hättest?"

Roswitha sprach mit einer Stimme, die nur für Dieter bestimmt schien.

„Du kennst das Spiel?", fragte Vera.

„Ja. Allerdings ist es Jahre her, dass ich es gespielt habe", antwortete Roswitha und schlug die Beine übereinander.

Der Anblick der hässlichen Bequemschlappen irritierte Vera. Sie sah schnell weg.

„Ich erkläre es dir nochmal, wenn du willst", sagte sie.

„Ja, bitte", antwortete Roswitha und lächelte dabei Dieter an.

Der kam gerade mit dem Glas Wasser auf die Terrasse und stellte es auf den Tisch. Plötzlich riss Roswitha den Mund auf und machte einen schmatzenden Laut dabei.

„Ach, wenn du vielleicht eine Magnesiumtablette hättest. Dieser Muskelkater von der Massage..."

Sie zwickte die Augen zusammen, als hätte sie Schmerzen. Dieter stand wieder auf und kam kurz darauf mit einer Brausetablette zurück, die Roswitha mit einer extra lässigen Geste ins Wasser plumpsen ließ. Nur nicht zu sehr beachten, sagte sich Vera. Sie wollte jetzt anfangen zu spielen.

„Also, wir losen aus, wer die zwei Detektive sind und wer…"

Dieter stand auf. Sie beschloss, einfach weiter zu reden.

„…und wer Mister X ist. Die Detektive müssen dann Mister X suchen."

Roswitha nickte ein paar Mal.

„Ach ja, ich erinnere mich", bemerkte sie, „Mister X muss sich alle paar Züge zeigen, die übrige Zeit ist er undercover."

„Genau. Und du kannst eben mit Taxi, Bus und U-Bahn fahren", ergänzte Vera.

Dieter kam mit einer Glaskanne mit dampfendem Tee wieder. Der Anblick der Blätter, die im Wasser schwammen, lenkte Vera nun wirklich ab.

„Woher hast du denn die Kräuter?", fragte sie erstaunt.

„Gesammelt", sagte er und schob das Kinn nach vorn.

„Sind die auch nicht giftig?"

Er seufzte.

„Vertrau mir doch mal. Es ist Minze aus Lisas Kräutergarten. Also, können wir?"

Vera beschloss, sich zusammen zu nehmen und beugte sich über das Spielfeld. Es war der Stadtplan von London.

Man erkannte es vor allem an der Themse, die sich über den Karton schlängelte. Einige Brücken führten über sie. Jetzt tanzten Sonnenflecken über das Spielfeld und ließen die Nummern der Stationen flackern. Was waren sie so klein und so nah beieinander! Vera rieb sich die Augen.

„Jetzt wird gelost!", rief Dieter.

Er warf die rote, die blaue und die durchsichtige Spielfigur in die Schachtel und legte locker den Deckel darauf.

„Bitte ziehen."

Als erste schob Roswitha die Hand dazwischen. Dann fassten Dieter und Vera gleichzeitig in die Schachtel. Alle saßen nun mit geschlossenen Fäusten da.

„Dann mach ich eben den Anfang", sagte Dieter und öffnete die Faust.

Er hatte die blaue Spielfigur.

„Ich bin Detektiv. Und wer ist meine Partnerin?"

Roswitha schob ihren Daumen beiseite, der das obere Loch der Faust bedeckte und versuchte ins Innere zu lugen. Ein breites Lächeln erschien auf ihrem Gesicht.

„Das bin ich", sagte sie und stellte die rote Spielfigur ab.

Dann war Vera also Mister X. Haken schlagen, alle stehen lassen, sich verbergen, und keiner wusste, was man eigentlich vorhatte, das kam ihr irgendwie vertraut vor. Am liebsten machte sie schon ihr eigenes Ding, notfalls auch ohne die anderen.

Sie klappte die Hand auf und präsentierte die durchsichtige Spielfigur wie auf einem Silbertablett. Dann drehte sie die Hand um, und die zwischen Zeige- und Mittelfinger eingeklemmte Figur fiel klappernd auf den Tisch.

Alle zogen nun die Positionskarten. Roswitha und Dieter standen auf dem Spielfeld weit auseinander. Vera stand, unsichtbar, von jedem etwa gleich weit weg. Das war schlecht. So konnten sie ihr den Weg abschneiden.

Wohin sollte sie nun gehen? Am besten zurück, das würden sie vielleicht nicht erwarten. Wie lange musste sie überhaupt durchhalten? Sie schaute auf das Tableau. Sie hatte gewonnen, wenn die anderen bis zum 24. Spielzug nicht auf das Feld zogen, auf dem sie stand und sie damit entdeckten. Das war zu schaffen. Aber erst einmal waren die anderen dran.

Dieter hob eine U-Bahn Karte hoch und führte den blauen Detektiv eine Station weiter. Plötzlich war er nur noch zwei Taxifahrten von Vera entfernt.

Roswitha ging glücklicherweise ein Stück in die andere Richtung. Offenbar versuchte sie, den unteren Teil der Stadt nach ihr abzusuchen. Also nahm Vera jetzt am besten eine Taxikarte und rückte vor zur Waterloobridge. Von dort konnte sie später mit dem Schiff über die Themse weiter flüchten, was nur Mister X durfte.

Nun Dieters Zug. Er überlegte lang. Vera versuchte, nicht auf ihren Standort zu schauen. Ihr Blick konnte sie verraten. Und Dieter hatte einen Blick für ihren Blick. Kein Wunder nach so vielen gemeinsamen Jahren. Wobei sie nicht wusste, ob sie seinen Blick gleichermaßen lesen konnte.

Prompt kam Dieter näher, wieder nur zwei Taxifahrten weg. Eigentlich kein Grund zur Panik, trotzdem begann sie zu schwitzen.

Roswitha war am Zug und ging dorthin zurück, woher sie gekommen war, unlogisch, aber damit war sie ihr leider wieder auf den Fersen.

Um einen Ausweg zu finden, würde Vera jetzt einen Doppelzug mit dem Black Ticket machen. Zwei Spielzüge auf einmal, einer davon ohne das Verkehrsmittel offen legen zu müssen. Die wenigen Black Tickets waren eigentlich für den Notfall gedacht, aber sie wollte auf Nummer sicher gehen.

Also mit dem Boot über den Fluss, unter der Westminster Bridge hindurch und an den Houses of Parliament vorbei, weit nach unten.

Vera notierte ihre neue Stationsnummer und deckte sie zu. Dieter schüttelte den Kopf.

„Das hättest du dir sparen können", sagte er.

Sie blickte auf das Tableau und erschrak. Er hatte Recht. Ein Kringel markierte, dass sie jetzt ihren Standort enthüllen musste.

Roswitha schien zu grinsen, jedenfalls fuhr sie sich ein paar Mal mit der Hand über den Mund. Vera fand das widerlich, noch widerlicher als die Tatsache, dass alle gleich wussten, wo sie stand. O.k., so waren die Regeln, sie schob die durchsichtige Figur des Mister X aufs Spielfeld. Wie verlassen und zerbrechlich sie aussah.

Vera atmete tief durch und stützte den Kopf in die Hand. Da bemerkte sie dunkle Schwitzflecken auf ihrem pinken T-Shirt. Peinlich.

Warum lächelte Dieter sie an, war das Freundlichkeit oder Schadenfreude?

„Bist nicht chancenlos, Veraschatz."

„Pff", machte sie, „du hast leicht reden."

Die Detektive kamen näher. Vera blieben zumindest noch drei Black Tickets. Wie um sich ihrer zu versichern, nahm sie sie und klopfte damit ein paar Mal auf die Tischplatte. Doch dann wanderte ihr Blick zur Teekanne.

„Ich glaub, ich brauch jetzt einen Kaffee."

Sie stand auf. Dieter und Roswitha sahen sich an.

„Wollt ihr auch einen?"

Sie schüttelten die Köpfe.

„Nein danke", sagte Roswitha und lehnte sich zurück.

„Hab Tee", sagte Dieter.

Vera ging in den Bungalow, tat zwei Löffel löslichen Kaffee und drei Würfelzucker in eine Tasse und goss Milch dazu. Das Gemisch klumpte. Sie stampfte mit dem Löffel darauf herum und schaltete den Wasserkocher an. Er machte klackende Geräusche.

Sie wühlte in ihrer Tasche. Als erstes fiel ihr die Zigarettenschachtel, dann das braune Glas in die Hand. Mit dem Rücken zur Tür gedreht fischte sie eine Tablette heraus.

Mittlerweile blubberte es im Kocher. Sie goss das Wasser auf und rührte.

„Kommst du mal wieder?", rief Dieter.

„Gleich."

Die Klumpen lösten sich nicht und schwammen oben. Vera steckte die Tablette in den Mund und zündete sich eine Zigarette an. Schmeckte seltsam zusammen, süß und scharf gleichzeitig. Um den unangenehmen Geschmack zu vertreiben, nippte sie vom Kaffee. Dabei verbrannte sie sich prompt die Zunge.

„Veraa!", rief Dieter.

Sie würgte die Tablette so gut es ging mit Spucke hinunter.

„Komme", hustete sie.

Die Zigarette im Mund, nahm Vera die Schachtel in die eine, die Tasse in die andere Hand.

Dieter sah so vertieft aus, als ob er seine nächsten Spielzüge plante. Sie ging hinter ihm vorbei. Die Kopfhaut zwischen seinen Haaren glitzerte feucht, vor allem am oberen Schädel. Vor Jahren hatte er da ein juckendes Ekzem gehabt. Vera rieb ihn jeden Abend mit Öl ein. Er war so dankbar, er hätte selten so gut geschlafen wie nach ihrer Massage. Der Gedanke daran tat irgendwie weh.

Plötzlich stieg ihr Zigarettenrauch in die Augen. Beißender Schmerz. Es war wohl ein Reflex, einmal ausgelöst, nicht mehr zu stoppen, auch wenn sie vielleicht noch Zeit gehabt hätte, Kaffeetasse und Schachtel auf den Tisch zu legen, die Zigarette aus dem Mund zu nehmen und sich erst dann die Augen zu reiben.

Aber stattdessen ließ sie alles fallen. Die brennende Zigarette landete auf dem Boden. Ebenso die Schachtel. Und die Tasse erst einmal auf der Armlehne. Der heiße Kaffee ergoss sich über Dieters Bauch. Als die Tasse im nächsten Augenblick auf dem Boden zerschellte, fuhr Dieter hoch und schrie:

„Verdammt noch mal!"

Er hielt sich das nasse Hemd vom Leib. Roswitha stürzte an seine Seite, riss es hoch und sah die verbrühte Haut.

„Kaltes Wasser!", schrie sie und rannte in den Bungalow.

Sie riss die Kühlschranktür auf und kam mit einer großen Flasche Mineralwasser wieder. Der Verschluss knackte. Sie drängte Dieter zurück auf den Stuhl und schüttete ihm Wasser über den Bauch.

„Was machst du?", fragte Vera leise, wobei sie mehr sich selbst meinte als Roswitha.

Ein Schwall Wasser und noch ein Schwall. Dieter stöhnte. Sein Hemd und seine Shorts waren klatschnass.

„Ich glaube, das reicht", japste er.

Roswitha hielt inne und atmete tief durch. Dann kniete sie sich neben ihn und besah sich den krebsroten Fleck.

„Das kriegen wir wieder hin", sagte sie.

Dieter schwieg. Dann stand er langsam auf, streckte die Arme zu den Seiten und ging breitbeinig in den Bungalow.

Auf dem Terrassenboden glänzte eine Wasserlache, die sich mit einer Kaffeelache mischte. Darin lagen die weißen Scherben der Tasse. Ein Stück weiter, auf trockenem Stein, brannte noch die halbgerauchte Zigarette. Vera hob sie auf und nahm einen Zug. So eine Aufregung.

„Was ich mache", schnaubte Roswitha plötzlich und warf ihr einen Blick zu, dem sie lieber auswich, „haben dir das deine Eltern nicht beigebracht?"

Vera setzte sich auf Dieters Stuhl und dachte nach.

Wahrscheinlich nicht. Ihr Vater verließ die Familie so früh, dass dafür keine Zeit gewesen war.

Und wann hätte ihre Mutter es tun sollen? An den Tagen, die sie nicht in dieser Klinik verbrachte, hieß es doch vor allem waschen, einkaufen, kochen. Und Vera musste helfen.

Ja, später, als sie längst ausgezogen und mit Dieter zusammen war, hatte ihre Mutter plötzlich Zeit. Vor allem dafür, ihr vorzuwerfen, dass sie sich nicht nach ihr umschaute. Als sie es dann doch tat, bekam sie bloß zu hören, dass sie ziemlich dick geworden wäre. Dabei hatte Vera gehofft, den wachsenden Bauch mit einer festen Stretchhose im Zaum zu halten.

Roswitha schnaubte noch einmal. Diesmal war Vera ihr dankbar, weil sie sie von den ewig gleichen Gedanken ablenkte, zumindest vorübergehend.

„Ich hole jetzt die Brandsalbe und das Verbandszeug", sagte Roswitha und verschwand um die Ecke.

Vera sah sich um. Es dauerte eine Weile, bis sie einen neuen Gedanken gefasst hatte.

Sie würde jetzt vorsichtig die Scherben aufheben. Jede einzeln, damit sie sich nicht schnitt. Bald hatte sie einen ganzen Haufen auf der Hand. Sie ging in den Bungalow, um die Scherben wegzuwerfen. Dieter stand mit nacktem Oberkörper vor der Kommode und zog etwas aus der Schublade. Es knallte leise, als er sie zuschob. Vera ging auf ihn zu.

„War doch bloß", begann sie.

Er wich zur Seite, vielleicht dachte er, sie wollte an ihm vorbei. Sie blieb stehen und schloss langsam die Hand. Als sie die scharfen Kanten der

Scherben spürte, drückte sie zu. Wann würde die Haut platzen?

Dieter zog ein trockenes T-Shirt über und gab dabei ein leises Knurren von sich.

Vera löste die Faust und warf die Scherben in den Mülleimer. Es klirrte dumpf. Sie ging zurück auf die Terrasse und setzte sich an den Tisch. Vorsichtig legte sie die Hände um die Glaskanne. Die Wärme beruhigte den Schmerz.

Im Teewasser erschienen die Blätter wie unter einem Vergrößerungsglas. Man konnte tief in ihr Inneres blicken. Überall weit verzweigte Adern. Dicke, dünne. Die Blätter trieben auf und ab. Vera versuchte, eines auf seinem Weg zu verfolgen, verlor es dann aber aus den Augen.

Vera wollte an nichts denken. Sie würde am Strand entlang die Küste hoch laufen. Dort war sie noch nicht gewesen. Sie fasste sich an den Kopf. Sonnenhut hatte sie auf. Sie ging an der Rezeption vorbei. Ein paar neue Gäste mit Koffern. Dann passierte sie das künftige Wellnesscenter, wo aber bisher nicht mehr zu sehen war als ein paar senkrechte Holzpfähle, dazwischen schräge Balken, wie bei einem Fachwerkhaus. Plötzlich heulte eine Maschine auf.

Hinter einem Balken trat der Schreiner hervor. Netter Junge aus Deutschland, hatte Adam gesagt. Aber er war kein Junge mehr. Seine kräftigen Unterarme waren braun gebrannt und seine Brustmuskeln zeichneten sich unter dem weißen Hemd ab. Sobor hieß er, oder so ähnlich. Sie ging langsamer. Er stellte die Bohrmaschine ab und nickte ihr zu. Sie nickte zurück und lächelte, ohne es zu wollen.

Am Lokal bog sie ab, hinunter zum Strand. Die Brandung knallte fast so laut im Ohr wie die Maschine eben. Das Wasser war aufgewühlt, immer neue Wellen kamen, türmten sich und brachen. Ihr schlug die Gischt ins Gesicht. Als ob es regnete. Eine Bö fuhr unter ihren Rock, und der blaue Baumwollstoff schlug wild um ihre Oberschenkel. Sie ging am Beachvolleyballplatz vorbei, wo einige von Schweiß glänzende Leute herum hüpften, dann vorbei an den Liegen mit angesteckten Sonnenschirmen, von denen kaum einer aufgespannt war, weiter, bis außer Meer und Sand und ein paar Palmen nichts mehr zu sehen war.

Sie zog den Hut ein Stück tiefer. Ihr Atem kam und ging. Eine halbe Stunde, eine Stunde? Sie wollte jetzt eine Pause machen und setzte sich unter eine Palme. Dort machte sie sich schmal, um im Schatten Platz zu finden. Sie war allein. Weder rechts zur offenen Seite hin, noch links, wo der Strand eine Biegung machte, war jemand zu sehen. Sie streckte sich und atmete tief durch.

Hätte sie vorhin stehen bleiben und ein paar Worte mit dem Schreiner reden sollen? Wäre mal was Anderes, was Neues gewesen. Etwas, das sie interessierte, vielleicht wirklich interessierte. Immer drehte sich ihr Leben um etwas, das sie nicht sonderlich interessierte.

Erst um ihren Vater, der davonzog und die zwei Halbgeschwister zeugte. Danach um ihre Mutter, die damit nicht fertig wurde und von einer Entzugsklinik in die andere tingelte. Und dann um Dieter, der nie aufhörte ihr zu sagen, wie schön es doch wäre, eine Familie zu haben. Dabei hatte er die Freigabe zur Adoption schon lang unterzeichnet. Je länger sie darüber nachdachte, desto missmutiger wurde sie. Gut, dann war da noch ihr Versuch, den Kleinen Heilpraktiker zu machen, der aber leider ein Versuch blieb. Wann endlich drehte sich ihr Leben um sie? Sie legte sich in den Sand und schloss die Augen.

Das Tosen des Meeres wiegte sie in den Halbschlaf. Doch bald wurde es ihr zu heiß, weil der Schatten weitergewandert war und sie in der Sonne lag. Sie setzte sich auf und beschirmte die Augen mit der Hand. Gleich würde sie den Sonnenuntergang sehen. Falls nicht die Wolken sich davor schoben. Wie wäre es mit einem abendlichen Bad im Meer? Sie blickte in ihren Ausschnitt. Die hellblaue Unterwäsche ging zur Not als Bikini. Und der

Rock als Handtuch. Sie stellte sich hin und machte den Reißverschluss auf. Da sah sie jemanden am Strand.

Schnell zog sie den Rock wieder hoch. Aber der Mann hatte sie offenbar nicht entdeckt. Er lief durch die Brandung, manchmal bis zu den Knien im Wasser, sodass die hochgekrempelten Hosenbeine nass wurden. Er war oben herum nackt und trug einen Rucksack auf dem Rücken. Kein typischer Badegast. Auch wie er lief, Blick nach vorn, zielstrebig. Wobei ihr kein Ziel einfiel, das hier zu erreichen gewesen wäre. Plötzlich strauchelte er und hüpfte auf einem Bein umher. Als ob er tanzte. Sie lachte in sich hinein. Plötzlich erfasste ein Windstoß ihren Rock und ließ ihn um die Beine flattern.

Der Mann blickte in ihre Richtung. Dann kam er auf sie zu. Jetzt erkannte sie ihn. Es war der Schreiner.

„Entschuldigung…", sagte er von Weitem.

Sie hatte gerade noch genügend Zeit, ihren Rock wieder richtig anzuziehen.

„Entschuldigen Sie", sagte er noch einmal, „wissen Sie, wo es da hingeht?"

Er deutete die Küste hoch. Irgendwann kamen sicher Ferienanlagen, wusste sie und irgendwelche Dörfer, aber wann. Sie zuckte mit den Schultern.

„Nein."

Er kam näher. Diese Augen. So klar. Er war jünger als sie vorhin gedacht hatte. Auf seinen Wangen erschienen Lachfältchen.

„Ich bin Sabor."

Er streckte die Hand aus. Es war, als würde er Vera in den Bauch treffen. Ihr blieb die Luft weg. Nach kurzem Zögern steckte er die Hand in die Hosentasche.

„Na dann", sagte er und wandte sich zum Gehen.

Unwillkürlich schüttelte sie den Kopf. Waren seine Augen grün oder braun? Schwer zu erkennen im Gegenlicht. Jetzt, da er lächelte und seine Augen schmaler wurden, noch schwerer.

„Sie arbeiten hier?", fragte sie wie automatisch.

„Ja, ich baue diesen Raum für Yoga und Ayurvedabehandlungen.

Sie nickte und überlegte, was sie als nächstes fragen konnte.

„Sie sind vorhin dran vorbei gelaufen", redete er weiter, als ob er dachte, sie hätte ihn noch nicht verstanden.

Seine Augen waren grau. Da war sie sich jetzt sicher. Ein warmes Grau, wenn es so etwas gab. Sie musste sie dauernd ansehen. Er drehte den Kopf zur Seite. Jetzt trafen sie die Strahlen der Abendsonne ins Gesicht. Sie geriet aus dem Gleichgewicht und plumpste rückwärts in den Sand.

„Aua", entfuhr es ihr.

Sie hatte den Reißverschluss nicht ganz hinaufgezogen, und nun war ein Stück Haut eingeklemmt. Sie nestelte am Stoff.

„Mist", sagte sie und biss die Zähne aufeinander.

Es tat weh.

„Kann ich helfen?", fragte er.

Er kniete sich zu ihr. Seine blanke Brust war ganz nah.

„Geht schon", sagte sie.

Endlich gab der Reißverschluss die Haut frei. Der Schmerz ließ nach. Eine kleine Schürfung und ein Bluterguss blieben zurück. Sie drückte das T-Shirt darauf.

„Insektenstich?", fragte er.

„Nein, Reißverschluss."

„Oh."

Er machte eine Bewegung mit der Schulter, als ob er gehen wollte. Doch dann setzte er sich auf einmal neben sie und reckte das Kinn in die Sonne.

„Und Sie machen Urlaub hier?", fragte er.

Sie nickte. Er wrang seine nassen Hosenbeine aus.

„Hab Sie schon gesehen mit Ihrer Familie."

Sie drehte sich zu ihm. Die hohe Stirn, die schmale Nase. Dieser Mund. Aus Verlegenheit fasste sie ihr Haar mit beiden Händen und hielt es zu einem Pferdeschwanz zusammen.

Sabor lächelte und lehnte sich nach hinten auf die Ellbogen. Wo schaute er hin? Sie spürte ein Kribbeln im Nacken. Schnell ließ sie ihr Haar los, damit es den Nacken wieder bedeckte.

Die Sonne erreichte jetzt den Horizont. Erst blieb der Sonnenkreis noch ganz, berührte nur die Linie zwischen Himmel und Meer. Dann allmählich brach der Kreis auf, und es war, als würde die Sonne ins Wasser schmelzen. Dass Vera das noch erleben durfte.

„Riechen Sie das?", fragte Sabor.

Sie drehte sich um. Eine Windbö zerzauste sein Haar. Sie nickte.

„Salz und Moder", sagte sie.

„Seetang", sagte er und strich sich den Sand von der Brust.

Für einen Moment musste sie sich davon abhalten, die Hand auszustrecken, um seine sandgefleckte Haut zu berühren. Sie hätte gern gewusst, wie sich das anfühlte. Rau und weich zugleich.

Die Sonne versank jetzt im Meer. Nur noch ein schmaler gleißender Streifen war von ihr übrig. Eine Feuerpfütze. Plötzlich gab Sabor einen überraschten Laut von sich. Er deutete nach links. Eine Frau mit langem bunten Schal, der fast waagerecht hinter ihr her flatterte, schlug sich in ihre Richtung.

Vera wollte Roswitha nicht herankommen lassen. Sie stand schnell auf, um ihr entgegen zu gehen.

„Wir sehen uns", sagte sie zu Sabor.

Er hob schweigend die Hand und lächelte.

Vera schlug die Augen auf. Im Bungalow war es dämmrig. Das Morgenlicht hatte noch nicht genug Kraft, durch die Fensterläden zu dringen. Dieter schnarchte neben ihr. Davon war sie aber nicht aufgewacht. Es war das gleichmäßige Hämmern, das von der Rezeption herüber schallte. Musste dieser Sabor sein. Sie schaute auf den Wecker. Acht Uhr. Früh für Urlaub, aber das Aufstehen ging ganz leicht.

Im Bad saß ein Gecko über dem Spiegel. Schwarz-braun, S-Position, große Glubschaugen. Sie ging nah ran. Seine Pupille war nur ein schwarzer Strich. Sah gefährlich aus. Obwohl der Gecko ihren Atem spüren musste, blieb er völlig ruhig, wartete vielleicht auf Fliegen oder auf einen anderen Gecko.

In der Dusche ließ sie das Wasser minutenlang über ihren Kopf laufen. Am Schluss tröpfelte es nur noch. Wahrscheinlich war der Tank leer. Als sie wieder ins Zimmer trat, saß Dieter auf dem Bett und betrachtete seine linke Seite.

„Die zwei Blasen hier gehen bestimmt bald auf", sagte er und nahm die Brandsalbe vom Nachtkästchen.

Er drückte einen Tropfen heraus und tupfte ihn auf die Wunden.

Vera zog sich das blaue Polokleid über. Ein Gecko klebte jetzt an der Badezimmertür. War es der vom Spiegel? Sie sahen alle gleich aus. Er bewegte den Kopf auf und ab, als ob er nickte. Oder kaute er an etwas?

Vera nahm ihre Handtasche.

„Du brauchst noch, oder?", fragte sie.

Dieter nickte. Sie ging hinaus und machte die Tür hinter sich zu. Ein Windstoß, und sie hatte den typischen Geruch von Curry, Rauch und Moder in der Nase. Was dieser Tag wohl bringen würde?

Sie spürte ein Ziehen im Bauch. Es begann in der Magengegend und fuhr hinunter in die Eingeweide. Von dort breitete es sich überallhin aus, bis in die Zehen und Fingerspitzen. Seltsam, sie hatte so ein ähnliches Beben im Körper schon einmal gespürt, damals in London, wo die Umstände allerdings ganz andere waren. Diese Pille, wie hieß sie noch, RA oder so und dann irgendeine Zahl, begann zu wirken, die angekündigte Blutung setzte ein. Das Gefühl trieb ihr jetzt wieder ein Lächeln auf die Lippen. Es war mehr als Erleichterung, es war die pure Freude. Was sich ändern sollte. Aber zu dem Zeitpunkt wusste sie noch nicht, was für ein Desaster sie in den darauffolgenden Monaten erwartete.

Sie wollte jetzt zum Lokal gehen. An der nächsten Weggabelung begegnete sie Roswitha und Adam. Der breitete die Arme aus, als er sie sah.

„Hallo, meine Liebe, lang nicht gesehen."

„Mindestens eine Nacht", sagte Vera und ließ sich drücken.

„Guten Morgen", sagte Roswitha.

„Ich hab einen Mordshunger, Mädels!", rief Adam, „kommt ihr?"

„Wenn ich übernehmen darf?", fragte Vera.

Sie hatte Lust, den Rollstuhl zu schieben. Roswitha zog die Brauen hoch und trat dann zur Seite. Das Schieben ging leicht, bis eine Strecke mit Kies kam. Erst holperte es fürchterlich, dann wurde es fast unmöglich, den Rollstuhl weiter zu bewegen. Adam musste an den Führungsrädern mithelfen.

„Die Strecke ist ein gutes Bizepstraining", sagte er und spannte die Muskeln an.

Er war wirklich witzig, dachte Vera.

„Ich hoffe, du lachst nicht aus Mitleid, meine Liebe", drohte er mit dem Zeigefinger.

Endlich kamen sie wieder auf einen gesandeten Weg. Adam klopfte mit der Handfläche ein paar Mal auf die Armlehne, als ob er sich Gehör verschaffen wollte.

„Und wo bleibt Dieter, das gebrannte Kind?"

„Kommt nach", sagte Vera.

Da heulte eine Maschine auf. Sie näherten sich der Baustelle. Sabor war dabei, ein Brett über die Kreissäge zu schieben. Sein weißes Hemd spannte über den Schultern. Vera merkte, wie gern sie ihn ansah. Er war so vertieft in die Arbeit.

„Herr Schreinergeselle!", brüllte Adam plötzlich und formte mit den Händen einen Trichter vor dem Mund.

Als Sabor nicht reagierte, probierte er es noch einmal.

„Junger Landsmann!"

Da blickte Sabor auf und schaltete die Säge aus. Er wischte sich die Hände an der Hose ab und kam auf sie zu.

„Morgen zusammen."

„Geht voran", sagte Adam und deutete auf das Fachwerk.

Sabor nickte.

„Bei den Dachbalken werde ich wohl Hilfe kriegen."

„Lass dir mal auf die Schulter klopfen, Junge."

Sabor beugte sich hinunter. Seine braunen Locken berührten Adams Wange. Vera ließ den Rollstuhl los und rieb sich die feuchten Hände. Sabor richtete sich wieder auf und streifte sie mit einem Blick.

„Da fällt mir ein", begann Adam.

Er stützte sich mit dem Ellbogen auf die Lehne und hob seine rechte Seite ein Stück vom Sitz. Dann schaute er zwischen Sabor und ihr hin und her.

„Kennt ihr zwei euch eigentlich schon?"

Da war wieder dieses Ziehen im Bauch.

„Ja", sagten Sabor und sie wie aus einem Mund.

Überrascht sah sie ihn an, als ob er ihr diese Gleichzeitigkeit erklären konnte. Da machte Adam ein zischendes Geräusch, als hätte er etwas zwischen den Zähnen.

„Ah so", sagte er.

Es entstand eine seltsame Pause, in der sie überlegte, wie Adam das gemeint hatte. Sie wischte ihre feuchten Hände am Kleid ab.

Als Sabor einen Meterstab aus der Seitentasche seiner Hose holte und ihn an das Brett legte, beendete das glücklicherweise die peinliche Situation.

„Na, dann lassen wir dich mal", sagte Adam.

Die Terrasse schien bis auf den letzten Platz besetzt. Lisa und Paula liefen zwischen den Tischen umher, servierten, räumten ab.

„Buongiorno signori, hier noch was frei", rief Lisa im Vorbeigehen.

Sie deutete auf einen Tisch in der Ecke. Schnell setzten sie sich, bevor jemand anderes kommen konnte. Vera lehnte sich zurück und schloss die Augen. Die Leute redeten laut und lachten. Doch sie hörte vor allem dieses Summen in ihrem Kopf.

„Sollen wir auf Dieter warten?", fragte Roswitha.

Vera blinzelte zu ihr hinüber.

„Ich glaube nicht."

Da kam Paula an den Tisch.

„Good morning", sagte sie und zückte ihren Block.

„Good morning, my dear", sagte Adam als Erster.

Statt sie anzustarren, blickte er diesmal in die Speisekarte.

„Three american breakfast, please", sagte er.

Paula ging zurück in die Küche. Schlanke Beine unterm marineblauen Minirock, der so mini war, dass ein Windstoß genügt hätte, um mehr zu sehen. Am Tresen machte sie plötzlich Halt. Sabor stand da. Sie gaben sich Küsschen, links, rechts, was eigentlich schon genügt hätte, dann aber noch einmal links und noch einmal rechts.

„Ah, wer ist denn da!"

Adam hatte Sabor auch entdeckt. Er zog den vierten Stuhl vom Tisch weg und wies mit der Hand darauf.

„Junge! Hier!"

Sabor kam herüber.

„Ich muss aber gleich wieder los", sagte er.

Adam holte seine Taschenuhr hervor.

„Zeitvergleich."

Sabor machte eine traurige Miene.

„Hab meine nicht hier."

„Schade, sagte Adam übertrieben enttäuscht.

Er steckte die Uhr wieder weg. Dann hob er die Hand und winkte Paula her.

„Big American breakfast for him."

Dabei zwickte er Sabor in den Oberarm.

„He needs it."

Paula lächelte. Beim Weggehen streifte sie mit der Fingerspitze wie beiläufig Sabors Nacken. Vera wollte das nicht sehen und wandte sich ab.

„Übrigens", hörte sie Sabor sagen.

Meinte er sie?

„Wie heißen..."

Er hatte keine Chance zu Ende zu sprechen.

„Scusi", rief Lisa laut über die Terrasse.

Sie bahnte sich mit einem Tablett voller dampfender Pancakes mit Ahornsirup den Weg zwischen den Tischen hindurch. Dann stellte sie das Tablett bei ihnen ab und teilte Teller und Besteck aus.

„Junge, nimm gleich von mir, diese Pfannkuchen sind vorzüglich", sagte Adam und hatte den ersten Bissen schon im Mund.

Sabor hob die Hand.

„Danke, ich kann noch warten."

Vera versuchte, sich auf ihren Pancake zu konzentrieren, drehte sich dann aber doch zu Sabor. Ihre Blicke trafen sich. Eine Sekunde, zwei Sekunden lang.

„Ach sieh mal, da kommt dein Mann", sagte Adam plötzlich und öffnete die Arme, um Dieter zu begrüßen.

Der trat heran und klopfte dreimal mit den Fingerknöcheln auf die Tischplatte. Als er Sabor bemerkte, nickte er ihm zu.

„Sie müssen der Schreiner aus Deutschland sein."

Sabor stand auf und bedeutete Dieter, sich auf den Stuhl zu setzen.

„Aber nein, bleiben sie doch", sagte Dieter und schaute sich nach einem freien Stuhl um.

„Aber ich muss eh los."

„Kommt nicht in Frage, du hattest noch kein Frühstück", widersprach Adam.

Am liebsten wäre Vera jetzt aufgesprungen und weggegangen. Sabors Nähe und das Geplauder der anderen irritierten sie. Aber da machte Adam mit vollem Mund einen überraschten Laut, der sie zusammenzucken ließ. Erst dachte sie, er würgte an einem Bissen. Doch dann schluckte er laut und räusperte sich.

Ich hab da jetzt mal eine ganz spontane Idee.

„Lasst uns alle zusammen einen Ausflug machen!"

Er kickte mit dem Ellbogen in Sabors Richtung.

„Und du kommst mit."

Vera zog den Jeansminirock und das schulterfreie Top heraus. Nein. Zu viel Haut. Außerdem klebten dann die Oberschenkel am Autositz. Sie sah sich im Spiegel an. Das blaue Polokleid anbehalten? Bisschen fad. Sie drehte sich zum Schrank und streifte das rote Kleid vom Bügel. Knielang, mit durchgehender Knopfleiste. Je nachdem, konnte man einen Knopf mehr oder weniger aufmachen. Sie hatte es für besondere Anlässe mitgenommen, und das war einer. Wohin ging es eigentlich?

Von einem Tempel hatte er erzählt, dieser Sabor. Wie der Name klang. Sabor. Er schmeckte mehr, als dass er klang, nach Salz und Holz. Sie kramte in ihrer Tasche nach der Wimperntusche. Da fielen ihr die Tabletten in die Hand. Sie hielt das Glas gegen das Licht. Dann steckte sie es in den Kulturbeutel, tief zwischen die Enthaarungscreme und die Hornhautfeile. Sie tuschte sich die Wimpern, einmal, zweimal. Am Schluss zwinkerte sie vorsichtig ihr Spiegelbild an. Gut so.

Als sie aus dem Bad ging, fiel ihr Blick auf etwas Schwarzes auf dem Boden. Sie bückte sich. Es war ein Gecko, gekrümmt, offenbar tot. Er schien kleiner als die anderen. Sie nahm ein Taschentuch und hob ihn hoch. Er war ganz steif. Die vier Beine standen vom Körper ab, Zehen gespreizt, die dicken Augen waren geschlossen. Sie schlug das Taschentuch um ihn und warf ihn in den Mülleimer. Doch gleich darauf holte sie ihn wieder heraus und ging auf die Terrasse. Sie suchte einen windgeschützten Platz. Die Fensterbank. Darauf legte sie ihn. Wie eine Setzkastenfigur sah er jetzt aus. Sie schloss die Bungalowtür und wandte sich zum Gehen. Dieters Käppi lag noch auf dem Terrassentisch. Sie steckte es ein. Dann zog sie den Hut ins Gesicht und brach auf. Die Sonne brannte auf der Haut, sobald sie ihr ein Stück davon bot.

An der Rezeption lief ihr Lisa über den Weg.

„Ah", sagte die, „alle fahren mit, natürlich, bene, ihr könnt ihn nehmen."

Sie deutete auf den Geländewagen.

„Habe den Weg schon Sabor erklärt!"

Dann eilte sie davon, bevor Vera sich bedanken konnte. Dieter wartete schon an der Tür. Sie gab ihm das Käppi.

„Oh, danke, sagte er und stopfte es in seinen Umhängebeutel.

Dieser Beutel. Immer noch derselbe wie vor 20 Jahren. Mittlerweile ausgeblichen und fadenscheinig. Dieter blieb den Dingen treu, dass es weh tat.

„Weißt du, was das für ein Tempel ist", fragte sie.

„Nein, ich bin selbst gespannt", antwortete Dieter.

Sie steckte sich eine Zigarette an. Da kam Sabor, vor sich Adam im Rollstuhl.

„Schönes Kind, was hast denn heut noch vor", tönte Adam in einem österreichischen Singsang.

Vera lächelte, zog an ihrer Zigarette und blies den Rauch schräg nach oben. Sabor trat ein paar Mal mit dem Fuß unter den Rollstuhl und bückte sich dann. Etwas klackte. Offenbar hatte er jetzt die Feststellbremse gefunden. Er tauchte wieder auf. Einen Moment lang sahen alle drei Männer sie an.

„Neu?", fragte Dieter und deutete auf ihr Kleid.

Sie schüttelte den Kopf. Das hatte sie doch schon Jahre. Er schaute einfach nicht genau hin. Sie blickte Sabor an. Der schlug die Augen nieder.

„Kennen Sie sich hier aus?", fragte sie ihn.

Vorname und Sie, das war altmodisch, aber sie waren ja nicht per du, und seinen Nachnamen kannte sie nicht. Sabor faltete die Landkarte auseinander.

„Mal sehen", sagte er und fuhr mit dem Finger eine Straße nach.

Bei einem Kreuz machte er Halt.

„Da müssen wir hin."

Roswitha trat zu ihnen. Sie sah ganz fremd aus, weil sie Kajal und Rouge aufgelegt hatte. Aber es stand ihr immerhin.

„Na, alles in Ordnung?", fragte sie und beugte sich zu Adam hinunter.

Als ihr grünliches Kleid dabei wie ein Sack nach vorn fiel, wirkte sie wieder wie die alte.

Worauf warteten sie eigentlich noch? Vera drückte die Zigarette an der Mauer aus und ging in die Rezeption, um sie wegzuwerfen. Da kam ihr Paula entgegen.

„Coming!", rief diese und pustete sich den Pony aus der Stirn.

Fuhr die etwa mit? Davon war nicht die Rede gewesen. Vera ließ die Zigarette in den metallenen Eimer fallen. Es machte ein leises Plopp. Dann ging sie wieder an die Tür. Paula begrüßte gerade alle mit einem Lächeln. Adams Augen glänzten.

„Dann ist ja für jeden was dabei", sagte er.

Es entstand eine Pause, in der er von einem zum anderen schaute.

„Ich mein ja bloß, sechs Leute, gerade Zahl…"

„Wollen wir?", unterbrach ihn Sabor, dem Adams Bemerkung anscheinend peinlich war.

Dieter hob die Hand.

„Ich bin Beifahrer und lese die Karte, wenn`s Recht ist", sagte er.

Sie halfen alle zusammen, Adam auf die Rückbank zu bugsieren und luden dann den Rollstuhl ein.

„Kommt meine Schönen", sang Adam und breitete die Arme aus.

Paula setzte sich rechts neben ihn. Sie hatte Mühe, ihren Minirock so weit nach vorn zu ziehen, dass man ihr wenigstens nicht direkt zwischen die Beine schauen konnte.

„Und Vera an meine Herzensseite", flötete Adam.

Als sie sich setzte, prüfte sie, wie weit ihre Oberschenkel von Stoff bedeckt waren. Gut. Nicht zu viel, nicht zu wenig. Sie hob den Kopf. Ungewohnt, dass der Fahrer auf der rechten Seite saß. Aber so hatte sie Sabor gut im Blick. Er schlug die Tür zu und schaute in den Rückspiegel.

„Kann`s los gehen?"

„Ja", sagte Roswitha, die auf der zweiten Rückbank saß.

Dieter drehte sich um.

„Zwo, fünf, sechs, alle da, jawoll."

Sie fuhren über eine Straße mit vielen Schlaglöchern. Jedes Mal knallte Vera mit dem Po auf das Polster mit dem Eisengestell darunter. Das tat weh. Adam machte ein mitfühlendes Gesicht. Dann rief er plötzlich:

„Gas!"

Sabor reagierte nicht. Der Motor war offenbar zu laut. Adam lehnte sich in die Lücke zwischen Fahrer- und Beifahrersitz.

„Du musst schneller fahren, mein Lieber", sagte er.

Sabor machte immer noch eine verständnislose Miene.

„Über die Löcher fliegen!"

Adam machte eine Wellenbewegung mit der Hand. Dann lehnte er sich wieder zurück, sodass seine Schulter ihre berührte. Plötzlich heulte der Motor auf. Vera krallte sich an der Fensterkurbel fest.

„Der Junge macht das schon", sagte Adam mit betont ruhiger Stimme.

Tatsächlich wurden die Stöße bei dieser Geschwindigkeit erträglicher. Büsche und kleine Bäume flogen an ihnen vorbei. Sie rasten geradeaus, eine befestigte Straße war nicht zu erkennen. Wenn nicht ab und zu ein Wegweiser aufgetaucht wäre, hätte man glauben können, wirklich querfeldein zu fahren.

Sabor und Dieter redeten. Aber da sie nach vorn sprachen, verstand Vera nichts. Sabor nickte, Dieter wandte sich zu ihm. Sie lachten beide, hoben die Hände und klatschten sich ab. Worum es wohl ging? Sie konnte nicht einmal in ihren Gesichtern lesen, sah ja nur ihre Hinterköpfe. Wie unterschiedlich sie waren. Dieters Nacken war breit, so breit, dass ihre ganze Handfläche darauf

Platz gehabt hätte. Sabors Nacken dagegen war schmal und hatte eine Kuhle in der Mitte. Sie tastete nach der Stelle bei sich.

Da waren zwei Muskelstränge, stark, fleischig und dazwischen eine ähnliche Vertiefung wie bei ihm. Zart und weich, doch wenn man fester drückte, konnte man die Knochen spüren. Sie nahm schnell die Hand weg. Sie wollte das nicht fühlen. Plötzlich wurde ihr schlecht, im Hals brannte es. Es war, wie wenn ihr etwas sauer aufstieß.

Damals, als der Schmerz nicht schlimmer werden konnte, weil er schon so schlimm war, wie sie es sich niemals vorgestellt hatte, tat sie etwas, das sie nicht hätte tun sollen. Die Augen blind von Tränen, die ohne ihr Zutun liefen, fasste sie sich zwischen die Beine. Sie tastete nur kurz. Dann schrie sie. Die Hebamme mit Händen voller Blut meinte vielleicht, es wäre der Schmerz, der sie schreien ließ. Aber es war dieser furchtbare Schrecken. Der Schrecken darüber, dass da wirklich etwas war.

Sabor kurbelte das Fenster hoch. Sein Haar, das eben noch vom Fahrtwind umher gewirbelt worden war, legte sich in den Nacken. Vera schloss die Augen. Das Brüllen des Motors lullte sie ein, allmählich wurde die Übelkeit besser. Hoppla. Das war aber ein tiefes Loch. Sie spürte den Schlag im Kreuz. Sabor schaute in den Rückspiegel.

„Alles in Ordnung?", fragte er.

Sie zog die Schultern hoch, ihr taten die Knochen weh. Er gab noch mehr Gas. Wie schnell sie wohl fuhren? 140, 160? Sie beugte sich zum Tacho. In dem Augenblick hob Sabor die Hand, um sie von Dieter abklatschen zu lassen. Sie spürte den Luftzug. Fast hätte Sabor ihr eine geklebt.

„O.k.", Sie auch, rief er und hielt ihr die Hand hin.

Sie schlug ein. Ihre Ohren fingen an zu glühen. Sie kühlte sie mit den Fingerspitzen.

„Hey, ich nochmal", meldete sich Dieter.

Er und Sabor lachten ein Männerlachen, laut und knallend. Sie ließ sich nach hinten fallen. Durchs Fenster sah sie schemenhaft ein Straßendorf auftauchen.

„Ich müsste mal", rief sie in das Röhren des Motors hinein.

Sie blies Luft aus der Nase, die Übelkeit war noch nicht ganz weg. Zwischen einem Stand mit Stoffballen und einem mit CDs hielten sie an. Laute indische Musik schallte ihnen entgegen. Eine Sängerin trällerte hohe Töne. Roswitha stieg als erste aus. Dann Sabor. Hatte er eben mit der Hand Paulas Knie gestreift? Doch die zeigte keine Reaktion, sondern fläzte weiter auf der Rückbank.

„Nimmt mich jemand mit?", nuschelte Adam.

Er wachte offenbar von einem Nickerchen auf. Vera nagte an ihren Lippen und biss kleine Stückchen Haut ab. Dann stieg sie aus und ging los.

Dieter sprang aus dem Auto. Er fühlte sich so gut wie lange nicht. Seine Bauchmuskeln waren durchgewalkt vom Lachen. Er stemmte den Rollstuhl aus dem Kofferraum und setzte Adam hinein. Einige Inder in weiten wadenlangen Hosen wollten helfen. Doch Roswitha und Paula winkten ab und schoben Adam in Richtung eines Bretterverschlags, der nach Toilette aussah.

„Die Mädels und ich sind dann mal ums Eck", rief Adam noch.

Dieter war jetzt mit Sabor allein. Er sah ihn über die Kühlerhaube hin an.

„Ihr Gesellen habt eurem Meister ja ganz schön zugesetzt", sagte er.

Sabor grinste.

„Vor allem mit dem Kleber am Stuhl, alle Achtung", fuhr Dieter fort.

Sabor stand an der geöffneten Fahrertür, den Arm auf die Kante gelegt. Er setzte seine Flasche zum Trinken an. Eine schwarze Plastikflasche, sie sah aus wie eine Radlerflasche zum Einstecken ins Gitter am Rahmen. Er trank in großen Schlucken, etwas Wasser ging daneben und tropfte am Hals hinunter auf den Hemdkragen und in den Ausschnitt. Als er die Flasche wieder senkrecht drehte, schoss Luft hinein, und es zischte. Er wischte sich mit dem Handrücken den Mund ab.

„Willst du auch?"

Er hielt Dieter die Flasche hin.

„Nein danke."

Dieter war verblüfft über die vertrauliche Geste. Er hatte wohl zu interessiert zugeschaut. Seine eigene Wasserflasche war im Umhängebeutel. Er holte sie heraus. Sabor deutete darauf.

„Wie lang reicht die?"

Dieter hielt die Flasche hoch. War wirklich recht klein. Sie lachten beide.

„Hast du übrigens keine Schwierigkeiten mit deinem Meister bekommen?", fragte Dieter.

Sabor schüttelte den Kopf. Dieter überlegte eine Weile.

„Ich jedenfalls hätte mich in der Ausbildung so was nicht getraut."

Er öffnete die Wasserflasche und trank ein paar Schlucke. Danach war sie fast leer.

„Das waren sicher andere Zeiten bei euch", sagte Sabor.

Klar. Dieter war ein ganzes Stück älter. Er hätte glatt Sabors Vater sein können. Hätte können. Hätte, hätte. Wie oft er das schon gedacht hatte, wenn er den ein oder anderen jungen Mann auf der Straße sah.

„Ich meine strengere Zeiten", erklärte Sabor, als ob er glaubte, Dieter hätte ihn nicht verstanden.

Wie eigenartig dieser junge Typ mit den Schultern zuckte. Tat er selbst das nicht ganz ähnlich? Unwillkürlich versuchte er es ihm gleich zu tun.

„Hat dich was gestochen, mein Freund?", rief es von hinten.

Er drehte sich um. Adam kam mit Roswitha und Paula auf sie zu. Er zog übertrieben die Schultern bis zu den Ohren hoch und ließ sie wieder fallen. Dieter lachte, als er begriff, dass Adam seine Bewegung von eben imitierte.

„Ihr seht gut aus", sagte Adam unvermittelt.

Dieter wusste erst nicht, wen er damit meinte. Dann, als Sabor zu Boden sah, wie wenn ihm die

135

Bemerkung peinlich gewesen wäre, wurde es ihm klar.

„Ihr zwei zusammen", redete Adam weiter, „seht fast aus wie Vater und Sohn."

Dieter starrte ihn an. Wie kam Adam auf die Idee? Nur wegen des Altersunterschieds? Oder hatte Roswitha etwas verraten?

Vielleicht hatte sie sich bei Adam ausgesprochen, weil sie Dieters Elend nicht länger mit ansehen konnte. Sie bekam ja viel davon mit, leider ohne dass er es wollte. Wie im letzten Frühling, als sie ihn überraschend besuchte, wahrscheinlich, weil sie ahnte, dass es ihm an jenem 28. Mai, wie jedes Jahr, nicht gut ging und er sich krank gemeldet hatte, um in aller Stille an seinen Sohn zu denken.

Er hatte das Wohnzimmer abgedunkelt und noch einmal auf den Kalender geschaut, um sicher zu gehen, dass Vera einen langen Tag hatte, und gerade, als er die Kerze angezündet und das Foto, das leider verschwommen und mittlerweile auch vergilbt war, aufgestellt hatte, klingelte es. Roswitha stand vor der Tür. Sie wartete nicht ab, dass er sie hereinbat, sondern trat einfach über die Schwelle und ging geradewegs ins Wohnzimmer. Er war überrumpelt und nicht fähig, sie zurückzuhalten. Dann stand sie schweigend da und starrte auf das Foto und die Kerze. Die Flamme flackerte im Luftzug. Dieter wusste nichts zu sagen, wollte nur, dass Roswitha schnell wieder ging. Er wollte allein sein am Geburtstag seines Sohnes. Doch sie erwartete offenbar keine Erklärungen, sondern sagte nur 'wenn du dir keine Hilfe holst, tu ich das'. Aber er wollte keine Hilfe. Und vor allem wollte er nicht erpresst werden. „Das Kind oder ich" sollte die einzige Erpressung bleiben, die er erlitt.

Also fasste er Roswitha an der Schulter, um sie hinauszuschieben. Dann drückte er die Wohnungstür hinter ihr zu, stürzte ins Wohnzimmer und warf sich aufs Sofa. Dort blieb er, bis die Kerze zu einer lauwarmen Wachsplatte verlaufen war.

„Was ist denn mit dir, Dieter?", fragte Adam.

Er war herangefahren und fasste ihn am Arm.

„Nicht beleidigt sein, mein Freund", fuhr Adam fort, „du siehst natürlich viel zu jung aus, um der Vater eines so großen Burschen zu sein!"

Dieter räusperte sich und schob seine Gedanken beiseite.

„Wollen wir wieder?", rief er in die Runde.

„He, mein Lieber, die Leute zusammenhalten, ist mein Part in dem Drama", protestierte Adam und rüttelte an den Rädern des Rollstuhls.

Wie wenn das ihr beider vereinbartes Zeichen gewesen wäre, kam Roswitha herbei. Sie half Adam ins Auto. Dieter suchte unterdessen mit den Augen die Straße ab. Wo blieb Vera? Nur Inder und Inderinnen an den Ständen.

„Packst du mal am Rollstuhl an?", bat Roswitha und stieß Dieter mit dem Ellbogen in die Rippen.

Er jaulte auf. Einen Moment lang sah er nicht klar. Sie hatte genau die verbrühte Stelle getroffen.

„Oh Gott, entschuldige bitte", flüsterte sie, „deine Verletzung."

Sie stand wie versteinert.

„Kinder, Kinder", stöhnte Adam, „heute ist was los, überhaupt und sowieso."

Der Schmerz ließ nach, doch Dieter stieg besser gleich ein, um nicht noch weiteres abzukriegen.

Da kam Vera zurück. Im Rückspiegel sah er zu, wie sie mit Roswitha den Rollstuhl einlud. Sie sagte nichts, auch nicht, als sie im Auto saß. Was hatte sie? Am besten ließ er sie in Ruhe. Waren alle wieder auf den Plätzen? Nein, Sabor und Paula standen noch draußen beieinander.

„Wir wären soweit", sagte Dieter zu ihnen.

Sie stiegen ein, und Sabor ließ gleich den Motor an. Adam legte zur Begrüßung den Arm um Paulas Schulter. Sie lachte laut und hell. Dann unterhielten sie sich in einem Kauderwelsch aus Englisch und Italienisch über Lisas Kochkünste. Adam versuchte ein paar Mal, Vera mit ins Gespräch zu ziehen, aber die reagierte nicht.

Die Stimmen, der Motorenlärm und das Rauschen des Fahrtwinds verwoben sich zu einem Klangteppich, auf dem Dieter langsam in einen seltsamen Wachschlaf glitt.

Im Traum standen Adam und er mitten auf der Steppe und schwitzten. Plötzlich erhob sich Adam aus dem Rollstuhl und spuckte Dieter dreimal über die Schulter. Dann flüsterte er ihm toi, toi, toi ins Ohr und ging weg. Dieter wunderte sich über nichts, fand alles ganz normal. Nachdem er Adam eine Weile nachgeschaut hatte, drehte er sich um. Da stand plötzlich Sabor vor ihm. Dieters Herz machte einen Sprung, er wollte Sabor auf die Wange küssen. Doch der duckte sich weg, und Dieter fiel kopfüber ins Leere.

Er schreckte hoch. Im selben Augenblick bremste Sabor, weil ein Tier, vielleicht Hase oder Hyäne, er sah es nur aus dem Augenwinkel, über die Fahrbahn lief. Der Gurt schnitt ihn scharf in den Hals. Er wischte ein paar Mal mit der Hand über die Stelle. Vielleicht konnte er so auch den komischen Traum wegwischen. Allmählich nahmen sie wieder Fahrt auf.

Da hörte er ein Raunen an seinem Ohr. Adam hatte sich zwischen die Sitze gebeugt. Er neigte sich zu Sabor und boxte ihn leicht in die Schulter.

„Ob ich wohl darf?"

„Wie bitte?", fragte Sabor und zog die Brauen hoch.

„Dem Dieter erzählen, was du mir erzählt hast", antwortete Adam.

Sabor wiegte den Kopf hin und her.

„Hmm", brummte er.

„Bleibt ja unter Freunden", sagte Adam in vertraulichem Ton.

„Meinetwegen, aber leise", antwortete Sabor zögerlich.

Dieter war gespannt, was jetzt kommen würde.

„Unser Landsmann sucht nämlich seine Eltern."

Adam sprach ihm so leise ins Ohr, dass die Frauen ihn bestimmt nicht hören konnten. Er selbst hatte Mühe, ihn zu verstehen.

„Wie, was?"

„Es ist so", raunte Adam, „Sabor ist als Kind zur Adoption frei gegeben worden. Er hat das erst kürzlich erfahren. Jetzt versucht er seine leiblichen Eltern zu finden."

In Dieter stieg eine nervöse Unruhe auf. A D O P T I O N. Er wandte sich von Adam ab und lehnte seinen Kopf an die Stütze. Was für eine besondere Reihung von Selbstlauten. A, O, I, O. Dazwischen dieses weiches D, auf das ein P ohne Plopp folgte, und dann dieses sanft gezischte T. Adoption. Eigentlich ein schönes Wort, so gar nicht scharf.

Doch damals schnitt es ihm ins Fleisch, tief, bis auf die Knochen. Er freute sich doch so sehr über Veras wunderbaren Bauch, der die schönsten Erwartungen weckte. Sekundenweise gestattete sie ihm auch einen Blick darauf, wenn sie vom Bad ins Schlafzimmer huschte, um sich hastig anzuziehen. Danach verbarg sie den Bauch wieder unter mehreren Pullovern vor ihm und der Welt. Dieter glaubte wirklich, sie umstimmen zu können. Mit Kochen, Einkaufen, Putzen. Mit seiner Liebe. Doch es half nichts. ‚Ich will, dass es zur Adoption freigegeben wird‘, sagte sie.

Dieter wippte mit dem Oberkörper vor und zurück, bis sein Kopf hart an die Stütze schlug.

„Dieter?"

Adam rüttelte ihn im Nacken. Zumindest holte diese Berührung seine Aufmerksamkeit zurück.

„Bin ich dir mit irgendwas auf den Schlips getreten, mein Guter?", fragte Adam.

Dieter zuckte mit den Schultern.

„Wenn es wegen vorhin ist", flüsterte Adam, „das war bloß eine gedankenlose Bemerkung von mir, das mit Vater und Sohn."

Eine gedankenlose Bemerkung. Wenn Adam gewusst hätte. Auf einmal fand Dieter es fürchterlich stickig im Auto. Er und Sabor, wie Vater und Sohn. Er beugte sich hinaus und hielt das Gesicht in den Wind. Seine Augenlider flatterten. Sein Mund füllte sich mit staubiger Luft. Nach einer Weile zog er den Kopf zurück. Er sah Sabor von der Seite an. Ein Sohn, der seine Eltern sucht. Hier in Goa, im Dreaming Goa. Das konnte kein Zufall sein.

Der Weg führte eine Anhöhe hinauf, genau auf einen Turm zu. Das musste der Shivatempel sein. Sabor freute sich. Die Strecke war kompliziert gewesen, wegen der vielen Abzweigungen. Aber er konnte ja schon als Vierjähriger seinem Vater zeigen, wie es zum Bäcker ging. Er stellte das Auto ab. Alle bis auf Adam stiegen aus.

„He, vergesst mich nicht", rief der.

Sabor sah, dass die anderen ihm halfen und ging in Richtung Turm. Links standen ein paar Rikschas, die Luxusausführung mit weich gepolsterter Sitzfläche und Dach. Er blickte nach vorn. Seltsam, von hier aus sah man wieder das Meer. Als ob sie auf ihrer Steppenfahrt immer nur daran entlanggefahren waren. Er schaute zurück.

Dieter stand in der Sonne und schwenkte sein Käppi. Über dem Schirm war der rote Baumwollstoff dunkelrot vom Schweiß. Dieter und er, Vater und Sohn, wie es Adam vorhin gesagt hatte. Lustige Vorstellung. Das D. auf der Taschenuhr würde ja passen. D. & V. für E. Bloß wie viele Männer gab es auf der Welt, deren Vorname mit D. anfing?

Sabor kehrte um und holte sich eine Wasserflasche aus dem Proviantsack. Nachdem er sie halb leer getrunken hatte, kippte er sich das restliche Wasser übers Gesicht und wischte ein paar Mal mit der Hand über Stirn und Wangen. Als er die Augen öffnete, stand Paula vor ihm.

„Are we going?", fragte sie und deutete auf den Turm.

Unter dem eng anliegenden T-Shirt zeichneten sich ihre Brüste ab.

„Why not", antwortete er.

Mit einer Bewegung aus dem Handgelenk warf er die leere Flasche ins Auto. Sie schlug mit einem Plopp am Armaturenbrett und danach an der Gangschaltung auf, bevor sie unter den Sitz kullerte. Paula lachte. Sie ging voraus. Einige Meter vor dem Turm blieben sie stehen.

So ein Gebäude hatte Sabor noch nicht gesehen. An der Mauer schlängelte sich eine steinerne Treppe empor, sozusagen eine nach draußen gelegte Wendeltreppe. Ein paar Leute stiegen gerade hinauf. Nur ihre Köpfe waren zu sehen. Er drehte sich um. Dieter, Adam und Roswitha standen am Auto und unterhielten sich. Vera lehnte abseits an einem Baum. Sie blickte in seine Richtung. Keiner von denen hatte offenbar Lust mit hochzusteigen. Da schob Paula ihn bereits durch einen Torbogen in den Turm hinein.

Es war so schummrig, dass er die Arme nach vorn streckte, um nirgendwo anzustoßen. Paula kicherte, weil er sie dabei versehentlich berührte. Von rechts drang ein rötlicher Lichtschein zu ihnen. Sie folgten ihm und bogen um zwei Mauerecken. Jetzt standen sie in einem großen Raum. Auf dem Boden verstreut lagen Blumenblüten. In der Mitte hatte jemand Teelichte aufgestellt. Sie gingen näher hin. Wachs war auf den Steinboden geflossen und in runden welligen Zungen erkaltet. Am meisten Teelichte standen vor einem gerahmten Bild. Sabor kniete sich davor.

Das musste Shiva sein, der tanzende Gott. Ein Bein gehoben, abgewinkelt, die Arme in die Höhe gereckt. Seine Pluderhose strahlte hellrot mit himmelblauen Streifen und gelben Sprengseln, außerdem trug er dicke golden glänzende Armreifen an beiden Handgelenken. Sein Oberkörper war nackt. Shiva, Gott der Liebe und der Männlichkeit.

„Great", flüsterte Paula, die im Kerzen schimmer aussah wie ein Mädchen in Schuluniform.

„Strange", sagte Sabor und fühlte sich auf einmal weit weg von zuhause.

Paula schob ihn weiter, indem sie seinen Oberarm berührte. Sie gingen einmal um das Shivabild herum. Dieser Geruch. Es mussten die Blüten sein. Er hatte keine Ahnung von Blumen, vielleicht waren es Rosen oder Orchideen, jedenfalls rochen sie schwer. Ihm wurde ein bisschen schwindlig. Jetzt waren sie wieder am Ausgangspunkt.

"How is it, not know who is mother and father?", fragte Paula plötzlich.

Hatte sie es im Auto doch mitgekriegt? Es sollte nicht an die große Glocke. Aber nein, das konnte nicht sein. Paula musste es sich zusammengereimt haben, als er mit Adam über die Uhr sprach.

Er zuckte mit den Schultern. Sie sah ihn mit großen dunklen Augen an. Eine Haarsträhne hing ihr übers Gesicht. Sie blies sie weg und lachte. Dann kam sie näher und küsste ihn. Ihre Lippen waren weich und schmeckten süß, aber vielleicht legte sich auch nur der Geruch der Blüten auf seine Zunge. Es war nicht unangenehm. Auf einmal hörte er etwas.

Er wollte sich von Paula lösen, aber sie hielt ihn bei sich. Vera kam herein. Sie erblickte die Szene, ging ein paar Schritte vor und zurück, dann kam sie auf sie zu. Er drückte Paula sanft von sich. Sie standen jetzt Schulter an Schulter und er spürte, wie sie sich leicht hin und her bewegte.

„Hallo", sagte Vera.

„Where are the others?", kicherte Paula.

„Draußen", antwortete Vera und deutete hinter sich.

Wieso redete sie deutsch, obwohl sie wusste, dass Paula es nicht verstand? Es entstand eine Pause, die er schrecklich unangenehm fand und schnell beenden wollte.

„Let`s go upstairs, Ladies?"

Die zwei Frauen, die unterschiedlicher nicht hätten sein können, die eine unerfahren und forsch, die andere reif und geheimnisvoll, nickten zögerlich. Vera ging voran, er dahinter, als letzte Paula.

Als sie auf die steinerne Wendeltreppe hinaustraten, stach ihn die Sonne in die Augen. Er hatte dummerweise die Brille im Auto liegen gelassen. Gut, dass sie gleich auf die Schattenseite des Turms kamen. Er blickte über die Brüstung. Dieter stand mit Roswitha und Adam unter einem Baum. Sie hatten die Lunchpakete ausgepackt und aßen.

„Hello!", schrie Paula auf einmal hinter ihm, dass er sich vor Schreck umwandte.

Sie fuchtelte mit dem Arm. Endlich hob Adam den Kopf und winkte.

„How is it?", rief er hoch.

„Great!", schrie sie zurück.

Etwas blitzte, und Sabor hielt sich die Hand vor die Augen. Vielleicht die Alufolie. Oder spielte Adam mit der Taschenuhr? Sie gingen weiter, wieder auf die Sonnenseite. Geblendet senkte er den Blick und sah Veras Waden vor sich. Sie spannten sich, entspannten sich, spannten sich wieder.

Auf einmal blieb sie stehen. Er tat es auch, und Paula lief auf ihn auf. Sie kicherte. Alle drei hockten sie sich hin und rasteten ein paar Minuten im Schatten der Mauer. Die Sonne hatte den Zenit längst überschritten, doch die Hitze schien erst jetzt ihren Höhepunkt zu erreichen.

Eine indische Familie mit vier Kindern kam von oben und quetschte sich an ihnen vorbei. Danach standen sie wieder auf. An sich war der Turm nicht besonders hoch. 60 Meter, hieß es im Reiseführer. Doch das letzte Stück zog sich.

„Puh", machte Paula.

Endlich da. Zu ihren Füßen grobes Kopfsteinpflaster, fast wie auf der Ritterburg, zu der sie einmal gewandert waren, sein Vater und er. Über ihnen ein Dach aus vielen dünnen Ästen. Durch die Lücken stach die Sonne und zeichnete Streifen auf das Pflaster.

Sabor beugte sich über die Mauer. Der Wind stürmte ihm entgegen und nahm ihm für einen Moment den Atem. Von hier überblickte man Land und Meer. Er breitete die Arme aus. Vera neben ihm tat dasselbe.

„Trying to fly?", lachte Paula hinter ihnen.

Er achtete nicht auf sie. Nur auf Vera. Ihr rotes Kleid schlug ihr um die Beine. Er schloss die Augen und hörte auf das Geräusch, das es machte. Es klang wie ein Segel im Wind.

„Look over there", rief Paula mit aufgeregter Stimme.

Später, dachte er bloß. Er wollte weiter dieses Segel schlagen hören. Paula ging hinter ihnen entlang und gab ein Murren von sich. Dann entfernten sich ihre Schritte.

„See you downstairs", sagte sie noch.

Danach war es still. Sie war offenbar gegangen. Vera stützte sich auf die Mauer. Der Wind spielte mit ihren Haaren. Mal war der Nacken bedeckt, dann wieder frei. Eine schöne Kuhle hatte sie da. Wenn er sich traute, konnte er seinen Finger hineinlegen. Nein. Er traute sich nicht. Stattdessen schaute er ihr über die Schulter, um zu sehen, wohin sie sah. Hellbraune Steppe, gefleckt mit grünem Wald und dunkelgrauen Dörfern. Das Meer dahinter ein bläulicher Streifen. Wie gut alles zusammenpasste.

Eine Bö fuhr durch Veras Haar und wehte ihren Geruch zu ihm. Dann sah sie ihn an. Diese Augen. Dieser Mund. Eine Bö erwischte auch ihn und blähte sein Hemd auf. Jetzt fühlte er sich wie ein portugiesischer Seefahrer, der einst das Land erobert hatte.

Auf einmal kam eine Gruppe indischer Touristen auf die Plattform. Alle hielten ihre Handys hoch und fotografierten wahllos in die Gegend. Das störte jetzt wirklich. Um auch etwas Belangloses zu tun, zog Sabor die Wasserflasche heraus und bot sie Vera an. Die trank und gab sie ihm zurück.

„Ich heiße übrigens Vera."

Er wischte die Öffnung der Flasche nicht ab und trank auch.

„Wer ich bin, weißt du ja schon", sagte er.

Das Du kam ihm ganz leicht über die Lippen.

Sie nickte. Er sah die feinen Fältchen um ihre Augen. Es war so etwas Vertrautes und gleichzeitig Fremdes um diese Vera. Wenn er sich eine Mutter hätte wünschen können… Nein, dazu zog sie ihn zu sehr an. Aber das V. auf seiner Taschenuhr passte lustigerweise genauso wie das D.

Sabor versuchte sich vorzustellen, dass Vera und Dieter seine unbekannten Eltern wären. Er fuhr sich ein paar Mal mit der Hand übers Gesicht. Der Gedanke fühlte sich absonderlich an.

„Dieter und du, habt ihr eigentlich Kinder?", fragte er.

Vera hustete, als ob sie sich verschluckt hätte.

„Nein, wieso?"

Sie trank noch einmal vom Wasser. Er wartete, bis sie die Flasche absetzte.

„Hätten es bestimmt gut bei euch gehabt."

Sie verschränkte die Arme vor der Brust und beugte sich weit über die Mauer. Dann bewegte sie den Kopf, als ob sie etwas zählte. Er sah ihr zu. Sie würde bestimmt gleich etwas antworten. Aber es vergingen Minuten, in denen sie weiter zu zählen schien. Die Touristengruppe verließ die Plattform. Sie waren wieder allein. Die Sonne stand jetzt tief. Die Farben der Welt wurden kräftig, ockergelb die Steppe, dunkelblau der Wald, und das Meer wand sich als schwarz-goldener Streifen am Horizont.

Vera beugte sich noch weiter vor. Das sollte sie nicht. Spontan legte er ihr die Hand auf die Schulter und zog sie zurück. Als sie wieder aufrecht stand, sah er viele kleine Schweißperlen auf ihrer Nase. Sein Herz pochte vor Aufregung.

Plötzlich war da ein feines Geräusch. Sie drehten den Kopf in dieselbe Richtung. War es der Wind, der durch das Ästedach strich? Nein. Vera deutete auf den Boden. Dort, im Schatten der Brüstung, sprangen einige Geckos umher. Sabor kniete sich hin. Vier, fünf, sechs, man konnte sie kaum im Auge behalten. Sie jagten hintereinander her, bissen sich gegenseitig in den Schwanz, schüttelten sich ab und kämpften wieder. Sie waren so klein und wirbelten so viel Staub auf. Nach einer Weile hob er den Kopf und sah Vera an. Sie lächelte.

„Die machen ihr Ding und lassen sich nicht stören", sagte sie.

Dieter steckte sich das letzte Stück Baguette in den Mund. Köstliches italienisches Weißbrot mit Mailändersalami drauf. Dass sie das hier so leicht bekamen. Vielleicht machte es Lisa aber auch selbst. Er klopfte sich die Krümel vom T-Shirt. Dann knüllte er die Alufolie zusammen und warf sie in die Isoliertasche. Es lagen noch drei geschlossene Päckchen darin. Auf einmal begann Adam neben ihm wild zu winken. Paula kam vom Turm zurück.

„Ich hab jetzt gleich eine nette Aufpasserin, geht ihr doch schon mal hoch", sagte Adam mit zuckersüßer Stimme.

Aber Dieter hatte es nicht eilig, auf den Turm zu steigen. Offenbar genauso wenig wie Roswitha, die offenbar gelangweilt mit den Lippen ploppte. Adam sah sie beide an und lachte.

„Bis ihr euch entschieden habt, werden wir ein bisschen die Gegend erkunden, oder, Paula?"

Er bewegte Zeige- und Mittelfinger wie zwei laufende Beine. Paula nickte und fasste die Griffe des Rollstuhls.

„Wir sehen uns", sagte Adam und hob die Hand.

Paula rangierte ihn über den holprigen Boden, und bald waren sie hinter dem Turm verschwunden. Dieter setzte sich mit Roswitha unter einen Baum.

„Heiß hier", sagte sie und rieb ihren Rücken am Stamm.

„Und sonst?", fragte er.

„Schon schön. Bloß dieser Sabor, ich meine, irgendwie", begann sie.

„Hast du auch den Eindruck", ging Dieter dazwischen, „als würdest du ihn schon lang kennen?"

Sie fuhr herum.

„Ach nein! Du kommst nicht davon los", rief sie.

Er erschrak über ihre Heftigkeit. Sie musste das doch auch sehen. So viel deutete darauf hin, dass Sabor sein Sohn sein konnte. Wie zum Beispiel das, was Marianne am Telefon gesagt hatte. Dieter erzählte Roswitha, dass zuhause bei ihnen ein junger Typ vom Paketdienst gewesen war und die Adresse im Urlaub verlangt hatte.

„Zum Nachsenden hat der gesagt, aber wer die Adresse hat, kann ja auch nachreisen!"

Roswitha seufzte.

„Was du dir da ausdenkst, Dieter, ich mach mir echt Sorgen."

Vielleicht hatte sie Recht. Er zupfte sich am T-Shirt, es klebte am Bauch.

Hätte er damals dieses Adoptionspapier nur nicht unterschrieben. Aber was hätte er dann tun sollen? Das Kind oder ich, hatte sie gesagt. Vera, seine Vera. Sie wusste, er würde alles für sie tun. Wie konnte sie nur. So etwas wäre ihm im Traum nicht eingefallen. Aber sie hatte wohl ihre Gründe. Die er seitdem versuchte herauszufinden. Leider ohne Erfolg. Eigentlich konnte er aufgeben. Alles aufgeben. Er atmete tief durch. Nein. Nicht bevor er seinen Sohn noch einmal gesehen hatte. Das letzte Bild in seiner Erinnerung war lang her.

Ein Köpfchen von hinten mit vielen dunklen Haaren, die in alle Richtungen standen. Die Pflegemutter blieb einige Meter entfernt stehen, wohl um Dieter die Sache nicht noch schwerer zu machen. Doch es war schwer genug zu wissen, dass er das kleine Bündel jetzt und hier zurückholen konnte. Und es nicht tat. Es war bei diesen Pflegeeltern nur eine Weile untergebracht, bevor es in eine Adoptivfamilie gegeben werden durfte. Acht Wochen Bedenkzeit, so das Gesetz, bis alles endgültig gemacht wurde. Worüber hatte Dieter in diesen acht Wochen eigentlich nachgedacht? Er wusste es nicht. Alles seine Schuld.

Roswitha knüllte die Alufolie zusammen. Es knirschte unangenehm. Dieter biss die Zähne aufeinander. Sein Mund fühlte sich so trocken an, als hätte er die ganze Zeit geredet. Er stand auf und holte sich eine Flasche aus dem Geländewagen. Das kalte Wasser schlug hart an die Innenseite seiner Kehle.

Da kamen Sabor und Vera vom Turm. Sie nahmen sich jeder auch eine Flasche Wasser. Als Vera ausgetrunken hatte, zog sie eine Augenbraue hoch. Wie sie diesen Schwung immer hinkriegte. Dieter hätte niemals so herablassend schauen können. Seine Brauen waren eher breit und gerade. Er fuhr die Form mit dem Finger nach. Was für Augenbrauen hatte eigentlich Sabor? Aus einigen Metern Entfernung glichen sie seinen. Dieter wiegte den Kopf hin und her. Sehr sogar. Aber sah ein Kind unbedingt seinen Eltern ähnlich? Es konnte nach wer weiß wem geraten. Verwandte, die man nicht kannte, Ahnen, die schon lang tot waren. Jetzt drehte Sabor das Gesicht weg in Richtung Abendsonne. Diese stand fast zur Gänze hinter dem Turm. Der blaugraue Stein hatte eine gold-glühende Aura bekommen.

„Wir könnten mal wieder los", sagte Roswitha.

Sie erhob sich von ihrem Platz unterm Baum und reckte sich.

„Warte", sagte Dieter, „lass uns hinaufsteigen."

„Jetzt doch? Mit deiner Höhenangst?"

Er dachte nach.

„Egal."

Roswitha trat neben ihn und lächelte.

„Bin bereit."

Je näher sie dem Turm kamen, desto stärker flammte das Licht dahinter. Am Eingang blickte sich Dieter um. Vera saß mit übergeschlagenen Beinen auf dem Beifahrersitz und wippte mit dem Unterschenkel. Daneben stand Sabor und sah Vera an. Wie zwei Figuren in einem Stillleben. Nur Veras Wippen störte.

Plötzlich ertönte ein Schrei. Paula schoss hinter dem Turm hervor.

„Help! Help!"

Sabor rannte als erster zu ihr. Außer Atem deutete sie hinter sich. Alle eilten sie um den Turm herum. Adam war nicht mehr da. Paula wedelte mit den Armen.

„Here, quick, quick!", schrie sie und lief weiter.

Erst jetzt bemerkte Dieter, dass die Anhöhe, die vor dem Turm langsam anstieg, dahinter einfach abbrach. Paula stand an der Kante und deutete nach unten. Er beugte sich vor. Sein Herz schlug bis zum Hals. Das erste, was er sah, war der Rollstuhl. Er lag weit unten, und selbst auf die Entfernung hin erkannte man, wie verbeult er war. Dann erblickte er Adam. Der lag vielleicht fünf Meter unter ihnen auf einem Felsvorsprung. Still, verkrümmt, den Arm über dem Kopf.

„Adam?", sagte Dieter.

Dann schrie er.

„Adam!"

Er erschrak über seine Stimme, die so allein über dem Abgrund erschallte. Hinter ihm stand Roswitha und hielt sich die Hand vor den weit aufgerissenen Mund.

Wie konnte das passieren! Dieter hätte besser auf Adam aufpassen müssen. Das war seine Pflicht. Seine verdammte Pflicht und Schuldigkeit seit jenem Tag, als der Unfall passiert war. Auch wenn er selbst für diesen eigentlich am wenigsten konnte.

Schuld an allem war diese Leere im Kopf gewesen, nachdem er die Pflegemutter mit dem kleinen Bündel, seinem Sohn, in den Armen stehen gelassen hatte und weggerannt war. Eine Leere nicht in dem Sinne, dass nun viel Neues, Schönes hineingepasst hätte, sondern dass alles, was hereinkam, genauso leer wurde. Egal, ob es die Sonne war, die nach langen Tagen trüben Wetters endlich wieder zwischen den Wolken hervor blitzte, oder die rote Ampel.

Erst als Dieter dem Auto, das von rechts kam, direkt in die Seite gefahren war, füllte sich sein Kopf wieder. Aber nur mit dem einen Gedanken: weg hier. Der fragende Gesichtsausdruck des verletzten Mannes hatte sich da schon in sein Gedächtnis gebrannt.

Ich hole Adam hoch, sagte Sabor laut und brachte Dieter damit in die Gegenwart zurück. Sie blickten zusammen über die Kante.

„Wie denn, hier geht es senkrecht runter", wandte Dieter ein.

Schweiß lief ihm in die Augen, es brannte höllisch.

„Wir brauchen ein Seil", sagte Sabor.

Natürlich. Das Nächstliegende. Der Junge war gut. Roswitha ging schon zum Auto. Erst mal durchatmen. Hoffentlich verging dieses scheußliche Gefühl im Magen, damit er sich besser konzentrieren konnte.

Roswitha kam schon mit dem Abschleppseil zurück. Er rollte es ab. Lang genug. Aber wie sollten sie Adam damit hochziehen? Da band sich Sabor das Seil um den Bauch.

„Du hältst mich", sagte er und drückte Dieter das Seilende in die Hand.

Wie sollte er diesen kräftigen Jungen halten? Was, wenn ihm das Seil durch die Hände rutschte?

„Wir könnten die Ambulanz", fiel es Dieter ein.

„Hast du die Nummer?", schnitt ihm Roswitha das Wort ab.

„Nein. Aber die von der Ferienanlage."

Roswitha begann, kleine Schritte vorwärts und rückwärts zu gehen. Dann sah sie ihn mit grimmiger Miene an.

„Wir können nicht warten, bis die jemanden schicken", presste sie heraus.

Sie hatte Recht. Dieter gab Sabor das Seilende zurück.

„Ich geh runter", sagte er.

„Wirklich?", rief Roswitha und riss die Augen auf.

„Ja, der Junge ist stärker und ich kann erste Hilfe."

Dieter zerrte am Knoten.

„Einen Augenblick", sagte Sabor und löste den Knoten selbst.

Nun band sich Dieter das Seil um und blickte hinunter. Er musste es schaffen, Adam brauchte ihn. Der lag noch genauso regungslos wie eben. Sabor stampfte plötzlich ein paar Mal mit dem Fuß auf. Er versuchte wohl, eine Mulde zu schlagen, um sich hinein zu stemmen. Schwierig bei dem trockenen Boden. Doch schon saß er an der Kante, das Seil ums Handgelenk gewickelt.

„Du kannst", sagte er.

Dieter trat hinzu. Wie sollte er da hinunter kommen? Er kniete sich hin. In den vergangenen Jahren hatte er sich, außer vielleicht dreimal beim Squash Spielen, sportlich nicht betätigt. Er schaute Sabor an.

Diese Augen. Der Junge musste es sein. Dieter spürte, wie sich Wärme in seinem Brustkorb ausbreitete. Er ließ sich schwer werden. Das Seil zurrte sich fest um seinen Bauch. Er biss die Zähne zusammen. Die verdammte Brandblase. Dann stieß er sich ab, pendelte hin und her und suchte mit den Fußspitzen die Felswand, die nicht so felsig war, wie er gehofft hatte. Steine lösten sich, Sand bröckelte ab.

„Nachlassen!", rief er hoch.

Sabors knirschte mit den Schuhsohlen auf dem Untergrund, während er Zentimeter für Zentimeter das Seil lockerte. Dieter fielen kleine Steine auf den Kopf. Plötzlich ruckelte es heftig. Oben, wo das Seil über die Kante lief, brach ein großes Stück Sand heraus und rieselte auf ihn herab.

„Weiter", hustete er.

Immer nur geradeaus schauen. Auf die Wand. Endlich spürte er festen Boden unter den Füßen.

„Alles o.k.?", fragte Sabor.

Dieter hob die Hand. Im selben Augenblick würgte es ihn. Seine Bauchmuskeln zogen sich zusammen, und er erbrach sich. Noch einmal krampfte es schmerzhaft. Er spuckte aus und scharrte mit dem Fuß Sand über das Erbrochene.

„Ist er tot?", rief Roswitha mit hoher Stimme.

Dieter kniete sich zu Adam und nahm dessen Handgelenk.

„Nein!"

Er hatte keine Sekunde daran gedacht, dass er hätte tot sein können. Das wäre nicht gegangen. Er drehte ihn vorsichtig in die stabile Seitenlage.

„Gebt mir einen Schal oder sowas", rief er hoch.

Vera, von der er bis jetzt nichts gehört und gesehen hatte, trat an die Kante und zog aus ihrer Tasche etwas Weißes hervor. Im Fallen breitete sich der Stoff aus und schwebte wie ein großes Blütenblatt nach unten. Dieter fing ihn aus der Luft. Zusammengeknüllt schob er ihn Adam in den Nacken. Dessen Haut glänzte blass.

„Eine Wasserflasche", rief Dieter.

Vera ließ eine Flasche herunterfallen. Diese kam nicht weit entfernt von der Felswand auf. Der Deckel ploppte weg, und Wasser schwappte heraus. Dieter stürzte hin. Gott sei Dank noch halb voll. Er befeuchtete Adams Stirn und Wangen. Mit einem Ende des Schals wischte er ihm den Staub aus den Augen. Nirgends war kein Blut. Er betastete den Kopf. Da war eine große Beule an der Seite. Er setzte sich neben ihn und streichelte ihm die Wange.

„Was machst du bloß für Sachen, Adam."

Der öffnete plötzlich die Augen.

„Dumm gelaufen", krächzte er.

Dieter schluckte und wischte sich eine Träne weg.

„Tut dir was weh?"

„Alles. Was ist los?"

Er nahm Adams Hand.

„Du bist gestürzt."

„Wirklich?"

Adam schaute mit einem ungläubigen Blick nach oben.

„Und wie bist du zu mir heruntergekommen?", flüsterte er.

„Sabor hat mich gehalten. Aber red nicht so viel, das ist zu anstrengend."

Dieter musste sich auch einen Moment lang ausruhen. Dann würde er überlegen, wie sie Adams 90 Kilo Körper hochhievten. Er lehnte sich an die Felswand. Die Sonne berührte den Horizont. Bald würde sie untergehen. Da tippte Adam ihm auf die Hand.

„Häng dich nicht zu sehr an ihn", flüsterte er.

Dieter beugte sich zu ihm.

„Was meinst du?"

Adam schwieg und schloss die Augen.

„Leute, wir brauchen Hilfe, rief Dieter hoch.

Nachdem Vera eine Weile vergeblich darauf gewartet hatte, dass ihr Handy ein Netz fand, hängte sie ihre Tasche um und drehte sich zu Sabor.

„Wollen wir?"

Ihre eigenen Worte versetzten ihr einen Stich in den Bauch. Ja. Sie wollte. Er holte das Auto. Sie half ihm, Wasserflaschen und Brotzeit auszuladen. Außerdem ein paar Decken. Roswitha nahm gleich eine.

„Ich bleib hier", sagte sie und schob die Schulter vor, wie zur Entschuldigung.

Da fiel Vera etwas ein. Sie wühlte in ihrer Tasche.

„Dieter, rief sie und beugte sich über die Kante.

Als er hochsah, warf sie das Mäppchen mit den homöopathischen Kügelchen hinunter. Er hob es auf und nickte.

„Vielleicht hilft es", sagte sie und stieg ins Auto.

Sabor legte den Rückwärtsgang ein und wendete. Vor ihnen zerfloss die Sonne im Meer. Roswitha und Paula sahen aus wie Figuren in einem Scherenschnitt. Harte Konturen, schwarz auf weiß. Was für ein Glück, dass Paula nicht mitfahren wollte.

Vera atmete aus. Es strömte warm durch ihren Körper. Sie würden Hilfe holen. Natürlich. Dann. Sie bogen ab. Wie Sabor es bei der einbrechenden Dunkelheit fertig brachte, die Straße zu erkennen. Es gab keine Pflöcke, geschweige denn Lampen. Er preschte voran, als ob er die Strecke schon hundert Mal gefahren wäre und überflog dabei auch alle Schlaglöcher. Bis auf das jetzt, das offenbar zu groß war. Vera hatte keine Zeit mehr, sich mit der nötigen Muskelspannung darauf einzustellen und stieß prompt mit dem Kopf ans Dach. Au. Sabor schaute sie an und schob die Unterlippe vor.

„Tut mir leid", sagte er.

Das Mitgefühl wirkte echt auf sie, und der Schmerz verflog im Nu. Vera drehte sich zum geöffneten Fenster. Der Wind pfiff ihr um die Ohren. Es roch nach Rauch.

„Vielleicht haben wir schon Netz", sagte Sabor.

Sie blickte auf ihr Handy.

„Haben wir."

Insgeheim hatte sie das Gegenteil gehofft. Nicht, dass ihr Adam egal gewesen wäre. Aber ohne Handyempfang hätten sie vielleicht mehr Zeit gehabt. Sabor und sie.

„Die in der Anlage können uns sagen, was wir tun sollen", schlug er vor.

Sie rief an und hatte Lisa dran, die tatsächlich gleich alles Schritt für Schritt erklärte.

„Also", wiederholte Vera für Sabor, „erst einmal müssen wir zur Siedlung zurück, durch die wir gekommen sind. Dort gehen wir dann zu einer medizinischen Station, oder wie das heißt."

Er nickte und gab Gas.

Während in diesen Minuten das letzte Licht des Tages verschwand, beobachtete Vera die Insekten, die auf die Windschutzscheibe prallten. Den kleinen dicken spritzte der Saft aus dem Körper, und sie blieben kleben. Die größeren mit den langen Beinen zitterten kurz im Wind und wurden dann von der Scheibe gefegt.

Vorn tauchte jetzt die Siedlung auf. Beim Näherkommen sah Vera, dass es eigentlich nur eine Straße mit ein paar Ständen und Garküchen war. Sie wurden langsamer. Aus einem Kochtopf stieg dichter Dampf auf. Der Koch rührte um. Sie hielten an. Als sie die Autotür öffnete, roch sie Kardamom, Koriander, Kreuzkümmel und andere Gewürze, die sie nicht kannte.

„Eat, eat", sagte der Koch und hob den hölzernen Löffel.

An Essen war jetzt nicht zu denken. Vera blickte nach vorn. An einer Theke standen ein paar Männer mit Teegläsern in der Hand. Gegenüber, vor einer Schneiderei, unterhielten sich einige Frauen. Der Schneider lehnte an der Tür, einen Stoffballen mit rötlichem Muster unter den Arm geklemmt. Eine grelle Lampe an der Hauswand beleuchtete den Stoff. Der würde gut zu ihrem Kleid passen.

„Madam, Madam!"

Der Schneider winkte ihr zu.

„You want tea?", fragte er und hielt eine Teetasse hoch.

Sie schüttelte den Kopf und folgte Sabor, der auf die Männer an der Theke zusteuerte.

„We need a doctor", sagte er.

Doch sie sahen nicht ihn an, sondern sie, ihr Haar, ihre nackten Arme, ihre Beine. Sabor zog die Augenbrauen zusammen. Dann deutete einer der Männer nach vorn auf ein beleuchtetes Schild.

„You go there", brummte der Mann.

Nach ein paar Minuten waren Sabor und sie dort angelangt. ‚Medical Service', das musste es sein. Sie gingen durch die offene Tür und dann einen Gang entlang. Bald kamen sie in einen Raum, der mit Neonröhren hell erleuchtet war. Auf Bänken, die entlang der Wände aufgestellt waren, warteten Menschen, einige unterhielten sich leise.

„Can I help you?", fragte eine Frau im bauchfreien blauen Sari.

Sie saß an einem Tisch in der Mitte des Raumes und hielt einen Stift in der Hand.

„We need help for our friend", sagte Sabor.

Die Frau wackelte mit dem Kopf.

„Where is your friend?"

„At the Shiva Temple."

Wieder Kopfwackeln.

„He cannot move, his head is injured", sagte Sabor und schlug sich dabei an die Stirn, dass einige Wartende aufblickten.

„You have to wait", sagte die Frau lächelnd und wies in den Raum.

Er trommelte mit den Fingern auf den Tisch.

„Listen, he is very ill."

„Please", sagte sie langsam, „sit down and wait."

Vera zog Sabor am Ärmel.

„Bringt nichts", flüsterte sie.

Da waren zwei freie Plätze. Sie gingen hin und setzten sich. Dieses Material! Hatte man solche Schalensitze aus Hartplastik auf der ganzen Welt? Vera fühlte sich an die schreckliche Heilpraktiker-prüfung erinnert, als sie sich vorher die Hüfte geprellt hatte und dann auf so einem kalten Stuhl Platz nehmen musste. Immerhin war die Kühle jetzt angenehm.

Neben ihr saß eine Frau, die sich eben mit schmerzverzerrtem Gesicht an die Seite fasste, genau dorthin, wo Oberteil und Rock eine handbreite Lücke ließen und die nackte Haut zu sehen war. Bauch frei, Schultern bedeckt, so war es hier üblich.

Vera sah an sich hinunter. Bei ihr war es genau umgekehrt. Ihr rotes Kleid bedeckte den Bauch, hatte aber keine Ärmel. Bisher hatte sie das nicht gestört, aber jetzt war es ihr unangenehm. Sie legte die Hände an die Oberarme und lehnte sich zurück. In dieser Position spürte sie auf einmal Sabors ganzen Körper neben sich, die Schulter, den Arm, die Hüfte und den Oberschenkel. Sie hielt die Luft an. Sollte sie jetzt so bleiben? Sie atmete aus und entspannte sich.

„Kann ja noch Stunden dauern", sagte Sabor, als ob er die Berührung nicht bemerkt hätte.

Sein Gesicht war ganz nah an ihrem. Die Lippen zitterten, ein bisschen auch die Nasenlöcher. Vera lächelte. Plötzlich atmete er tief durch, stand auf und ging zur Arzthelferin. Nachdem er leise mit ihr geredet hatte, notierte sie etwas und nahm das Telefon. Er kam zurück.

„Sie ruft die Ambulanz", sagte er, wir fahren dann zusammen mit denen zurück.

Er setzte sich wieder, diesmal mit ein paar Zentimetern Abstand. Vera legte die Hände in den Schoß.

„Gut", sagte sie.

Eine Fliege flog um sie herum. Ihr Summen mischte sich mit den leisen Stimmen der Wartenden. Das ergab einen wunderbar schwingenden

Ton. Jetzt setzte sich die Fliege auf Sabors Hemd-kragen. Weg mit dir. Vera scheuchte sie mit einem Wedeln fort. Plötzlich hielt Sabor ihre Hand fest. Weich, aber entschieden. Vera wagte es nicht, ihn anzusehen. In ihren Ohren rauschte es.

„Excuse me."

Jemand tippte ihr auf die Schulter. Die Frau ne-ben ihr deutete auf die Arzthelferin. Sie sollten zu ihr kommen. Sabor stand sofort auf, sie stolperte hinterher, fing sich gerade noch, spürte aber die Hüfte, die sich nach dem Sturz neulich noch nicht ganz erholt hatte. Warum tat alles immer so lang weh?

„I show you where you meet the ambu-lance", sagte die Arzthelferin und kritzelte etwas auf einen Zettel.

Ihre Armreifen klimperten. Jeder schien einen anderen Ton zu machen.

„Turn right and again right, and then left."

Strich für Strich schliff sich das Graphit des Bleistifts ab. Vera glaubte zu spüren, wie es in die Poren des Papiers drang. Dann machte die Arzt-helferin einen Punkt.

„There you wait, in half an hour they pick you up."

Sie hielt ihnen den Zettel hin. Sabor nahm ihn.

„Thank you", sagte er.

Sie gingen durch den Flur Richtung Ausgang. Da öffnete sich eine Tür auf der linken Seite und ein Mann im weißen Kittel trat heraus. Mit den Händen, die in Plastikhandschuhen steckten, gab er der Arzthelferin ein Zeichen. Darauf holte sie ein paar Flaschen unter dem Tisch hervor, eilte zu ihm und sie schlossen die Tür hinter sich. Ein stechender Geruch wehte durch den Gang. Krankenhaus.

Dabei hatte Vera sich vorgenommen, das nie wieder riechen zu müssen. Am liebsten hätte sie sich übergeben. Hier, auf der Stelle. Diesen Druck loswerden. Doch sie konnte nicht. Genauso wie damals, als sie nicht mehr wusste, wo oben und unten war. Da zwang sie etwas in die Knie, stauchte sie mit Macht in den Boden. Schon spürte sie das Linoleum, kalt und klebrig von den Ausdünstungen der anderen Frauen. Sie stöhnte. Es ging los, bloß warum dauerte es so lang? Sie fühlte sich wie in der Zange. Abwechselnd zugedrückt und aufgehebelt. Keine Chance zur Gegenwehr. Welche Erlösung wäre ein Schnitt gewesen. Aber das erlaubten die nicht. Besser für sie und ihr Kind. Was wussten denn die? Jetzt endlich erbrach sie in die Plastikschüssel neben sich. Wie das stank. So elend konnte es einem gehen, und alle schauten auch noch zu.

Sabor und sie waren am Ende des Flurs angelangt und traten ins Freie.

„Achtung Stufe", sagte er.

Doch Vera konnte sich nicht mehr halten und fiel hin. Wieder genau auf die linke Hüfte. Wieso tat man sich immer an derselben Stelle weh? Einige schmerzvolle Atemzüge lang stützte sie ihre Hände auf die Oberschenkel. Dann wischte sie sich die Knie sauber, in die sich der Sand regelrecht hinein gegraben hatte.

„Geht`s wieder?", fragte Sabor und half ihr auf.

Sie atmete ruhiger und schaute geradeaus. Alles war verschwommen. Der ganze Staub des Tages schien in der Luft zu liegen. Aber wenigstes war es etwas kühler geworden. Sabor las den Zettel mit der Wegbeschreibung. Jetzt drehte er sich um die eigene Achse und zog Vera mit sich. Er drückte ihren Arm an seine Seite, dass sie sich nicht mehr von ihm hätte losmachen können. Selbst wenn sie gewollt hätte.

Das Straßendorf war größer als gedacht. Vom Hauptweg zweigten kleine Gassen ab, die sich wieder verzweigten. Sabor und sie bogen nach rechts, gingen eine Weile, bogen nach links, dann wieder nach rechts. Ganz so, wie es die Arzthelferin aufgezeichnet hatte. Aber nun hörten die Straßenlaternen auf und kein Mensch war mehr zu sehen.

„Wir hätten noch jemanden anderen nach dem Weg fragen sollen", sagte Vera.

Aber in Wirklichkeit tat sie nichts lieber, als mit Sabor hier herumzuirren.

Er blieb vor einem hohen Holztor stehen, zückte das Papier und verglich die Schriftzeichen mit denen über dem Tor.

„Wir sind da", sagte er und klopfte.

Nach einer Weile machte ein Mann auf, der eine Art Uniform trug, mittelblaues Hemd, passende Hose, alles ziemlich zerknittert.

„Rescue service?", fragte Sabor.

„Coming soon", antwortete der Mann und wies mit der Hand nach drinnen.

Ein düsterer Gang. Der Mann schob sie beide hinein.

„Wait over there."

Er deutete nach vorn. Sie gingen bis zum Ende des Ganges an eine Tür, die einen Spalt offen stand. Sabor zog sie auf. Dahinter öffnete sich ein riesiger, fast quadratischer Platz.

Der Anblick nahm Vera den Atem. Nur vom Mondlicht beschienen, lag dieser Platz wie eine Verheißung vor ihr, geschützt von Gebäuden, eines neben dem anderen, ohne Lücke. Und vollkommen leer. Vera war hier schon gewesen. Sie hatte von dieser weiten weißen Fläche geträumt. Die Bodenplatten hoben sich hell von der dunkleren Fassade der Gebäude ab. Marmor? Wenn sie lang genug hinsah, erkannte sie eine feine Maserung.

Sabor und sie setzten sich auf eine Steinbank an der Seite. Schulter an Schulter. Auf einmal fasste er ihre Haare im Nacken zusammen und zog. Da war der Mond. Sein silbriges Licht ergoss sich auf sie. Sie spürte es erst auf den Lippen, unter dem Kinn, auf der Kehle und dann in der Vertiefung zwischen den Schlüsselbeinen. Da stand Sabor auf und zog sie in die Mitte des Platzes. Es war windig hier. Sein Hemd und ihr Kleid flatterten. Er setzte sich auf den Boden und streckte den Arm nach ihr aus. Sie ging in die Knie. Er legte sich auf den Rücken und schaute in den Himmel. Im Mondlicht war sein Gesicht ohne Alter. Er konnte ein Junge sein oder ein Mann.

„Früher kannte ich alle Sternbilder", sagte er und deutete nach oben.

Sie folgte seinem Finger am Firmament.

„Der Große Wagen", sagte Sabor und zeichnete Linien in die Luft, „Karren, Deichsel, Griff."

Er machte einen Punkt und ließ dann den Finger kreisen.

„Und das muss der Löwe sein, pass auf, ich krieg ihn noch zusammen", sprach er weiter.

Er fuhr eine komplizierte Figur nach und hielt inne.

„Siehst du das", fragte er und hielt die Hand weiter in den Himmel gestreckt.

Mit der anderen ergriff er ihren Arm. Sie hätte sowieso nicht länger in der Hocke sitzen können. Wie warm der Marmor war. Sie legte die Wange auf den Stein. Und so glatt. Dann drehte sie sich auf den Rücken. Das Himmelszelt spannte sich über sie. Sie entdeckte einen Stern nach dem anderen. Dazwischen wieder Sterne. Und dazwischen noch mehr.

Dieter spürte Sand auf seinen Kopf fallen. Er schaute hoch. Paula und Roswitha ließen die Füße über die Felskante baumeln.

„Nicht!", rief er.

Sie zogen die Füße zurück. Adam öffnete die Augen und versuchte sich aufzurichten.

„An die Wand, bitte", sagte er mit gepresster Stimme.

Sein rechter Bizeps spannte sich. Doch dann knickte der Ellbogen ein. Dieter war gleich an seiner Seite und packte ihn unter den Armen.

„Hör auf! Meine Schulter", heulte Adam.

„Entschuldige."

Dieter fasste ihn um den Bauch, schleppte ihn das Stück zur Felswand und lehnte ihn an. Dann rollte er zwei Decken zusammen und stopfte sie ihm unter die Kniekehlen.

„Willst du was trinken?"

„Eine Flasche Whiskey wäre nicht schlecht."

„Ach Adam."

Dieter nahm das Mäppchen, das Vera heruntergeworfen hatte.

‚Bella – donna', ‚Pulsa – tilla' stand da, er hatte keine Ahnung, wofür das gut war. Aber hier war Arnika. Kannte er bei Sportverletzungen. Er zog das Röhrchen heraus und kippte die Kügelchen in Adams Hand.

„Hier, nimm."

„Süß", knusperte der.

Dieter setzte sich zu ihm. Die Sonne war zur Hälfte im Meer versunken. Ein Halbkreis, der Lichtpunkte streute nach rechts und nach links. Sie sahen aus wie im Wasser verspritzte Glut. Langsam mussten Sabor und Vera doch zurück sein.

„Die brauchen aber lang", sagte Adam, als hätte er Dieters Gedanken gelesen.

Oben knirschte der Sand.

„It doesn`t work", rief Paula.

Sie hatte wohl noch einmal probiert, in der Anlage anzurufen. Adam schmatzte leise.

„Ich will dir mal was sagen", begann er.

Der ernste Ton ließ Dieter aufhorchen. War es soweit? Würde Adam ihn jetzt zur Rede stellen? Gelegenheit wäre, sie beide allein hier unten, ungestört. Eigentlich rechnete Dieter schon länger damit. Dass Adam ihn fragen würde, warum er das eigentlich alles für ihn tat, warum er sich kümmerte und ihn auch noch in den Urlaub einlud. Was sollte Dieter ihm dann sagen? Dass er an allem schuld war, dass er mit dem Auto in ihn hinein gerast war, weil in der Klinik gerade eine fremde Frau seinen Sohn in die Arme geschlossen hatte? Er legte das Gesicht in die Hände, sodass es einen Moment lang ganz dunkel um ihn wurde. Oder wusste Adam schon alles? Dieter hob den Kopf wieder. Dann konnte nur Vera es ihm verraten haben. Doch warum sollte sie so etwas Herzloses tun?

„Hörst du bitte mal zu, Dieter?"

„Ja."

„Nur ein gut gemeinter Rat eines alten Mannes", begann Adam.

„Entschuldige, aber du solltest Ruhe geben nach dem Sturz", unterbrach Dieter ihn.

Adam strich sich mit der Hand über die Brust und sah Dieter schweigend an. Die Sonne warf letzte Glutspritzer auf das Meer.

„Pass auf deine Frau und den Schreiner auf", sagte Adam kurz.

Dieter überlegte einen Augenblick, dann begriff er, dass er Adam völlig falsch eingeschätzt hatte. Er lachte laut heraus:

„Ach Quatsch!"

Adam bewegte den Oberkörper hin und her, als ob er eine bequemere Position suchte.

„Lach nicht. Du weißt, ich hab meine Frau auch an einen Jüngeren verloren."

„Aber das war doch wegen deinem Unfall! Du im Rollstuhl, sie nicht. Ich meine, klar, dass sie nicht..."

Dieter zögerte, er wollte Adam nicht verletzen.

„Ich will nur sagen, bei dir hatte es einen Grund."

Er blickte nach vorn.

Jetzt, da die Sonne untergegangen war, färbte sich der Himmel dunkelorange, mit blauen und grünen Wolkensprengseln dazwischen. Eine leichte Brise kam auf. Er zupfte sich das verschwitzte T-Shirt vom Bauch. Adam hatte die Augen wieder geschlossen, aber es sah nicht so aus, als ob er schlief. Über ihnen, auf dem Plateau, ragte die Kühltasche ein Stück über die Kante. Darüber erhob sich der Turm, mit golden strahlender Wendeltreppe. Der Mond krönte das Bild mit seinem hellgrauen Licht. Im Nu kam die Nacht. Hier ging alles viel schneller als daheim.

„Schau mal dort", sagte Adam und deutete in den Himmel, „der Große Wagen."

Dieter wusste nichts über Sternbilder, außer dass es sie gab.

„Siehst du das Trapez, das ist das Chassis, und links davon ist die Deichsel", erklärte Adam und fuhr das Bild mit dem Finger nach.

So sehr sich Dieter auch konzentrierte, er sah nur verstreute Sterne.

Vera und Sabor. Absurd, was Adam sich da ausgedacht hatte. Die beiden trennte eine Generation. Und außerdem...

„Sabor sucht doch keine Frau, sondern seine Eltern", sagte er.

Adam sah auf.

„Da wäre es doch das Nächstliegende...", versuchte Dieter zu erklären.

Er machte eine Pause, um seine Gedanken zu ordnen.

„Ich meine, wie wäre es mit Vera und mir als Eltern von Sabor?", redete Dieter weiter.

„Wie..., was...", hustete Adam.

Dieter legte ihm zur Beruhigung die Hand auf die Brust. Es wurde wirklich Zeit, dass ein Krankenwagen kam.

Adam hatte aufgehört zu husten und setzte noch einmal zu sprechen an.

„Du nimmst es ein bisschen zu ernst, dass ich gesagt hab, ihr seht aus wie Vater und Sohn. Aber jetzt mal ernsthaft: Ihr habt doch keine Kinder, Vera und du, oder?"

Dieter stand auf, setzte sich an die Kante des Felsvorsprungs und ließ die Beine herunterhängen. Im Abgrund blitzte das Chromgestell des Rollstuhls.

„De facto...", sagte Dieter und blieb mit der Stimme oben.

Er überlegte, ob er weiter reden sollte, aber er brachte es nicht fertig, seine Geschichte zu erzählen, die ja leider auch Adams Geschichte war.

„Verstehe", räusperte sich Adam, „ihr hättet gern Kinder gehabt."

Dieter tauschte in Gedanken das ‚ihr' gegen ‚ich, ich, ich'. Er presste seine Schenkel an den Felsen bis sich die Haut wund anfühlte.

Plötzlich raschelte etwas neben ihm. Einige Geckos fegten über einen Sandhaufen und schleuderten Steinchen über die Felskante. Das leise Rieseln störte die Stille der Nacht kaum. Auf einmal stolperte ein Gecko über die Kante.

Dieter beugte sich vor. Das Tier war in der Tiefe verschwunden. Zwei Geckos standen noch auf dem Sandhaufen, pumpten die Hälse auf und ließen die Luft wieder heraus, immer abwechselnd. Sicher zwei, drei Minuten lang. Da lugte plötzlich von unten ein Gecko über die Felskante und bewegte die Schnauze hin und her, als ob er Fährte aufnahm.

War das derselbe, der eben hinuntergefallen war? Sturz ohne Verletzung. Wenn das beim Menschen auch so funktionieren würde. Dieter stand auf. Der Sand knirschte unter ihm. Die Geckos rannten in alle Richtungen und waren in der nächsten Sekunde weg.

Der Sandhaufen glitzerte verlassen im Mondlicht. Von wegen schwarze Nacht. Da waren so viele verschiedene Arten von Schwarz. Leuchtend schwarz dieser Sandhaufen, sehr hell schwarz die Steppe, heller schwarz der Wald und weit weg dunkelschwarz das Meer. Diesmal würde es anders laufen. Diesmal würde Dieter kämpfen.

S chon von Weitem konnte man den kleineren Geländewagen aus der Anlage erkennen. Offenbar war Mattayar den anderen zu Hilfe geeilt. Sabor und Vera fuhren zum Turm und parkten. Der Krankenwagen mit den zwei Sanitätern gleich hinter ihnen. Einer der Männer stieg aus und ging auf die Kante zu.

„Be careful, there is no fence", rief ihm Sabor hinterher.

Vera hatte sich neben ihn gestellt und streichelte ihm die Hand, wie um ihn zu loben. Eine Haarsträhne klebte an ihrem verschwitzten Hals. Er wollte sie wegzupfen, doch da kam Roswitha auf sie zu.

„Wo seid ihr so lang gewesen?"

Ihre Stirn war von Falten zerfurcht.

„Wir mussten warten", sagte Sabor.

Roswithas Atmen hörte sich wie ein Schnauben an.

„Gott sei Dank ist Mattayar vor einer halben Stunde gekommen und hat uns gut zugeredet", sagte sie.

Sabor fand es komisch, wie sie die Haare mit den Fingern durchkämmte und so noch mehr durcheinanderbrachte.

Sie gingen alle drei zur Felskante, wo schon Paula mit Mattayar und den Sanitätern stand. Die Männer diskutierten auf indisch, wahrscheinlich darüber, was zu tun wäre. Sabor blickte hinunter. Von Adam sah er nur die Beine. Dieter stand mitten auf dem Vorsprung und hatte seine Tasche quer über die Schulter gehängt, bereit zum Abmarsch.

„Hey, endlich", rief er mit so freudiger Stimme, dass Sabor ein schlechtes Gewissen bekam.

Die Sanitäter machten schaufelnde Handbewegungen, wohl um einander zu zeigen, wie sie Adam bergen wollten. Der größere der beiden ging darauf zum Krankenwagen und holte Werkzeug und Seile.

„Alright, you don`t need me anymore, sagte Mattayar und wandte sich zum Gehen.

„I come with you", rief Paula dazwischen.

Sabor trat einen Schritt zurück, um sie vorbeizulassen. Paula warf ihm einen Blick aus zusammengekniffenen Augen zu. Ihr Pferdeschwanz wippte von einer Seite zur anderen. Dann stieg sie zu Mattayar ins Auto, und sie fuhren weg. Sabor schaute ihnen einen Moment lang hinterher.

Als Vera neben ihn trat, seufzte er unwillkürlich. Es war gut, sie bei sich zu haben. Sie deutete auf die Sanitäter, die jetzt ein Metallbrett nach unten ließen. Man erkannte selbst im Mondlicht, wie rostig es war. In die Löcher seitlich waren Gurte eingefädelt. Hoffentlich hielt das. Sabor beugte sich über die Kante.

„Wird Zeit, dass wir hier wegkommen!", rief Dieter hoch und trat von einem Fuß auf den anderen.

„Wie geht es Adam?", fragte Vera.

Eine gedämpfte Stimme ertönte.

„Hab mich nicht aus dem Staub gemacht."

Die Trage war jetzt bei Dieter angekommen. Er nahm sie entgegen und half Adam, sich darauf zu legen. Der hob den Arm und lächelte müde zu ihnen hoch. Nun ließ sich einer der Sanitäter an einem weiteren Seil hinunter. Zügig und wendig, kein Vergleich zu Dieters und Sabors Aktion davor. Unten angekommen, betastete der Sanitäter Adam an Kopf und Hals und schnallte ihn dann an der Trage fest. Am Schluss knotete er das zweite Seil an die Trage und kletterte daran wieder hoch. Oben hielt nun jeder der beiden Sanitäter ein Seil in den Händen.

„Straight!", schrie der kleinere von beiden.

Dieter richtete die Trage gerade aus. Dann begannen die Männer sie hoch zu hieven. Hoffentlich geriet sie nicht ins Schlingern.

Sie lag senkrecht an der Felswand, mit ihr Adam. Mumienhaft. Sah wirklich komisch aus. Sabor konnte nicht lang hinschauen, sonst wäre er in Lachen ausgebrochen. Neben ihm hielt sich Vera schon die Hand vor den Mund. Er drängte sie ein Stück zurück. Es nützte nichts. Sie prustete los. Hoffentlich ging das unter in der allgemeinen Aufregung.

Die Sanitäter riefen jetzt rhythmisch etwas, das wie ein indisches Hau-ruck klang. Der obere Teil der Trage ragte schon über die Ebene. Gleich würden sie Adam über die Kante ziehen. Der Sand unter dem Metall knirschte. Ein Ruck, und die Trage rumste in die Horizontale.

Adam stöhnte. Roswitha beugte sich über ihn und machte ein Gesicht, als ob sie diejenige war, die Schmerzen hätte.

„Sorry", sagte einer der Sanitäter.

Der andere stellte den Rollstuhl bereit. Das war noch zu früh.

„Er kann doch jetzt nicht sitzen", sagte Vera und wedelte mit der Hand hin und her.

Sie hatte offenbar denselben Gedanken wie Sabor gehabt.

„Nein wirklich nicht", pflichtete er ihr bei.

Roswitha sah sie beide mit einem langen Blick an. Dann drehte sie ihnen den Rücken zu.

„No, no, not to forget", sagte der kleinere der beiden Sanitäter.

Sabor verstand jetzt. Sie hatten den Rollstuhl hingestellt, um ihn gleich ins Auto zu laden. Die Sanitäter schoben die Trage mit Adam in den Krankenwagen und quetschten den Rollstuhl daneben. Plötzlich meldete sich Dieter von unten.

„Hello? Ist da noch jemand?"

„Just a minute", riefen die Sanitäter und legten die Seile erneut zurecht.

Auf einmal grub Vera ihre Finger in Sabors hintere Hosentasche. Was tat sie da? Er schaute über seine Schulter. Vera sah ihn an, ohne die Miene zu verziehen. In der Zwischenzeit machte der größere der beiden Sanitäter einen Knoten am Ende des Seils und darauf noch einige weitere. Auf dieses Knäuel sollte sich Dieter dann wohl setzen.

„Ready?", fragte der Sanitäter.

„Ready", sagte Dieter.

Er warf ihm das Seil zu.

Hinunter zu gelangen war offenbar viel schwieriger als hinauf. Die Sanitäter zogen nach Kräften, doch Dieter stakste unbeholfen die Felswand hoch und verlor mehrmals den Halt.

„Stopp!", schrie er plötzlich.

Die Sanitäter hielten kurz inne und zogen dann weiter. Endlich tauchte Dieters Gesicht über der Kante auf, schweißnass, eine Ader auf der Stirn geschwollen.

Sabor würde besser ein Stück zur Seite gehen. Vera konnte aber jetzt mal die Hand aus seiner Hosentasche nehmen, er hatte keine Lust, einen Streit oder Schlimmeres herauf zu beschwören, wenn ihr Mann das sehen würde.

Dieter patschte auf der Erde herum. Anstatt Halt zu finden, wirbelte er nur Staub auf. Warum taten die Sanitäter nichts? Jetzt hustete der eine auch noch. Hoffentlich ließen sie Dieter nicht fallen. Auf einmal ruckelte das Seil seltsam.

Sabor sprang wie im Reflex nach vorn und ergriff Dieters Hand. Durch die plötzliche Bewegung riss er Vera mit. Die stürzte hinter ihm auf die Knie. Dadurch verlor wiederum er das Gleichgewicht und drohte auf Dieter zu fallen. In dem Augenblick fasste Vera fester in seine Hosentasche und stemmte sich nach hinten.

So hing Sabor jetzt zwischen den beiden. Dieter zog ihn vorn an der Hand, Vera hinten an der Hosentasche. Er konnte sich weder vor- noch zurückbewegen, einige endlose Momente lang. Wenn es nicht so gefährlich gewesen wäre, hätte er sicher gelacht. Endlich rissen die Sanitäter mit einem Ruck das Seil hoch, und Dieter landete auf dem Boden.

Er ließ einen Schrei der Erleichterung los und schüttelte sich den Staub aus den Haaren.

„Danke", sagte er, und klopfte Sabor auf die Schulter.

Sie richteten sich beide auf.

„Danke", sagte Dieter noch einmal, „danke."

Vera stand hinter ihnen und blickte zu Boden. Irgendwie sah sie erschöpft aus. Zusammen gingen sie zum Krankenwagen.

Die Sanitäter rollten die Seile auf und verstauten sie.

„We take him to the hospital", sagte einer und wies mit dem Kinn auf Adam, „his head."

Sie legten Adam einen dicken Kopfverband an. Roswitha setzte sich gleich neben die Trage. Sie schniefte und wischte sich eine Träne von der Wange.

Sabor atmete tief durch. War schon alles ein bisschen sehr emotional mit diesen Herrschaften hier. Er hätte jetzt gern eine Pause. Ausruhen, im Bungalow rumfläzen, allein. Kurzentschlossen setzte er sich neben Roswitha. Schnell zurück. Adam drehte ihm das Gesicht zu.

„Junge, das ist schön, dass du mich begleitest", sagte er mit dünner Stimme.

Die Sanitäter klappten die Hecktüren zu.

Durch die staubverschmierte Scheibe sah Sabor Vera mit offenem Mund dastehen. Wollte sie etwas sagen? Konnte sie auch noch später tun. Er hob die Hand und winkte Dieter und ihr zu. Im Schein des Rücklichts schimmerten ihre Gesichter rötlich.

Vera hob die zerknüllte Alufolie und die leeren Plastikflaschen auf. Als sie alles in den Geländewagen geräumt hatte, schaute sie Dieter dabei zu, wie er die Decken faltete. Ecke auf Ecke, Kante auf Kante, alles ganz genau und ohne Überlappen, genauso wie sie es machen würde. Eigentlich hätte es was werden können mit ihnen. Ist auch was geworden, nur irgendwie nicht das, was sie sich vorgestellt hatte. Und er sich wahrscheinlich auch nicht. Ihre Augen wurden feucht. Sie wollte das nicht, aber sie konnte nichts dagegen tun. Sie zwinkerte ein paar Mal, um wieder klar zu sehen und trat an die Felskante.

Auf dem Vorsprung waren Dieters Fußabdrücke zu sehen, nebeneinander, aufeinander. Sie hatte gar nicht bemerkt, dass er so viel gegangen war. Daneben schloss sich eine kreisförmige Kratzspur an, das musste die Stelle sein, wo er die Trage gedreht hatte. Plötzlich fühlte sie Dieters Hand auf der Schulter. Leicht und warm. Angenehm.

„Was machen wir mit dem Ding da?", fragte er und deutete nach unten.

Zwischen Gestrüpp und Felsbrocken hing der Rollstuhl. Der Turm warf einen langen Schatten darüber.

„Hierlassen", sagte sie.

Dieter atmete tief ein und nahm die Hand von ihrer Schulter.

„Schade drum", sagte er.

Vielleicht, aber sie wollte jetzt gehen und sich keine Gedanken über den Rollstuhl machen.

„Komm", sagte sie.

Er nickte, und sie stiegen ins Auto.

„Alles dabei?", fragte er und ließ den Motor an.

„Ja."

Vera fuhr die Strecke nun zum vierten Mal. Gleich kam eine Bodenwelle und dahinter ein tiefes Schlagloch. In das war Sabor dreimal hinein gefahren. Der Schatten des Lochs näherte sich. Dieter lenkte nach links und gleich wieder nach rechts. Es holperte nur ein bisschen. Das konnte er. Hatte ein Gespür für Raum, für Abstände. Er war der beste Fahrer, den sie kannte.

Nur dieses eine Mal, als er in das Auto hinein krachte, hatte ihn sein Gespür offenbar im Stich gelassen. Das war die Zeit, als es mit ihnen beiden anfing und auch irgendwie schon zu Ende ging. Aber wie hätte sie das verhindern sollen?

Vera drehte sich um, und Dieter zeigte eine triumphierende Miene, die er aufsetzte, wenn ihm etwas gelungen war, wie zum Beispiel einem Schlagloch auszuweichen. Sie lächelte. Er lächelte zurück. Dann schaltete er das Radio ein. Der Moderator sprach Englisch mit indischem Akzent. Das ergab einen schnurrenden Singsang, in dem die Rede von einem ‚beautiful day' war, der ihnen bevorstand, mit der ‚great music of the eighties'. Den Song, der dann kam, kannte sie nicht. Sie lehnte sich zurück. Vor ihnen die schnurgerade Straße und der dunkle Himmel, der schon lichte Stellen bekam. Sie schaute auf die Uhr neben dem Tacho. Halb sechs.

War sie wirklich die halbe Nacht auf diesem Marmorplatz gewesen? Der Gedanke an die weite weiße Fläche würde auf immer mit diesem Mann verbunden sein. Sabor. Du. Der Song ging zu Ende, und ein neuer kam. Leider klang er nicht viel anders als der vorherige. Allmählich vermischten sich die Beats mit dem Röhren des Motors. Vera fielen die Augen zu, und sie sank in einen unruhigen, von wirren Träumen durchsetzten Schlaf.

Plötzlich war da ein Bär im Auto. Er nahm fast die ganze Ladefläche ein. Bloß ein Gitter trennte ihn von Dieter und ihr. Neben dem Bär tauchte ein Mann auf, der das Gitter mit einer kleinen Nagelschere bearbeitete. Wie stümperhaft er damit an den dicken Metallstäben hantierte. Auf einmal wandte er ihr das Gesicht zu. Sie erschrak. Es war Sabor. Irgendwie schaffte er es, ein Loch in das Gitter zu schneiden. Der Bär schnüffelte und steckte die Schnauze hindurch. Riesige Nasenlöcher. Er öffnete das Maul, zeigte seine langen Eckzähne und brummte.

Vera wachte auf. Sie schüttelte sich, um den Traum und das drückende Gefühl im Bauch loszuwerden. Dann blickte sie nach vorn. Der Himmel hatte einen hellblauen Streifen bekommen.

„Netter Kerl, dieser Sabor", sagte Dieter auf einmal und hob eine Hand vom Lenkrad.

„Hm", machte Vera.

Sie dachte an die weite weiße Fläche mit den warmen Marmorplatten.

„Schon", seufzte sie.

Dieter ließ die Hand aufs Lenkrad fallen. Sie sah ihn an. Irgendwie wirkte er blass, farblos sogar. Sie klappte die Sonnenblende herunter und drehte den Kopf vor dem vergilbten Spiegel hin und her. Sie dagegen hatte Farbe bekommen.

Bemerkte Dieter das eigentlich? Hatte er überhaupt etwas bemerkt, von Sabor und ihr? Auf einmal holperte es so sehr, dass sie mit der Schläfe an den Türrahmen schlug.

„Aua!"

Ihr Kopf wummerte. Einen Moment warten, bis der Schmerz verging. Sie konnte homöopathische Kügelchen nehmen. Aber um an Dieters Tasche mit dem Etui zu gelangen, hätte sie sich umdrehen, auf den Sitz knien und nach hinten beugen müssen. Und dann erst recht Kopfschmerzen bekommen. Sie tastete nach der Wasserflasche, steckte den Finger hinein und tupfte sich ein paar Tropfen auf die Schläfen. Besser.

Auf einmal nahm Dieter das Lenkrad in beide Hände und gab Gas. Ein Dröhnen füllte den Geländewagen. Die Musik war kaum mehr zu hören.

„Dieser Sabor ist schon was Besonderes", brüllte er.

Sie lehnte sich zurück und genoss das Vibrieren des Autos wie eine Massage. Aber warum fuhr er gar so schnell?

„Wir kennen ihn kaum und doch ist er uns irgendwie ganz nah", brüllte er weiter, „vielleicht sogar näher als wir glauben."

Sie nahm den Kopf von der Kopfstütze und sah ihn von der Seite an.

Wollte er, dass sie alles gestand und um Verzeihung bat? Das wäre kindisch gewesen. Sie sah wieder nach vorn. Der hellblaue Streifen am Horizont färbte sich allmählich orangerot. Gleich würde die Sonne aufgehen. Sie wurden langsamer. Das Dröhnen ließ nach, und man hörte wieder den monotonen Rhythmus eines Popsongs.

„Was meinst du damit, ‚näher als wir glauben'?", fragte sie.

Er klopfte ein paar Mal mit der Hand aufs Lenkrad.

„Ganz einfach."

Er holte Luft.

„Sabor muss unser Sohn sein."

Sie lachte los.

„Natürlich ist das ein Schock", sagte er.

Sie war wirklich geschockt. War ihm die Hitze zu Kopf gestiegen? Eine Bö wirbelte durchs Fenster und traf sie an der Brust. Sie spürte die Wellenbewegung des Kleids auf der Haut und legte die Hand darauf. Sabor, ihr Sohn. Die Sonne schickte ihre ersten Strahlen über die Steppe. Sabor, ihr Sohn. Sie musste wieder lachen. Dieter sah sie mit einer tiefen Falte zwischen den Augenbrauen an.

„Nein wirklich", lachte sie weiter.

Das wäre wirklich das Letzte gewesen, an das sie gedacht hätte.

Da bremste er ohne Vorwarnung. Ein paar Mal kurz hintereinander, dann voll. Ihr Oberkörper wurde nach vorn geschleudert. Der Gurt zog an, grub sich zwischen ihre Brüste und in den Hals.

„Bist du verrückt geworden?!", würgte sie hervor.

Sie standen mit laufendem Motor am Straßenrand. Dieter schüttelte langsam den Kopf.

„Nein. Überhaupt nicht."

Sie schaute in den Spiegel. Ein langer Striemen aus roten und blauen Punkten an ihrem Hals. Sie atmete tief durch. Der Radiomoderator redete, seine Stimme klang so klar, als ob er mit im Auto säße. Aber sie hörte nicht zu. Das nächste Lied begann. Schnelle Beats, die einen nervös machten.

„Wo hast du deine Zigaretten?", fragte Dieter.

„Du rauchst doch nicht mehr", sagte sie und atmete verächtlich aus.

„Gib sie mir einfach."

Sie warf ihm die Handtasche hinüber. Er nahm sich die Schachtel und stieg aus. An die Tür gelehnt, zündete er sich eine Zigarette an und hüstelte ein paar Mal.

Vera öffnete die Beifahrertür und stieg auch aus. Die Morgenluft war noch frisch.

„Was wird das hier?", fragte sie.

Dieter reckte sein Gesicht in die Sonnenstrahlen und blies Rauch aus, dann sah er sie über das Autodach hinweg an.

„Sabor sucht seine Eltern", sagte er gedehnt.

„Ach ja?"

Es war so absurd, dass sie nichts dazu sagen konnte. Wie kam Dieter bloß auf so eine hanebüchene Idee? Sie wollte das Radio abschalten. Das Gedudel ging ihr auf die Nerven.

„Das kann kein Zufall sein", sprach Dieter weiter.

„Was?"

Er zog an der Zigarette und atmete tief ein. Dann blies er den Rauch durch die Nase aus.

„Wir hier. Er hier…"

Vera war gleichzeitig zum Lachen und zum Heulen zumute. Sie schaute zurück. Dort, wo sie herkamen, erschien die Straße wie ein winzig kleiner dunkler Punkt. Ein Nichts am Horizont.

Glaubte Dieter, ihr Sabor auf diese Weise ausreden zu können? Die Luft flimmerte. Oder waren es Schlieren auf ihrer Pupille? Sie zwinkerte ein paar Mal. Jetzt sah sie klarer. Sie würde Dieter ihre Entscheidung mitteilen müssen, ihn auf den Boden der Tatsachen stellen. Jetzt sofort. Sie ging ums Auto herum und deutete auf die Zigarettenschachtel in seiner Brusttasche.

„Darf ich?"

Dieter klopfte eine Zigarette heraus und gab Vera Feuer. Sie zog, dass es knisterte.

„Hast du ihn darauf angesprochen?", fragte sie.

Dieter schwieg und schnippte die Asche auf die Straße. Er hatte seine Zigarette schon fast fertig geraucht.

„Also nicht", sagte sie, „woher willst du es dann wissen?"

„Ich fühle es", gab er zurück.

Unwillkürlich ließ sie einen genervten Ton los.

„Gefühle können trügen!"

„Ach wirklich?", rief er und spuckte vor ihr aus.

Neben ihrem Schuh lag ein schmutziger Klumpen Schleim. Hatte Dieter sie treffen wollen? Sie nahm einen tiefen Zug von der Zigarette. Der Rauch kitzelte in der Lunge.

„Dieter, ich..."

Aber sie kam nicht dazu, fertig zu reden.

Denn er saugte ein letztes Mal am Zigarettenstummel, so fest, dass der Filter anbrannte, schleuderte ihn von sich und saß schon wieder hinter dem Steuer. Im Radio wurde ein neuer Song gespielt. Sie erkannte ihn sofort. Sweet Dreams von den Eurythmics. Wie einfach die Melodie war.

Das hatte sie nie bemerkt. Dieter schlug die Tür zu.

„Gut, dann reden wir eben beim Fahren", sagte Vera und trat die Zigarette aus.

Sie hielt ihm die Kippe durchs Fenster hin.

„In den Aschenbecher", bat sie.

Plötzlich verzerrten sich Dieters Züge. Erst sah es aus, als ob er niesen musste. Aber dann erkannte sie den Ausdruck in seinem Gesicht wieder. Es war derselbe wie damals, als er das Papier unterschrieb. Verdammt nochmal, er wusste doch, worauf er sich mit ihr eingelassen hatte. Er hatte die Wahl gehabt.

Da trat Dieter aufs Gas. Die Reifen drehten durch, und im nächsten Augenblick preschte er davon. Eine Staubwolke stand in der Luft.

„Hey!", schrie Vera ihm hinterher.

Aber er war schon zu weit entfernt, um sie zu hören. Voller Ekel schnippte sie die Kippe weg. Die hüpfte ein paar Mal über den sandigen Boden und blieb dann liegen. Er würde sicher gleich umkehren. Wie im Reflex fasste sie an ihre linke Schulter. Sie hatte ihre Tasche nicht bei sich. Kein Wasser. Kein Hut. Und keine Brille. Sie beschirmte die Augen mit der Hand und blickte nach vorn. Wurde das Pünktchen am Horizont größer? Sie wartete.

Nur an einer Abzweigung zögerte Dieter, ansonsten fand er den Weg zurück zur Anlage ohne Probleme. Er stellte den Geländewagen vor der Rezeption ab. Noch niemand da so früh, also würde er den Schlüssel später abgeben. Er nahm Veras Tasche und seine eigene und ging Richtung Bungalow.

Außer der Putzfrau, die einen Wagen mit Eimern und Lappen vor sich herschob, begegnete er niemandem. Jeder Schritt tat ihm weh. Kein Wunder, die Nacht war lang gewesen. Im Bungalow roch es muffig. Er öffnete das Fenster und setzte sich auf einen Stuhl. Die Morgenluft strömte durch den Raum. Es war ganz still, außer dass hie und da ein Vogel zwitscherte. Er trat auf die Terrasse. Hier hörte man die Brandung. Vielleicht waren sie schon zurück, Adam und Roswitha. Und Sabor. Bald konnte er mit ihm sprechen. Er ging wieder hinein, schloss die Bungalowtür und trank einen Schluck Wasser. Als er die Flasche absetzte, fiel sein Blick auf Veras Tasche.

Schlechter Platz, da sah man sie gleich. Er stellte sie unter den Stuhl. Dann ging er ins Bad und schaute in den Spiegel. Ziemlich finster sah er aus mit den Stoppeln im Gesicht. Aber nicht schlecht. Er setzte sich aufs Bett, stand aber gleich wieder auf und zog Veras Tasche unter dem Stuhl hervor. Da hatte man sie immer noch zu leicht gesehen. Er ging zur anderen Bettseite und stopfte die Tasche zwischen Nachtkästchen und Pfosten. Verflixt. Der Trageriemen lugte hervor. Also nochmal raus. Dieter wickelte den Riemen fest um die Tasche herum und zwängte sie in den Spalt zurück. Gut. Er legte sich hin.

Die Brandung schwoll an und summte ihr ewiges Lied vom Kommen und Gehen. Er schloss die Augen und fiel in einen nervösen Schlaf.

Daheim standen drei Bauarbeiter auf dem Haus. Sie hantierten an einer Plane, die über das Dach gespannt war, versuchten, sie zu glätten, aber der Wind fuhr darunter, bauschte sie auf, drohte, sie mitzunehmen. Die Männer mühten sich, das störrische Plastik im Zaum zu halten. Plötzlich riss eine starke Bö die Plane hoch, sodass sich alle Befestigungen gleichzeitig lösten. Die Plane fiel auf der anderen Seite des Hauses hinunter. Das Dach war nun ganz nackt, und Dieter konnte von oben in die Wohnungen hineinsehen. Wie ging das bloß?

Als er aufwachte, brauchte er eine Minute, um sich zu orientieren. Er setzte sich hin und rieb sich die Augen. Durch die Fensterläden fielen helle Lichtstreifen. Es war sicher schon Nachmittag. Leider hatte Vera ihren Wecker weggeräumt. Und Dieter hatte keine Lust, das Handy anzuschalten, nur um auf die Uhr zu sehen.

Er öffnete die Tür. Dampfige Luft schlug ihm entgegen. Die Brandung rauschte. Später würde er sich in die Wellen werfen. Im Bad beschloss er, sich nicht zu rasieren. Stand ihm irgendwie, das Finstere des Stoppelbartes. Nachdem er geduscht hatte, zog er sein weißes Kurzarmhemd an und die leichte Jeans. Jetzt etwas essen. Er machte sich auf den Weg. Als er im Lokal ankam, zahlten gerade die letzten Mittagsgäste und brachen auf.

„Ah, Dieter, mio caro", rief Lisa ihm zu, „was für eine Nacht, mein Mann hat erzählt!"

Sie knöpfte ihr großes Kellnerportemonnaie zu. Wie gut sie aussah in ihrer schwarzen Bluse und dem schwarzen Rock.

„Ja, nix buonanotte", lachte er.

In diesem Augenblick betraten Roswitha und Adam die Terrasse. Was für ein Zufall. Dieter atmete tief ein und ging ihnen entgegen.

„Wie geht es dir?", fragte er und beugte sich zu Adam hinunter.

Der hatte die Hand schlaff auf der Armlehne liegen und machte keine Anstalten sie ihm zu geben. Stattdessen nickte er. Auch das fiel ihm sichtlich schwer.

„Eine leichte Gehirnerschütterung, er muss sich schonen", antwortete Roswitha für ihn.

„Wenn weiter nichts erschüttert ist", ergänzte Adam leise.

Sie lächelte müde. Adam drückte ihr die Hand und räusperte sich.

„Und wie geht es dir, mein Lieber?"

„Gut", antwortete Dieter.

Adam nickte schweigend. Dann schob er sich an und rollte voran zum nächsten freien Tisch.

„Und deiner Frau?", fragte er weiter.

„Auch", sagte Dieter.

Da kam Lisa und breitete die Arme aus. Nachdem sie einen auf Adams Schulter, den anderen auf Roswithas Schulter gelegt hatte, stand sie ganz schief da.

„Signori, signora! Wie schön, alle da, na ja, fast..."

Sie blickte von einem zum andern.

„Jedenfalls, ich bringe euch Essen für viel Hunger. Curry, Pasta, Rührei, Schnitzel."

Sie seufzten alle drei, und Lisa machte sich auf den Weg in die Küche.

„Gott sei Dank hat das nicht so lang gedauert in der Krankenstation", sagte Roswitha mit Blick auf Adam.

Dann ließ sie sich auf den Stuhl plumpsen. In ihrer Blümchenbluse sah sie richtig gut aus. Hatte sie die neu? Musste wohl sein, Dieter war sie nicht aufgefallen. Überhaupt fiel ihm jetzt so viel auf, was ihm früher nicht aufgefallen war.

Die Schwingtür flog auf, und Lisa kam mit einem riesigen Tablett aus der Küche. Alles wie angekündigt und so schnell.

„Buon apetito", sagte sie in die Runde.

Dieter setzte sich schnell hin und lud sich den Teller voll.

„Wo unser Freund Sabor wohl grade ist?", fragte Adam und bediente sich ebenfalls.

Dieter schluckte den Bissen hinunter, den er im Mund hatte.

„Wüsste ich auch gern, auf der Baustelle zumindest nicht", antwortete er.

Adam lud sich Curry auf die Gabel. Beim Kauen wackelte sein Kopfverband.

„Ich geb euch Jungs nachher einen aus", rief er mit vollem Mund, „dran denken!"

Dieter spießte sein letztes Schnitzelstück auf.

„Schön", sagte er.

Dann legte er das Besteck auf den Teller. Lang her, dass er so gut gegessen hatte.

„Und meine Mädels, Roswitha, Paula, Vera, kriegen natürlich auch einen Drink, wenn wir mal vollzählig sind", schmatzte Adam.

Dann wiegte er den Kopf hin und her, als ob er überlegte.

„Wo bleibt sie überhaupt, deine Frau?"

Dieter hätte am liebsten so getan, als hätte er nichts gehört.

„Tja", machte er.

Adam sah ihm in die Augen. Das war unangenehm. Dieter stand auf.

„Entschuldigt mich, ich geh dann mal schwimmen."

Am Strand lagen einige Pärchen und ein paar einzelne Männer. Er ging an ihnen vorbei, ließ auch die leeren Liegen hinter sich und setzte sich unter dieselbe Palme wie die Tage vorher. Plötzlich fühlte er sich so frei wie lange nicht.

Wenn Vera jetzt noch nicht da war, würde es sicher dauern, bis sie wieder kam. Vielleicht hatte sie einen Bus zu dieser Siedlung genommen und weiter in die Stadt, wo sie nun beim Shoppen war. Er zog die Badehose an und joggte ins Wasser.

Die Gischt spritzte an ihm hoch. Da brannte es an seiner linken Seite. Er wischte mit der Hand darüber und biss sich vor Schmerz auf die Lippe. Hatte er ganz vergessen, die blöde Brandwunde. Er machte kehrt.

Auf der Decke streckte er Arme und Beine von sich. Langsam tat es weniger weh. Er schloss die Augen und öffnete sie wieder. Die riesigen Blätter der Palme bewegten sich im Wind. Im Wipfel hingen einige Kokosnüsse. Fünf, sieben, zehn, zwölf. Bei 16 hörte er auf zu zählen. Sie waren direkt am Stamm festgewachsen und standen ab wie pralle Brüste. Was, wenn eine Kokosnuss herunterfiel? Er blickte nach links und rechts. Im näheren Umkreis lagen keine Nüsse im Sand. Waren die oben noch nicht reif? Er wollte es nicht abwarten und zog das Handtuch ein Stück weiter. Hier hatte er ein besseres Gefühl. Als er es sich wieder bequem machte, rutschte ihm das Handy aus der Tasche.

Er wog es ein paar Sekunden lang in der Hand. Dann kam ihm eine Idee. Er würde jetzt Nägel mit Köpfen machen. Er wollte es amtlich haben, dass Sabor sein Sohn war.

Gott sei Dank gab es am Strand Empfang. Vergangenes Jahr war das noch nicht so gewesen. Er würde jetzt direkt die Sachbearbeiterin beim Jugendamt anrufen und fragen, wie der Stand der Dinge war. Er hatte ihre Nummer eingespeichert und wählte. Zuhause war es acht Uhr morgens, also durfte sie schon da sein. Es knackte in der Leitung, und er setzte schon an zu sprechen.

Doch es war nur eine Ansage. ‚Ich bin bis zum 24. im Urlaub, in dringenden Fällen rufen Sie bitte meine Vertretung unter der Durchwahl 4997 an‘. Gut, dann würde er jetzt sofort mit Sabor sprechen. Rasch zog er sich an und packte das Badezeug zusammen.

Als erstes lief er an der Baustelle vorbei. Alles war aufgeräumt. Hier hatte heute noch niemand gearbeitet. Er betrat die Lokalterrasse. Da war er ja. Sabor saß auf einem Barhocker und redete über den Tresen hinweg mit Paula. Sie lachten zusammen. Dieter trat näher. Paula bemerkte ihn als erste und grüßte mit einem Kopfnicken.

„Hallo, wie geht`s?", fragte Sabor.

Er hatte noch das Lächeln für Paula im Gesicht.

„Gut und dir?", gab Dieter die Frage zurück.

Paula berührte Sabors Hand.

„See you", sagte sie und verschwand durch die Schwingtür.

Sabor sah ihr mit geöffneten Lippen nach. Dann stützte er die Ellbogen auf den Tresen und legte den Kopf in die Hände. Machte Dieter selbst das nicht genauso, wenn er über etwas nachgrübelte? Er setzte sich neben Sabor. Der seufzte auf einmal.

„Gott sei Dank ist Adam soweit wieder hergestellt", sagte er.

Dieter legte ihm die Hand auf die Schulter und drückte fest.

„Haben wir gut gemacht, mein Junge."

Sabor schaute zu Boden.

„Na ja", sagte er.

Da erschien Paulas Gesicht in der Tür.

„You want beer?"

„Yes please", sagten sie wie aus einem Mund, worüber Dieter sich freute wie ein kleines Kind.

Paula brachte zwei Flaschen ohne Gläser und legte wortlos den Öffner daneben.

Dieter stieß mit Sabor an. Dann stellten sie im selben Moment die Flaschen ab, was einen lauten hellen Ton machte. Dieter musste lachen. So viel Gleichklang.

„Erzähl mir von dir", sagte er.

Sabor legte die Lippen aufeinander und blies Luft heraus, dass es wie Brr klang.

„Da gibt es nicht viel zu erzählen, bin ja erst 20."

Dieter schüttelte den Kopf.

„Und das, was Adam über dich auf der Fahrt zum Tempel erzählt hat?", fragte er.

Sabor schob sich ein Stück vom Barhocker herunter, hatte jetzt einen Fuß am Boden, wie auf dem Sprung. Dauerte wohl noch, bis er darüber sprechen konnte. Was musste das auch für ein Gefühl sein. Die du am nötigsten brauchtest, deine Eltern, brauchten dich nicht.

„Bei wem bist eigentlich aufgewachsen?", fragte Dieter.

Sabor zögerte.

„Bei meinem Vater. Meine Mutter ist gestorben, als ich klein war", sagte er und rutschte auf dem Barhocker hin und her.

Klar, dass der Junge nervös war. Er saß ja jetzt dem gegenüber, der ihn weggegeben hatte. Dieter fasste sich in den Nacken und beugte den Kopf, dass es knirschte. Wir hart das sein musste. Er bemerkte, wie Sabor ihn von der Seite beobachtete.

„Du wärst bestimmt ein guter Vater gewesen", sagte der plötzlich.

Dieter legte die Hand auf den Tresen. Glatt und kühl. Aber was hatte die Oberfläche für eine Farbe? Hellbraun, mittelgrau? Beige? Er ballte die Faust. Verdammt noch mal, er wollte jetzt wissen, was das für eine Farbe war und schlug mit der Faust auf den Tresen.

Im selben Augenblick rutschte Sabor mit dem Hocker nach hinten weg. Die hölzernen Beine kreischten auf dem Steinfußboden entlang. Es klang wie ein wild gewordenes Tier. Sabor sprang sportlich auf die Füße und packte den Hocker, bevor er umfiel.

„Sorry", lachte er.

Aber Dieter war nicht zum Lachen. Da war so ein Zittern in seiner Brust. Er trank das Bier in einem Zug leer.

Immer mehr Gäste betraten das Lokal. Ein paar kannte er vom Sehen. Nun rauschte Paula durch die Schwingtür, bepackt mit Speisekarten und einem Tablett mit neuen Kerzen. Sabor streckte das Kinn vor und folgte ihr mit den Augen. Dann griff er sich in die Brusttasche und zog das klingelnde Handy heraus.

„Unbekannter Teilnehmer", murmelte er und ging ran.

„Hier Sabor!?"

Er hielt das Telefon ans Ohr gepresst und verzog keine Miene. Zwei Minuten, vielleicht drei. Manchmal sagte er leise ‚ja'.

Paula servierte Pasta am Nebentisch und kam danach lächelnd auf sie zu. Ihr Pferdeschwanz tanzte von einer Seite zur anderen. Sabor drehte sich weg und steckte einen Finger ins freie Ohr. Darauf machte Paula eine ernste Miene und ging weiter. Sie sah wohl auch, dass es etwas Wichtiges sein musste.

Dieter ließ sich vom Barhocker herunter und überlegte, was er tun sollte. Vielleicht war etwas passiert. Vielleicht konnte er helfen. Er setzte sich an den nächstbesten Tisch. Sabor lachte. Aber es klang irgendwie bitter. Wo war Paula jetzt?

„Two more beer please", rief Dieter, als er sie entdeckte.

Sie sah ihn an, dann Sabor, dann wieder ihn und zog eine Augenbraue hoch, wie um zu zeigen, dass sie selber gern wüsste, was es da zu besprechen gab.

Plötzlich schüttelte Sabor heftig den Kopf und schaute auf die Uhr. Dieter erschrak. Was, wenn der Junge nun sofort abreisen musste, ohne dass sie richtig miteinander geredet hatten? Paula servierte Speisen und Getränke zwei Tische weiter. Endlich brachte sie frisches Bier.

Er trank auf einmal die halbe Flasche leer. Als er absetzte, stand Roswitha neben ihm. Sie drehte den Rollstuhl so, dass Adam ihm gegenüber saß.

>>Hab ich mir schon gedacht, dass ihr zwei beiden hier seid<<, rief Adam mit aufgeweckter Stimme und wies mit einer Kopfbewegung zu Sabor.

Dieter lächelte. Er war erleichtert, dass ihn jemand aus seinen Gedanken riss. Und er freute sich, dass Adam wieder Farbe bekommen hatte. Der Kopf war jetzt anders verbunden, sah nicht mehr so schwerverletzt aus.

Sabor zischte ins Telefon. Sie blickten alle drei zu ihm.

>>Dem da flüstere ich auch gleich was, soll nur herkommen<<, grinste Adam und schaute dann in die Speisekarte.

Roswitha zog mit ausladenden Armbewegungen ihre graue Strickjacke aus und setzte sich an den Tisch.

>>Wo ist eigentlich Vera, hab sie heute noch gar nicht gesehen?<<

Dieter musste sich zur Seite beugen, weil Roswitha ihm die Sicht auf Sabor verdeckte.

>>Sie wollte eigentlich kommen<<, antwortete er mechanisch.

Roswitha hängte ihre Strickjacke über die Lehne und schlug die Speisekarte auf. Er blickte an ihr vorbei. Sabor saß unverändert auf dem Barhocker und hielt das Handy ans Ohr.

„Was gibt es denn heute Schönes?", fragte Roswitha und blätterte in der Karte.

Gut, dann würde Dieter eben auch mal in die Karte sehen. Lammcurry, Chicken Curry, Palak Paneer, Alu Ghobi, Karaheer Paneer, Pizza Funghi, Pizza Salami, Pizza Speciale.

Er las die Liste zweimal, dreimal, ohne sich etwas davon zu merken. Hoffentlich war Sabors Akku bald leer. Er blickte auf. Der Junge war weg. Er fuhr hoch und stand kerzengerade.

„Was ist denn?", fragte Adam.

Dieter drehte sich zu ihm und stieß dabei den Stuhl um. Adam beugte sich vor und versuchte, den Stuhl wieder aufzustellen.

„Beruhige dich doch, der kommt sicher gleich zurück", sagte er mit beschwichtigender Stimme.

Aber Dieter achtete nicht auf ihn und stürzte aus dem Lokal.

W as für eine miese Tour, sie hier zu lassen. Noch mieser als der Versuch, ihr Sabor madig zu machen. Anfangs hatte sie ja gedacht, Dieter kämpfte um sie. Aber dann verstieg er sich in diese Vorstellung. Absurd.

Vera versuchte, sich auf etwas anderes zu konzentrieren. Aber da war nichts, keine Bäume, die Schatten spendeten, keine Straßenstände mit Wasserflaschen und vor allem keine Autos, die sie zur Siedlung, zur Ferienanlage oder in die Stadt hätten bringen können. Nur graubraune Steppe so weit das Auge reichte.

Einen Fuß vor den anderen setzen. Aber sie fragte sich, wie lang sie das durchhalten würde. Ihr linker großer Zeh tat weh. Sie hatte natürlich die Sandalen mit Zehensteg an. Sahen schick aus, aber hätte sie nicht daran denken können, dass der Steg in die Haut schnitt? Sie holte Luft und ließ einen lauten Heuler los. Er klang eigenartig gedämpft, als würde sie in einen Sack schreien.

Es war noch früh, aber die Sonne stach schon, auf Stirn, Nasenrücken und Wangenknochen. Sie spürte förmlich, wie der Sonnenbrand kam. Sie könnte BH und Slip ausziehen und sich auf den Kopf legen. Erst musste sie über den Gedanken grinsen, dann presste sie die Lippen aufeinander. Das wäre das Letzte, so oder so. Sicher würde bald ein Touristenauto vorbei kommen. Gestern waren einige Leute beim Shivatempel gewesen. Außerdem kamen Besucher gern in den Morgenstunden, vor der Hitze des Tages. Sie versuchte jetzt mal was.

Sie drehte sich um und lief rückwärts weiter. So lag ihr Gesicht im Schatten. Bei jedem Schritt stob eine Staubwolke hoch, die ein paar Sekunden in der Luft stehen blieb. Danach waren flache Eindrücke auf dem Boden zu sehen, die ihre Sandalen hinterlassen hatten. Seltsames Gefühl, das Rückwärtsgehen, aber noch seltsamer, dass man sich dabei zuschaute, wie man Spuren hinterließ. Wie viele Schritte würde sie gehen müssen, bis sie ankam?

Ihr wurde schwindlig. Sie war das Rückwärtslaufen nicht gewöhnt. Und sie wollte auch nicht mehr ihre Fußspuren betrachten, sondern nach vorne schauen. Doch als sie sich umdrehte, stach ihr die Sonne so in die Augen, dass sie ihr Gesicht in der Ellenbeuge versteckte. Sie ging eine Weile in dieser Haltung weiter. Dann wollte sie wieder den Horizont nach Autos absuchen und schaute vorwärts.

Sie war durstig. Aber vielleicht hatte sie nur deshalb Durst, weil sie wusste, dass es nichts zu trinken gab. Verdammt nochmal, Dieter. Verdammt noch mal, schrie sie in die flirrende Luft. Und noch einmal und noch einmal, bis ihr der Hals weh tat. Zumindest fühlte sie sich ein bisschen leichter.

Sie ging schneller, zuversichtlich, dass gleich ein paar Häuser am Horizont auftauchen würden. Die Sonne stieg höher. Die Strahlen schlugen ihr jetzt auf den Kopf. Das würde sicher bald ein Ende haben.

Sabor. Die Stelle an seinem Nacken, diese kleine Kuhle. Sie hatte den Duft in der Nase. Obwohl hier nur Sand und Staub waren. Sabor. Er wunderte sich bestimmt, wo sie blieb. Sie lief schneller. Wann gingen nochmal Flüge zurück? Sie würde umbuchen. Und dann weiter mit ihm. Für den An-

201

fang reichte das, was sie gespart hatte. Zur Not auch für sie beide. Außerdem hatte sie ihren Job. Doch wieder gut, dass die Psychoprüfung schief gelaufen war, keine unsichere Arbeit mit irgendwelchen Problemfällen.

Sie schloss die Augen und spürte Sabors Hand im Nacken, seine Lippen. Sie machte die Augen wieder auf. Ihr Zeh tat weh. Sie blieb stehen und bückte sich. Was für eine riesige Blase. Jetzt ein Becken mit kaltem Wasser! Hineinspringen, untertauchen, trinken. Sie richtete sich auf. Ihr Schädel pochte. Sie durfte nicht an Wasser denken.

Wie lang lief sie schon auf dieser verdammten Straße? Es kam und kam kein Auto. Sie zwickte die Augen zusammen, um besser in die Ferne zu sehen. Nichts, außer ein paar großer Vögel, die über der Steppe ihre Kreise zogen. Und wenn es hier wilde Tiere gab, Hyänen oder Wüstenfüchse, oder wie die sonst so hießen? Sie ging schneller. Da sah sie etwas.

Weit vorn. Höher und dunkler als das übrige Gelände. Vielleicht eine Sehenswürdigkeit oder eine Tankstelle. Doch je näher sie kam, desto deutlicher wurde, dass es nur ein riesiger Haufen Steine war. Immerhin groß genug, um Schatten zu werfen. Eine Weile ausruhen wäre schön. Sie verließ die Straße und ging auf die Anhöhe zu.

Die Steine sahen aus, als ob jemand sie hier abgeladen hatte. Vielleicht sollte etwas aus ihnen gebaut werden. Aber in dieser Ödnis? Sie kauerte sich in den Schatten und lehnte sich an einen Stein. Er war noch kühl von der Nacht. Die Blase zwischen den Zehen pulsierte. Sie pustete darauf. Half nichts. Sollte sie sie aufstechen? Sie schaute ihre Fingernägel an. Zu kurz. Da packte sie ihren linken Fuß und zog ihn mit beiden Händen zum Mund. Mit dem Eckzahn biss sie in die Blase. Eine warme Flüssigkeit ergoss sich über ihre Lippen. Sie leckte sie ab. Salzig. Endlich war das Gefühl weg, etwas Fremdes an sich zu haben. Aber jetzt war ihr schlecht. Sie legte sich auf den Boden, Hand unters Gesicht, und schloss die Augen.

Plötzlich war die Blase wieder da. Sogar noch größer. Und sie schaffte es nicht, sie aufzumachen. Sie wurde immer noch größer und tat immer noch mehr weh, der ganze Körper schmerzte davon. Sie war zuhause und wunderte sich, dass ihre Mutter nichts merkte. Die Blase wurde so groß wie ein Tennisball, dann so groß wie ein Fußball. Sie konnte nicht mehr stehen, geschweige denn gehen, die Blase war viel zu schwer. Die Haut war zum Bersten gespannt, eine falsche Bewegung, und sie würde platzen. Irgendetwas musste passieren.

Sie sagte, sie ginge ins Krankenhaus. Ihre Mutter wünschte ihr viel Spaß, was sie seltsam fand, wie das meiste, was ihre Mutter zu ihr sagte. Dann lag sie plötzlich auf einer Trage. Zwei Ärzte hantierten an ihr herum. Einer hielt ein Messer, der andere beugte sich über sie und sagte ‚gleich vorbei'. Dann spürte sie warme Flüssigkeit an sich hinunterlaufen.

Sie wachte auf und öffnete die Augen. Doch als sie sich aufrichten wollte, drückte sie ein scheußlicher Kopfschmerz nieder. Es war, als schlage der eiserne Schwengel einer Glocke von innen an ihren Schädel. Sie holte Luft und erbrach sich. Es kam Dünnflüssiges, das scharf schmeckte. Sie würgte, erbrach sich noch einmal. Dann stemmte sie sich hoch und schaufelte etwas Sand auf das Erbrochene. Wie ein Hund kam sie sich vor. Sie wandte sich ab und würgte wieder. Es kam nur noch Galle. Bitterkeit brannte ihr in der Kehle. Sie machte ein paar Atemzüge. Endlich ließ der Brechreiz nach.

Sie legte sich hin und bettete ihren Kopf auf die Hand. Ein knochiges Kissen. Ihre Zunge klebte am Gaumen. Sie unterdrückte den Gedanken an Wasser mit aller Kraft. Was passierte, wenn ihr diese Kraft ausging?

Sie zwinkerte ein paar Mal, um den Blick klar zu bekommen. Vor ihr die Steppe wie sie sie noch nicht gesehen hatte. Niedrige Büsche verwandelten sich in hohe Bäume, kleine Steine in dicke Felsbrocken. Da hörte sie ein Kratzen. Vielleicht einen Meter von ihrem Gesicht entfernt spielten zwei Geckos, warfen sich übereinander, rasten hintereinander her.

Dass sie hier lebten, wo kein Wasser war. Oder reichte ihnen ein Tautropfen für den ganzen Tag? Endlich war da etwas, worauf sie sich konzentrieren konnte. Ein Gecko tapste mit der Pfote auf den Rücken des anderen. Der bäumte sich auf und wischte dem Gegner eins über. Dieser stellte sich nun auch hin. Sie schlugen mit den Vorderpfoten aufeinander ein. Auf einmal verhakten sie sich und schienen nicht mehr voneinander los zu kommen. Einer fiel nach hinten um und zappelte mit den Beinen. Dann drehte er sich und ging wieder auf den anderen los. So standen sie, Vorderpfoten verkeilt, Schnauze an Schnauze. Doch keiner schaffte es, den anderen niederzuringen. Plötzlich biss einer den anderen in den Hals.

Kurz, fest, aber offenbar nicht tief. Der Gebissene verschwand zwischen den Felsbrocken. Der Beißer blickte sich um. Seine Kehle bewegte sich pumpend auf und ab. Dann stob er in dieselbe Richtung davon.

War das eben ein Motorengeräusch gewesen? Sie stützte sich mit dem Ellbogen am Boden ab. Sofort begann ihr Kopf wieder zu pochen. Doch sie zwang sich aufzustehen. Rechts, links, hinten, vorn, kein Auto. Nur flirrende Luft. Sie ging in die Knie. Die Sonne schien nur kurz auf ihren Kopf, doch es war, als ob sich etwas entzündete. Der Brechreiz kam wieder. Sie lehnte ihre Schläfe an den Stein. Die Kühle half, aber der Stein wurde schnell warm. Bei jeder noch so kleinen Bewegung würgte sie. Sie würde jetzt völlig still bleiben. Doch in ihr rumorte es zu sehr.

Sie ließ sich auf die Seite fallen. Ein Stechen durchfuhr sie. Wieder die Hüfte. Immer derselbe Schmerz. Sie wollte nur noch ihre Ruhe haben. Sogar das Denken schmerzte. Ihr fielen die Augen zu. Sie riss sie wieder auf. Nicht einschlafen, sonst überhörte sie die Autos. Wieso war überhaupt noch keines da gewesen? Sie kauerte sich eng an den Stein. Knie angezogen, Arme verschränkt. So klein wie möglich, vielleicht wurden dann auch die Schmerzen kleiner.

Da. Motorenbrummen. Sie schaffte es nicht aufzublicken. Das Brummen wurde lauter. Eher kein Auto, vielleicht ein Bus. Es wurde noch lauter. Nein, auch kein Bus. Vielleicht ein Bagger. Über ihr knackte es. Kleine Steine rieselten auf ihren

Kopf, nadelfeiner Schmerz, dutzendfach. Dann knallte es. Stein fiel auf Stein. Ihr Schutz vor der Sonne bekam Lücken.

Die Strahlen brannten auf den Hinterkopf, auf die linke Schulter und die Knie. Sie presste sich an den Stein hinter sich. Den musste ihr der Bagger lassen. Über ihr knirschte es. Sie wollte sich bemerkbar machen. Doch es war, als hätte sie Kleber im Mund. Sie bekam die Zähne nicht auseinander. Ein komisches Krächzen entfuhr ihr. Über ihr malmte es. Auf ihrem Körper leuchteten immer mehr Sonnenflecken. Der Bagger würde sicher gleich herum kommen. Die Arbeiter würden sie entdecken und mitnehmen. Es rumste. Da fuhr der Bagger vor. Sie hob den Blick.

Im Führerhaus zwei Männer, der eine wohl ein Inder. Und der andere? Er sah aus wie ihr Vater. Sie legte die Hand vor die Augen und nahm sie wieder weg. Das Bild blieb dasselbe. Konnte das sein? Der Bagger wurde langsamer. Sie strich sich die Haare aus dem Gesicht, manche blieben auf der Haut kleben. Dann stand sie auf und ging auf den Bagger zu.

Die Sonne spiegelte sich in der Scheibe des Führerhauses. Geblendet hob sie die Hand und trat einen Schritt nach rechts. Von hier aus erschien das Glas ganz schwarz. Jetzt stand der Bagger. Der Motor tuckerte. Sie wartete, aber es stieg niemand aus. Sie ging einen Schritt näher und winkte ins schwarzgleißende Fenster. Keine Reaktion. Vielleicht von der anderen Seite. Sie ging vor zur Schaufel, die schwer im Sand lag und die Zähne in den Himmel reckte. Sie tippte mit dem Zeigefinger auf einen Zahn. Das Metall war heiß und sandig. Plötzlich kam der Motor auf Touren. Die Schaufel knirschte im Sand. Wenn sich der Bagger jetzt in Bewegung setzte, würde er sie überfahren. Schnell weg. Doch vom Gedanken zur Tat war es ein langer Weg.

Sie würde jetzt das rechte Knie beugen, in der Hüfte einknicken, den Rumpf nach rechts kippen und den rechten Unterarm vorschicken, damit dieser, zusammen mit der Hand, den größten Teil des Gewichts abfing. Als nächstes würde sie die rechte Schulter auf dem Boden aufkommen lassen und gleich darauf die Hüfte, diesmal die rechte. Sie würde den Schwung nutzen, um weiterzurollen, eine Drehung machen und noch eine. Die Unterarme stützten. Schließlich würde sie, Handflächen und Ellbogen blutig gerieben, zusammengekauert darauf warten, dass der Bagger an ihr vorbei fuhr.

S abor drückte das Handy ans Ohr. Die Verbindung war schlecht.

„Willst du, dass ich den Brief aufmache?", hörte er leise seinen Vater fragen.

Der hatte ja Recht. Manches sollte man besser gleich erledigen. Sabor atmete tief durch.

Paula sah ihn verstohlen an, während sie hinter dem Tresen Gläser spülte. Ihr Augenaufschlag dauerte einige Sekunden. Plötzlich entglitt ihr ein Weinglas und fiel klirrend ins Spülbecken. Sie blickte so erschrocken, dass er lachen musste. Dann lachte sie auch. Sie hielt das Glas hoch und begutachtete es.

Es war heil geblieben. Sie legte die Unterlippe über die Oberlippe und stieß Luft nach oben aus. Ein paar Strähnen ihres Ponys hoben sich.

„Halloo! Bist du noch dran?", fragte sein Vater.

„Ja."

„Da stehen sicher noch keine Namen drin, Junge, aber..."

Sabor meinte, bei dem Satz ein Bedauern in der Stimme seines Vaters zu hören, der wohl schnell die Namen der leiblichen Eltern erfahren wollte.

Damals vor 20 Jahren hatte das Amt sie ihm, dem Adoptivvater ja nicht nennen dürfen. Wahrscheinlich interessierten seinen Vater diese Leute mehr als ihn selbst. Für Sabor waren es Fremde. Zeit seines Lebens war sein Vater der Mann am anderen Ende der Leitung gewesen, der die Aufgabe im Übrigen ganz ordentlich erledigte.

Aber wenn schon mal die Antwort des Jugendamtes da war, wollte Sabor sie nun auch wissen, egal, was drin stand. Sein Vater kam ihm zuvor.

„Ich mach den Brief jetzt auf", sagte der.

Es knisterte.

„Also", fing sein Vater an, „„Sehr geehrter Herr Willich, bezugnehmend auf ihre Anfrage…"

Ein Piepen ertönte.

„Sprichst du bitte lauter, Papa?"

„…dürfen wir Ihnen mitteilen, dass wir die von Ihnen gewünschten Daten zur Verfügung stellen können…"

Wieder ein Piepen.

„…für einen persönlichen Termin bei uns im Hause schlagen wir Ihnen den 20. August vor'".

„Das ist ja schon nächste Woche!", fuhr Sabor dazwischen.

Es piepte. Er nahm das Handy vom Ohr und schaute auf das Display. Der Akku.

„Pass auf, es geht noch weiter", sagte sein Vater, „„Bei einer eventuellen Kontaktaufnahme leisten wir Unterstützung, weisen jedoch darauf hin, dass manche Betroffene diese nicht wünschen'".

Sie schwiegen beide.

„Junge?"

Es piepte.

„Weißt du", setzte sein Vater an.

Die Verbindung brach ab.

„Papa?"

Eine Weile betrachtete Sabor das leere Display. Die schwarz glänzende Fläche warf sein Spiegelbild zurück. Er schloss den Mund. Dann sah er auf.

Sie saßen jetzt alle beisammen, Dieter, Roswitha und Adam. Er würde nicht zu ihnen hin gehen.

Plötzlich bemerkte er, dass er an den Fingernägeln kaute. Schnell wischte er sich die Hand an der Hose trocken. Irgendwie wühlte ihn das Ganze doch mehr auf als er gedacht hatte. Er wollte zu Vera.

Ihr alles erzählen, ihre Meinung erfahren, ihre Stimme hören, diese schöne ruhige Stimme. Er nahm Handy und Geldbeutel und machte sich auf den Weg zu ihrem Bungalow. Dieter hatte ihm einmal gezeigt, wo der war. Soweit er sich erinnerte, geradeaus, danach links und dann noch einmal links. Nach kurzer Zeit war er da. Das war nicht schwer gewesen. Er klopfte an die Tür.

Nichts rührte sich. Er sah sich um. Auf dem Terrassenboden lagen ein paar Zigarettenkippen. Hatte Vera die da hingeworfen? Er klopfte noch einmal.

„Hallo, ich bin`s, Sabor", rief er halblaut.

Nur die Flut war zu hören. Die Wellen schlugen hart an den Strand. Vielleicht war Vera im Bad. Er wartete.

‚Leisten Unterstützung bei der Kontaktaufnahme', ging es ihm durch den Kopf. ‚Aber manche wünschen keinen Kontakt'. Hieß das, manche Eltern wollten auch dann nichts von ihren leiblichen Kindern wissen, wenn diese sich bei ihnen meldeten?

Mal angenommen, Vera wäre an der Stelle seiner Mutter, würde sie ihr erwachsenes Kind, also ihn, treffen wollen? Ihn, den sie 20 Jahre lang nicht gesehen hatte? Wenn er Vera jetzt fand, würde er sie das sofort fragen. Doch dann stutzte er. Sein Plan kam ihm plötzlich dumm vor. Wieso sollte er Vera das fragen? Nur weil sie älter war als er?

Darüber hinaus hatte sie doch überhaupt nichts mit seiner Mutter gemeinsam.

Er ging um den Bungalow herum und klopfte an den Fensterladen. Sie schlief doch wohl nicht. Er beugte sich vor und zischte durch die Schlitze:

„Vera!"

Vielleicht hatte sie Kopfhörer auf. Er schlug mit der Faust an den Fensterladen. Ein Flügel sprang auf und gab den Blick auf das Fliegengitter frei. Er schaute hindurch.

Auf dem Tisch eine Schale Obst. Das Bett war leer. Er horchte, ob sich im Bad etwas tat. Sie war wirklich nicht da. Er lehnte sich an den Fensterladen. Dann gab er ihm einen Schubs. Kurz bevor der Laden zuklappte, sah er etwas Rotes am Nachttischchen. Er riss den Laden wieder auf. Ihre Tasche. Vera konnte also nicht weit weg sein.

Er lief zum Meer, stolperte ein paar Mal über Steine, die im Sand vergraben lagen. Dann benetzte die Gischt sein Gesicht. Er drehte sich nach rechts. Die Brandung säumte die Küste mit ihrem weißen Schaum. Er war der einzige Mensch hier. Nein, das stimmte nicht. Da war noch jemand. Lief auf ihn zu. Rannte sogar. Das musste Vera sein.

Ihr Schal wehte hinter ihr her. Endlich. Alle warteten doch auf sie. Vor allem er. Die Abendsonne blendete, sodass er ihr Gesicht nicht sah, dieses schöne Gesicht mit den wenigen dünnen Linien auf der Stirn. Er lief ihr entgegen. Im Sprint war er immer gut gewesen. Nur nicht zu früh bremsen, hatten seine Lehrer gesagt. Seltsam, sie wirkte so klein.

„Hey!", rief sie und winkte.

Da sah er den Pferdeschwanz. Es war Paula. Er blieb auf der Stelle stehen. Wie konnte er sie nur mit Vera verwechseln?

Er bückte sich und stützte die Hände auf die Knie. Sein Atem ging stoßweise. Plötzlich schossen ihm Tränen in die Augen. Paula war heran gekommen.

„I knew, you go to the beach", lachte sie und schnappte nach Luft.

Er machte ein langgezogenes ‚Hmmm‘. Dann richtete er sich auf und steckte die Hände in die Vordertaschen.

„Hi", sagte er.

Sie lächelte. Er lächelte auch, aber es war anstrengend.

„Hey, what`s the matter?"

Mit dem Schmollmund sah sie noch jünger aus als sonst. Wie die kleine Schwester, auf die man aufpassen musste. Sabor fühlte sich irgendwie verloren.

„Hey, everything o.k.?", fragte sie und streichelte ihm über die Wange.

Er nahm die Hände aus den Taschen, wusste nicht, wohin damit und steckte sie wieder hinein.

„Yes", antwortete er und versuchte wieder zu lächeln.

„Come on, let`s walk", sagte sie.

Sie marschierten los, barfuß, die Schuhe unter die Achseln geklemmt. Wenn die Wellen wichen, hinterließen sie den Sand so glatt, dass es Sabor leid tat, hineinzutreten und Unordnung zu stiften.

„I am looking for Vera", sagte er.

„I know", antwortete Paula gedehnt.

Wie konnte sie das wissen?

„Do you know, where she is?", fragte er.

„No."

Sie hakte sich bei ihm unter. Nach und nach pendelten sich ihre Schritte auf einen gemeinsamen Rhythmus ein, gleich lang, gleich schnell. Sie gingen eine Weile, ohne zu reden. Die Sonne versank im Meer, und schnell legte sich dunkelblaues Licht über alles. Vom Lokal wehten ein paar Lacher herüber.

„You don`t have to work tonight?", fragte er.

„No, my sister does not need me."

Sie zog seinen Arm fester zu sich heran. Jetzt kamen sie am Beachvolleyplatz vorbei. Die Lichter im Lokal schienen bis hierher, auf das grobmaschige Netz und warfen ein Muster aus verzogenen Rauten in den Sand. Paula machte sich von ihm los und hüpfte auf einem Bein herum. Die Fransen ihres Schals peitschen seine Wange. Sie versuchte offenbar, nicht auf die Linien zu treten. Unmöglich, sie waren zu nah beieinander.

„Where are we going now?", fragte er.

„Don`t know", sagte sie und zog ihn weiter.

Die laue Brise umschmeichelte seine Arme und Beine, die Brandung summte ihm in den Ohren. Auf dem Wasser begannen immer mehr Lichter zu leuchten.

„Let`s go there", sagte sie und deutete aufs Meer.

Er folgte ihrem Finger zu einem Fischerboot. Dadurch gerieten sie aus dem Tritt. Sie nahm ihn so fest unterm Arm, als ob sie befürchtete, er würde davon laufen. Als sie in der Brandung standen, ließ sie ihn los und bückte sich. Sie schöpfte Wasser in die hohle Hand und warf es sich ins Gesicht.

Dann bückte sie sich noch einmal, schöpfte mit beiden Händen Wasser und warf es ihm ins Gesicht. Er prustete. Sie lachte und ging ein paar Schritte voraus.

Im Gehen zog sie ihr T-Shirt aus und gleich darauf ihren Rock. Dunkler Slip. Dunkler BH. Doch anstatt jetzt ins Wasser zu springen, stellte sie sich Sabor in den Weg und begann, ihm das Hemd aufzuknöpfen, von oben nach unten. Dann streifte sie es ihm von den Schultern. Der plötzliche Lufthauch auf der Haut ließ ihn erschauern. Paula öffnete ihren BH. Ihre Brüste senkten sich, aber nur ein bisschen. Als sie sich an ihn lehnte, musste er leise lachen. Ihre Brustwarzen fühlten sich kühl an.

„Why do you laugh?"

Er blickte übers Meer. Wo war Vera?

"Tell me!", hakte sie nach.

"It`s nothing."

Er hob den Kopf und suchte den Himmel ab. Aber es war zu dunstig, um den Großen Wagen zu sehen. Paulas Hand glitt zum Gürtel seiner Hose und öffnete ihn. Sabor atmete den Geruch des Meeres, spürte den Wind unter den Achseln und dann an den Fußsohlen.

Als erstes ging Dieter zu Sabors Bungalow. Wenn er sich recht erinnerte, war es der kleinste in der Reihe gleich am Eingang. Er klopfte an die Tür. Nichts rührte sich. Während er lauschte, zog er mit der Fußspitze einen Strich in den Sand. Er klopfte noch einmal. Kein Laut. Dann zur Rezeption. Er schlug auf die Tischglocke. Es klingelte gleich zweimal hintereinander. Lisa kam aus dem Hinterzimmer.

„Bin da, bin da!"

Sie musterte ihn.

„Mamma mia, wie siehst du aus?"

Sie lachte ein helles Lachen.

„Ihr macht mir Sorgen, ihr Deutschen. Immer so ernst."

Sie hob die Hände wie zum Gebet. Ihre Armreifen klapperten.

„Sag, mio caro, was brauchst du?"

Er lehnte sich an den Tresen.

„Hast du Sabor gesehen?"

Das Holzgestell gab unter seinem Gewicht nach, und er rutschte mit den Füßen ein Stück am Boden entlang. Schnell richtete er sich wieder auf.

„Mi dispiace, keine Ahnung."

Sie schaute an ihm vorbei auf den Platz vor der Rezeption.

„Vielleicht er ist in die Stadt gefahren, Werkzeuge einkaufen."

Dieter drehte sich um. Nur der große Geländewagen stand draußen. Der kleine war weg.

„Ich gebe dir die Handynummer", sagte Lisa, schrieb etwas auf und reichte ihm den Zettel.

Er tippte die Nummer ein. Nach drei Mal Tuten kam Sabors Stimme:

„Bitte Nachrichten nach dem Piep".

„Hier Dieter", sprach er auf die Mailbox, „würdest du mal zurückrufen?"

Er legte auf.

„Nicht da", sagte er zu Lisa gewandt.

Sie blies die Backen auf.

„Wie kann ich helfen?"

Er hatte gehofft, dass sie das fragen würde.

„Leihst du mir das Auto?"

Sie blies noch einmal die Backen auf.

„Nur kurz", sagte er.

„O.k., o.k., für Stammgäste Ehrensache."

Sie reichte ihm den Schlüssel.

„Bitteschön", sagte sie mit erhobenem Zeigefinger, „aber bald zurück!"

Er nickte und war schon draußen. An der Kreuzung wies ein Schild den Weg in die Stadt. 20 Meilen. Er würde auf der Strecke die Augen offen halten. Vielleicht machte Sabor Pause in einem Straßendorf. Er schaltete das Radio ein. Es lief offenbar wieder diese 80er Jahre Sendung. Oder lief sie immer noch? Nach drei Klängen erkannte er den Song: ‚Stranded' von Manfred Mann.

Er hatte ihn früher unzählige Male gehört, zusammen mit Vera auf dem alten Sofa mit den durchgelegenen Schaumstoffkissen. Sie träumten dazu, gemeinsam auf einer einsamen Insel zu stranden, ohne zu wissen, ob im Lied überhaupt die Rede davon war. Auch jetzt verstand er nur das eine Wort. Stranded. Eine Weile summte er mit. Dann kam das Solo der E-Gitarre. Er klopfte im Takt aufs Lenkrad. Auf einmal mischten sich hektische Beats hinein und begruben die Melodie. Das war nicht das Original. Er schaltete ab.

Da sah er weit vorn ein großes Auto entgegen kommen, wohl ein Lieferwagen. Er lenkte nach links, um Platz zu machen. Der andere blieb stur in seiner Spur. Als sie aneinander vorbei fuhren, knallte die Luft. Aus dem Augenwinkel sah er zwei Männer in dem Wagen, der eine, offenbar ein Inder, ließ den Arm aus dem Fenster hängen, der andere, vielleicht ein Europäer, hatte eine Zigarette zwischen den Fingern. Sie würdigten ihn keines Blickes. Unverschämt.

Wie viel Vorsprung hatte Sabor eigentlich? Es konnten nur zehn Minuten sein. Höchstens 20. Gute Chancen also, ihn auf der Strecke einzuholen. Dieter schaute in den Rückspiegel und gleich nach vorn. Dann trat er das Gaspedal durch. Nach einer Weile tauchte am Horizont eine Straßensiedlung auf.

Erst kurz vorher bremste er ab und fuhr langsam vorbei an dampfenden Kochtöpfen, klapprigen Buden und Männern in Pluderhosen. Plötzlich sah er einen Mann im weißen Hemd. Er lenkte scharf nach links und trat auf die Bremse. Zwei Inderinnen mit geschnürten Bündeln auf dem Kopf sprangen zur Seite. Eine wäre fast in den Straßengraben gefallen. Die andere fuchtelte mit den Armen und schimpfte. Er beachtete sie nicht weiter und stieg aus. Doch der Mann im weißen Hemd war verschwunden.

Vielleicht war er in das Lokal hier gegangen. Auf dem Vorplatz, der mit einer dunklen Plastikplane überdacht war, standen ein paar Inder an Stehtischen. Sie drehten sich um. Er nickte ihnen zu und trat näher. Sie hatten jeder ein Metallschälchen vor sich. Einer der Männer zupfte mit krummen Fingern ein Stück Fladenbrot ab und tunkte es in das Schälchen. Dieter ging an ihm vorbei in den Innenraum. Dort saßen einige Männer an Plastiktischen. Sie blickten kurz hoch und aßen dann weiter. Keiner hatte ein weißes Hemd an. Also wieder hinaus. Am Straßenrand stand ein Inder und rührte in einem Kochtopf.

„Eating, eating", sagte er und wischte sich die Hand an der schmutzigen Schürze ab.

Vielleicht zehn Meter weiter trat ein Mann aus einem Laden heraus. Jeans, weißes Hemd. Dieter stürzte los und legte dem Mann von hinten die Hand auf die Schulter.

„Hey Sabor!", rief er.

Der Mann fuhr herum.

„What the hell…"

Dieter wich einen Schritt zurück.

„I thought…, I am sorry", stammelte er.

Der Mann, vielleicht ein Engländer, ging in die Bar gegenüber. Er sah Sabor wirklich ähnlich. Einen Augenblick stand Dieter unschlüssig herum und ging dann zurück zum Auto. Als er startete, traten einige Männer auf die Straße, als ob sie sich vergewisserten, dass er wirklich wegfuhr.

Die Uhr neben dem Tacho zeigte fünf. Er würde jetzt durchfahren, ohne anzuhalten, hatte schon genug Zeit verschwendet. Der Fahrtwind kühlte seinen Kopf und den verschwitzten Oberkörper. Die Feuchtigkeit zwischen den Beinen leider nicht. Diese verdammten Plastiksitze. Er gab Vollgas. Weiter vorn jetzt mehrere Gebäude. Offenbar Rohbauten. Die Abendsonne schien durch glaslo-

se Fensteröffnungen. Davor so etwas wie Baucon-
tainer. Er fuhr langsamer. Links auf einem Plakat
eine riesige Flasche Cola. Wassertropfen perlten
an ihr hinunter. Er bekam Durst. An einer Imbiss-
bude hielt er an. Niemand da. Waren wohl alle auf
der Baustelle. Er ging zur nächsten Bude. Auch
keiner. Doch auf einmal kam ein Inder durch die
Seitentür und stellte sich hinter den Tresen.

    „Yes Mister?"

    „One Coke, please", sagte Dieter.

Der Mann wackelte mit dem Kopf. Wie es wohl
war, auf diese Weise Ja zu sagen? Unwillkürlich
imitierte Dieter die Wackelbewegung. Da zog der
Inder die Mundwinkel nach unten und knallte die
Colaflasche auf den Tresen. Den Öffner daneben.

    „Five Dollars."

    „Excuse me?", lachte Dieter laut heraus.

    „Five Dollars", sagte der Inder noch einmal,
ohne mit der Wimper zu zucken.

Nicht mit ihm. Dieter würde ihm ein paar Rupien
hinlegen, das reichte.

Doch als er die Geldbörse aus der Tasche holte, entglitt sie ihm und patschte aufgeklappt auf
den Boden. Münzen kullerten herum. Seine Papie-
re waren herausgerutscht. Er kniete sich hin und
sammelte alles ein. Da war sein Führerschein. Ein
grauer Lappen mit Eselsohren und Flecken. Über
20 Jahre alt. Sollte endlich mal gegen einen neuen
getauscht werden. Er schlug ihn auf und erschrak.
Der Mann auf dem Foto! Lockiges Haar bis in den
Nacken, wache Augen, kantige Nase und ein Lächeln auf den Lippen. Dieter sank auf einmal kraft-
los in sich zusammen. Wie ähnlich sie sich waren,
Sabor und er.

„Everything alright?", fragte der Inder und beugte sich über den Tresen.

„Yes, yes."

Dieter stopfte alles bis auf den Führerschein zurück in die Börse. Dann stand er auf.

„Excuse me", sagte er zu dem Inder und deutete auf das Foto, „have you seen this man today?"

Der Inder nahm den Führerschein und schaute sich das Bild an, schaute ihn an, schaute das Bild an. Dann begann er zu lachen.

„We all don`t grow younger", sagte er und gab ihm den Schein zurück.

Dann nahm er einen geblümten Putzlappen und wischte über den Tresen.

„I am really sorry, Mister", sagte er immer noch lachend, „but never mind."

Was fiel dem jetzt ein zu putzen? War doch alles sauber, Dieter hatte jedenfalls keinen Schmutz gemacht.

„Mister, five Dollars, please", wiederholte der Inder.

Jetzt klatschte der ihm auch noch mit dem Putzlappen an die Brust. Vielleicht ein Versehen. Aber als Dieter den nassen Fleck an sich erblickte, war es wie ein Reflex. Er ergriff das Handgelenk des Mannes und zog es in derselben Sekunde über den Tresen. Dann packte er den Mann an der Gurgel.

„Stop it", krächzte der Inder und versuchte, sich aus der Umklammerung zu befreien.

Sicher würde er gleich um sich schlagen. Also fester zudrücken.

„Please", röchelte der Inder und starrte ihn mit rotem Gesicht an.

Wie lange er das wohl aushielt? Mit einem Mal wehrte er sich nicht mehr. Die Gesichtsfarbe wechselte ins Bläuliche. Dieter stieß ihn weg.

Der Mann fiel hinter den Tresen und atmete mit einem pfeifenden Geräusch ein. Dann robbte er zur Seitentür. Er drückte sie mit dem Kopf auf und rollte sich über die Schwelle. Als die Tür wieder zu war, drehte sich ein Schlüssel im Schloss. Auch gut. Dieter ging hinaus.

Es dämmerte schon. Gegenüber am Straßenrand standen ein Bagger und ein Kipplader. Hatte er vorhin gar nicht gesehen. Von Weitem hörte er Hammerschläge und das Rattern von Bohrmaschinen. Er schaute nach oben. Hinter der Zeile mit den Imbissständen erhob sich ein Rohbau mit mehreren Stockwerken. Er ging durch eine Lücke zwischen zwei Ständen hindurch. Nach einer Weile erreichte er die Baustelle. Einige Männer standen außen auf einem Gerüst, andere schauten von drinnen durch die fensterlosen Öffnungen. Einer von ihnen rief etwas, worauf ihm ein anderer etwas zuwarf. Dieter wunderte sich, dass die Männer keine Notiz von ihm nahmen. Als ob er unsichtbar gewesen wäre.

Er sah sich das Gebäude genauer an. Es hatte noch kein Dach, sondern war mit Plastikplanen abgedeckt. Keine weißen, wie er es von zuhause kannte, sondern blaue, gelbe und rote.

Der Wind frischte auf und zerrte an einer roten Plane. Und plötzlich erfasste eine Windbö eine gelbe Plane so heftig, dass es kurz aussah, als würde sie abreißen. Dann sanken beide in ihre ursprüngliche Lage zurück. Einer der Männer sicherte die rote Plane, indem er dort, wo sie auflag, Nägel hinein schlug. Doch in der nächsten Sekunde fuhr ein so scharfer Windstoß hinein, dass es knallte. Nägel fielen klirrend zu Boden. Dann bäumten sich viele Planen gleichzeitig auf. Rotgelb-blau-rot-rot. Es knallte schnell hintereinander, wie aus Pistolen. Das Dachgeschoss schien zu erzittern.

Dieter wich einige Schritte zurück. Es kam ihm vor, als würde das ganze Gebäude ins Wanken geraten. Er ließ es nicht aus den Augen und ging weiter rückwärts. Ein Arbeiter zurrte eine blaue Plane mit Stricken fest. Doch die nächste Bö lockerte die Knoten schon wieder. Dieter wich noch ein Stück zurück. Da strauchelte er, breitete die Arme aus, suchte Halt, aber hier war nichts, woran er sich festhalten konnte. Er ging in die Knie. In letzter Sekunde fing er sich und streckte die Beine wieder. Er stolperte zurück zum Auto. Mit zittriger Hand startete er den Motor. Dann raste er auf die letzten Lichtfetzen zu, die der Tag noch zu bieten hatte. Sie hingen wie blauer Flaum am Horizont. Nach einer Weile waren auch sie verschwunden.

Dieter bog nach links. Dann nach rechts. An der nächsten Kreuzung wieder nach links. Diese Straße kannte er. Sie führte zum Shivatempel. Auf einmal tat es einen Schlag, und über die Windschutzscheibe schossen Zickzacklinien. Binnen Sekunden war die Scheibe blind. Er bremste scharf ab, der Motor erstarb. Was war passiert? Ein Stein? Oder hatte er jemanden...? Nein, das war unmöglich, er hatte keinen Aufprall gespürt.

Er hielt die Luft an und schaute in den Spiegel. Im roten Schein der Rücklichter erkannte er die Umrisse eines Menschen, der zusammenge-krümmt am Straßenrand lag.

Dieter betrachtete seine Hände auf dem Lenk-rad. Hier auf dieser Straße zum Shivatempel, das konnte ja nur... . Er sah nach vorn. Die Wind-schutzscheibe war in tausend kleine Splitter ge-borsten. Er nahm die Decke vom Beifahrersitz, spannte sie zwischen den Unterarmen auf und hielt sie an die Scheibe. Dann atmete er tief ein und drückte die Splitter nach draußen. Mit der De-cke um die rechte Faust gewickelt, boxte er die letzten Glasreste vom Rahmen. Ein paar Splitter fielen ihm in den Schoß.

Er nahm einen und drehte ihn zwischen Dau-men und Zeigefinger. Wie das glitzerte. Er warf ihn hinaus und drehte sich um. Der Mensch am Stra-ßenrand hatte den Kopf gehoben. Natürlich. Es war Vera. Noch konnte Dieter wegfahren. Niemand außer ihnen beiden wusste etwas. Er holte Luft, dass ihm die Rippen weh taten. Nein, nicht noch einmal. Dann stieg er aus.

Vera kauerte auf der Seite, Arme um die Beine geschlungen, Kopf an den Knien, kleiner ging es nicht. Sie hörte den Wind über die Steppe fegen, ansonsten war es still. Plötzlich knirschte es neben ihr, und sie spürte eine Hand auf ihrer Hand.

„Hey", sagte eine sanfte Stimme.

Endlich kam Sabor sie holen. Sie versuchte die Augen zu öffnen, aber es ging nicht.

„Wie hast du mich gefunden?", fragte sie.

„Ich bin den Weg zurückgefahren."

Er führte von hinten die Hand unter ihre Achsel.

„Komm."

Aber sie konnte sich nicht aufrichten.

„Ich habe Durst", flüsterte sie.

Er half ihr dabei, die Flasche an den Mund zu halten, damit sie trinken konnte. Sie bewegte die Zunge und spürte die Innenseiten der Wangen. Es knisterte in den Ohren. Er hob die Flasche an. Wasser rann ihr den Mundwinkel hinunter bis zum Hals. Sie hielt inne beim Trinken, und noch mehr Wasser lief an ihr hinunter, über den Busen, den Bauch, in den Schoß. Er nahm ihr die Flasche weg und strich ihr das Haar aus dem Gesicht. Sie hörte das Wasser gluckern, als ob er die Flasche kippte. Er wischte ihr mit nasser Hand über Stirn, Schläfen, Wangen, Kinn. Dann tupfte er ihr das Gesicht mit einem Tuch ab. Es roch nach Dreck und Diesel.

„Woher wusstest du, dass ich hier bin?", fragte sie.

Er schwieg.

„Bleibst du bei mir?", fragte sie.

„Ja."

Er griff ihr unter die Arme.

„Steig ein."

Es schmerzte, die Augen zu öffnen, sie tat es nur kurz. Diese Falte zwischen Sabors Brauen. War er beunruhigt? Das wollte sie nicht. Er schnallte sie an, und sie lehnte ihren Kopf an die Nackenstütze.

„Du sorgst für mich. Wie ein guter Vater", sagte sie.

Er seufzte leise.

„Dabei könnte ich deine Mutter sein", sprach sie weiter.

„Wirklich?", fragte er und schlug die Türen zu.

Die Erschütterung tat ihr im ganzen Körper weh. Und dann noch die Kehrtwende, bei der sie ans offene Fenster gedrückt wurde. Endlich fuhren sie.

Der Wind blies ihr das Gesicht trocken, bis die Haut spannte. Sie wagte einen kurzen Blick in den Seitenspiegel. Der Steinhaufen verschwand in der Dunkelheit. Nur noch aschgraue Steppe. Sie machte die Augen wieder zu. Das Auto ratterte über Schlaglöcher. Sie versuchte die Muskeln anzuspannen, um den Aufprall abzufedern, aber sie war zu schwach dafür. Jetzt wurden sie langsamer. Vorsichtig blinzelte sie.

Ein paar Buden mit Kochstellen, einige Männer, die Schälchen nah an die Münder hielten und mit Fingern daraus aßen. Aus dem Augenwinkel sah sie, wie einer den Kopf hob, als sie an ihm vorbeifuhren. Ein Reisklumpen fiel ihm aus der Hand und zurück in die Schale. Sie presste die Lider zu. Übelkeit kroch in ihr hoch. Sie zog die Beine zu sich heran und drückte die Fersen in den Sitz. Jetzt hielten sie an. Er machte die Tür auf.

„Möchtest du was?", fragte er.

Sie schlang die Arme um die Knie und senkte den Kopf.

„Dasselbe wie du", flüsterte sie.

Er schlug die Tür hinter sich zu. Sie drehte den Kopf zur Seite. Eine Gasse zwischen den Buden, dunkel. An ihrem Ende ragten Häuser empor. Unfertige Rohbauten. Die Fenster wie Löcher in den Wänden. Durch sie hindurch blitzten Sterne am Nachthimmel. War das der Große Wagen? Die Autotür ging auf.

„Ich bin nicht deine Mutter", sagte sie, ohne aufzublicken.

„Natürlich nicht", sagte er, „du bist meine Frau."

Neben ihr klackte es.

„Ich stelle dir das Cola hier hin", sagte er.

„Ich bin überhaupt keine Mutter", sagte sie.

Er strich ihr übers Haar. Das brannte.

„Bist du schon", sagte er, „du hast einen Sohn. Sabor."

Seine Stimme klang wie von weit her. Sie wollte ihm ins Gesicht blicken, aber sie schaffte es nicht, den Kopf zu heben.

„Warum hast du deinen Sohn weggegeben?", fragte er.

Sie wiederholte die Worte in Gedanken. ‚Warum hast du deinen Sohn weggegeben'. Was wollte Sabor plötzlich von ihr? Warum fragte er sie das? Er wusste doch überhaupt nichts von ihr und ihrem Sohn. Plötzlich hakte etwas in ihrem Kopf. Sie konnte nicht weiter denken. Und wenn…, wenn… .

Wenn Sabor doch ihr Sohn war, wie es Dieter behauptete? Dann hatte er sie gesucht, gefunden und sich eingeschlichen in ihr Herz. Und jetzt wollte er sie anklagen, zur Rechenschaft ziehen. Dass sie ihn weggegeben hatte.

Bloß wer hatte denn sie gefragt, ob sie ihn zur Welt bringen wollte, ihn überhaupt empfangen wollte? Ein unachtsamer Augenblick im Leben, und sie musste für immer dafür büßen. Nein, das konnte nicht sein.

Sabor war nicht ihr Sohn. Er hätte doch auf der weiten weißen Fläche nie… Alles ein Hirngespinst von Dieter. Er sollte sie endlich damit in Ruhe lassen. Ein für allemal! Sie öffnete die Augen.

‚Sabor‘, versuchte sie zu sagen, aber ihr blieb das Wort im Hals stecken. Sie sah Dieter am Steuer sitzen, die Hand am Zündschloss. Oder war es Sabor? Auf einmal wurde seine Haut fleckig. Kleine Schatten wanderten über Arm, Hals, Gesicht.

Vera wurde übel, so übel, wie ihr noch niemals gewesen war. Aber sie hätte sich nicht übergeben können. Eher war da ein kugeliges Gefühl, das langsam vom Bauch nach oben rollte. Wie damals im Krankenhaus, kurz bevor das Unvermeidliche aus ihr herausbrach. Jetzt, da das Gefühl wieder drohte, ihr den Hals zuzuschnüren, konnte sie nicht anders.

Sie riss Augen und Mund auf und schrie. Erst tief und kehlig. Dann hoch und spitz. Sie schrie. Und schaffte es, so zu atmen, dass der Schrei nicht abriss. Sie würde sich nicht ablenken lassen. Auch nicht von den zwei Männern, die jetzt auf sie zukamen. Sie schrie und stemmte die Füße in den

Boden, dass sich der Abstreifer wellte. Einer der Männer öffnete die Tür und zwängte sich neben sie, seine kalte Wange an ihrer heißen Wange. Sie schrie. Sie holte noch einmal alles aus sich heraus. Dann wurde der Schrei rauer. Sie verschluckte sich. Es gurgelte in ihrem Hals. Der Schrei brach ab. Erst war es ganz still. Dann rauschte es in ihren Ohren. Der Mann neben ihr seufzte.

„Missis, Missis", sagte er.

Sie wollte ‚go away' rufen. Aber es kam kein Laut über ihre Lippen. Sie drängte den Mann aus dem Auto und stieg aus. Der Mann stützte sie am Ellenbogen. Als sie stand, ließ er los. Sie musste Sabor sprechen. Der Mann deutete nach vorn. Beim Imbissstand sah sie jemanden am Kühlschrank lehnen. Sabor? Dieter? Der Mann schob sie in die Richtung. Beim ersten Schritt gab ihr Knie nach. Beim zweiten knickte sie in der Hüfte ein. Der Mann versuchte noch, sie am Handgelenk zu packen. Dann schlug sie der Länge nach hin.

Adam zupfte sich am Kopfverband. Das Ding drückte an der Stirn, hinterm Ohr und überhaupt. Sein Schädel brummte, als ob er getrunken hätte. Aber das tat er schon lang nicht mehr. Dazu musste man fit sein. Wie die Jungs. Dieter und vor allem Sabor. Der strotzte ja nur so vor Kraft. Später würde er ihnen allen einen Drink spendieren. Er freute sich schon besonders auf die schöne Vera. Wenn sie sich denn mal alle einfinden würden.

„Lass uns vor ans Geländer", sagte Roswitha und legte die Hände an die Griffe des Rollstuhls.

Er sah sich um. Außer ihnen war nur noch Lisa im Lokal und wischte die Tische. Sie lächelte in seine Richtung. Er streckte sich und stöhnte leise.

„Zu viel gegessen?", fragte Roswitha.

Er hielt sich den Bauch.

„Ich sag nur: Mangocreme", antwortete er. Ihm war tatsächlich etwas schlecht davon.

Sie schob den Rollstuhl an, dass es ruckelte.

„Nicht so heftig, junge Frau."

Sie stellte ihn am Geländer ab. Dann setzte sie sich neben ihn und steckte die Füße durch die Metallstreben. Sie ragten über den Strand in die Dunkelheit hinaus.

„Und wenn da jetzt was hochhüpft und deine Schlappen schnappt?", fragte Adam.

Roswitha drückte die Schuhe von der Ferse weg und ließ sie wieder dran klatschen.

„Was soll denn da hochhüpfen?"

Dann zog sie die Füße doch zurück. Er musste grinsen.

„Dir geht`s wirklich besser, sagte sie mit einem Murren in der Stimme.

Er fasste sich an den Verband, drehte den Kopf hin und her und stieß leise Jammerlaute aus. Lisa wurde aufmerksam und sah zu ihnen herüber. Da deutete Roswitha auf ihn und hob die Hand, als wollte sie ihm einen Klaps auf den Hinterkopf geben. Er ließ einen Heuler los. Sie fuhr zusammen.

„Adam, erschreck mich nicht so!"

Er lachte laut heraus, hörte aber gleich wieder auf und ächzte.

„Tut echt noch weh", sagte er.

Da beugte sich Roswitha zu ihm und küsste ihn auf die Wange, was er sich gern gefallen ließ.

„Trotz allem schön hier, mit dir, mit Dieter", begann sie.

Dann schmatzte sie, als ob ihr etwas eingefallen wäre.

„Feine Geste übrigens, dass er dich eingeladen hat."

„Schon", antwortete Adam.

Er lehnte sich zurück. Das Meer schimmerte silbrig. War das der Widerschein des Mondes? Er suchte den Himmel ab. Aber da war kein Mond.

„Fragt sich bloß, warum Dieter das macht", sagte er und schloss die Augen.

Auf einmal bedrängten ihn wieder die Bilder der Erinnerung.

Das Auto stand neben ihm, grell orange. Jemand kurbelte die Scheibe herunter. Ein junger Mann mit einer senkrechten Falte zwischen den Augenbrauen. Vor allem diese Falte blieb ihm im Gedächtnis, sie war kein gerader Strich, sondern hatte einen Zacken in der Mitte. Seltsamerweise

konnte er sich nicht an das ganze Gesicht erinnern. Nur ein Gefühl blieb davon zurück. Das Gefühl, dass hier ein Mann den Fehler seines Lebens
beging, als er Gas gab und davonfuhr.

„Ähm", sagte Roswitha und machte mit den
Füßen ein Schleifgeräusch am Boden, das
sich fast maschinell anhörte.

Adam öffnete die Augen. Er sah zu, wie
Roswitha ihre Schlappen fand und hineinschlüpfte.

„Entschuldige bitte, Adam, tut mir wirklich
leid."

„Hm?"

„Ich weiß doch, ich hätte Dieter nichts von
deiner Krankheit erzählen sollen", sagte sie
mit einem jammernden Unterton.

„Ja und?", fragte er.

Worauf wollte sie hinaus? Jetzt schabte sie mit
den Schuhsohlen über den Boden, was ein anderes, handwerkliches Schleifgeräusch erzeugte.

„Na ja", fuhr sie fort, „deswegen hat er dich
doch eingeladen. Ich meine, weil du Krebs
hast."

Bei dem Wort Krebs kratzte sich Adam unwillkürlich an der linken Seite, wo die Krankheit in ihm
wucherte.

„Dass ich krank bin, ist sicher nicht der
Grund für die Einladung", widersprach er.

Roswitha rückte auf dem Stuhl nach vorn, bis
sie auf der Kante saß.

„Warum sollte Dieter dich sonst einladen?"

Adam überlegte, ob er es wirklich sagen sollte.
Roswitha mochte Dieter mindestens genauso gern
wie er. Aber er musste es wohl tun. Denn die

Krankheit würde ihm nicht mehr viel Zeit lassen, manches klarzustellen. Und das wollte er.

„Dieter will was gut machen."

Er stützte sich mit den Unterarmen auf die Lehnen und hob sich ein paar Zentimeter aus dem Rollstuhl heraus, sodass sein Unterleib über der Sitzfläche schwebte. Roswitha sah ihn starr an.

„Wie kommst du denn darauf?", fragte sie und betonte jede Silbe.

Adam fuhr sein eigener abgestandener Dampf in die Nase. Er ließ sich wieder sinken.

„Du musst nur eins und eins zusammenzählen", sagte er, „Alter, Wohnort. Und hatte Dieter nicht auch mal ein Auto in dieser komischen Farbe…?"

„Adam", fiel Roswitha ihm ins Wort.

Doch er ließ sich nicht beirren.

„Wie hieß die Farbe noch, Inkaorange?"

„Nein", rief sie, sprang vom Stuhl auf und stützte die Hände in die Seiten.

Vor ihm nur noch Roswitha. Wie eine Löwin warf sie sich vor Dieter. Was hatte der für ein Glück mit den Frauen.

„Das ist absurd", sagte sie laut, „völlig absurd."

War es bestimmt auch. Höchstwahrscheinlich. Hoffentlich. Adam lehnte sich zurück und blickte an ihr vorbei.

Zwei Menschen wanderten am Strand entlang. Ein Mann und eine Frau. Die hatte einen Schal um Hals und Kopf geschlungen, dessen Fransen im Wind flatterten. Am Volleyballplatz machten die beiden Halt. Der Mann griff nach den Fransen. Der Schal löste sich. Dunkle Haare, kurzer Pferdeschwanz. Musste Paula sein. Und der Mann? Weißes Hemd, sportliche Figur.

„Schau mal, unser junger Freund", rief Adam aufmunternd.

Roswitha drehte sich um.

„Hm", machte sie bloß.

„Hat wohl was Besseres vor, als mit zwei alten Leutchen was zu trinken", sagte Adam.

Sabor und Paula spazierten weiter und tauchten in die Dunkelheit.

„Schönes Paar", sagte Roswitha.

Adam dachte nach.

„Schon. Das wären Sabor und Vera aber auch."

Eben lehnte Roswitha noch am Geländer, jetzt stellte sie sich aufrecht hin und sah ihn mit einem wilden Blick an.

„Was ist bloß los mit dir?"

„Meine Liebe", fing er an, „tu doch nicht so, als würdest du von dem bunten Treiben hier nichts mitbekommen."

Sie zog den rechten Fuß aus dem Schlappen und schlüpfte mit einer forschen Bewegung wieder hinein.

„Dein Sturz beim Shivatempel hat offenbar doch Spuren hinterlassen!", schnaubte sie.

Damit hatte sie schon irgendwie Recht. Was für Spuren genau, hätte er aber nicht sagen können. Wohl eher innere.

„Nein wirklich", fuhr Roswitha etwas kurzatmig fort, „misch dich da nicht ein. Dieter wäre nichts ohne seine Vera."

Adam legte den Kopf in den Nacken und schaute in den Himmel.

„Damit hast du auf alle Fälle Recht, wahrscheinlich mehr als es Dieter lieb ist", sagte er.

Das Firmament glitzerte wie ein silbrigschwarzer Teppich. Sterne ballten sich zu Haufen und leuchteten hell, dazwischen klafften dunkle Löcher. Adam rutschte ein Stück nach vorn und lehnte den Oberkörper zurück. Da war er, der Mond. Wie schön. Am Tresen klapperte es.

Roswitha und er wandten sich gleichzeitig um.

„Scusi signori", sagte Lisa, „ich mache gleich Schluss hier."

Sie schob eine Schublade zu, dass es schepperte.

„Lass uns gehen", sagte Roswitha.

„Sofort. Muss noch ums Eck."

Er setzte den Rollstuhl in Bewegung. Obwohl gebraucht, lief der besser als seiner, der jetzt in der Tiefe unter dem Shivatempel lag.

Shiva, Gott der Schöpfung und der Zerstörung. Zerstörung des Ich und dessen falscher Vorstellungen, wie Adam neulich Nacht im Fernsehen gehört hatte, als er vor lauter Schwitzen wieder nicht schlafen konnte.

. Er schob sich hinter den Paravan zu den Toiletten. Ziemlich eng hier in der Ecke. Ladies. Gentlemen. Er zog die Tür auf, leider mit etwas zu viel Kraft, sodass sie hart ans Geländer schlug. Der metallene Klang tönte über das Gestänge weiter.

„Alles in Ordnung?", rief Roswitha.

„Ja, ja", knurrte er zurück.

Hatte er jetzt schon Probleme, pinkeln zu gehen? Er hielt die Tür mit einer Hand auf, mit der anderen rangierte er den Rollstuhl nach vorn, zur Seite, wieder nach vorn. Es stank nach Pissoir. Endlich stand er richtig, um sich hineinzuschieben. Er drehte den Kopf zum Meer.

Einmal noch tief einatmen, bevor er da reinging. Feuchte, salzige Luft. Herrlich. Ach, da waren sie wieder. Sabor und Paula. Sie schlenderten im Schein der Lampen. Wie leicht und lässig sie sich bewegten, er sah ihnen gern dabei zu. Plötzlich kam ihm ein Gedanke.

Was, wenn er jetzt riefe? Dass Sabor sofort kommen musste. Zum Beispiel, weil Vera ihn dringend zu sprechen wünschte. Das nächtliche Stelldichein der beiden fände ein jähes Ende. Und Adam würde der ganzen Geschichte so vielleicht eine andere Wendung geben. Mal selbst ein bisschen Schicksal spielen, wo einem sonst ja immer vom Schicksal mitgespielt wurde. Und zwar übel.

Er ließ die Klotür ins Schloss fallen und schob sich ans Geländer. Da standen sie, Sabor und Paula, nah beieinander. Die Fransen ihres Schals flatterten im Wind. Adam räusperte sich und benetzte die Lippen.

‚Sabor, Vera braucht dich‘, würde er jetzt rufen. Er hielt kurz inne. Weit würde er damit wohl nicht danebenliegen, wenn er sich daran erinnerte, wie sie sich angesehen hatten, neulich an der Baustelle, beziehungsweise es vermieden hatten, sich anzusehen. Er konnte den Gedanken nicht zu Ende denken. Denn plötzlich wurde es warm in seinem Schoß. Er fasste sich zwischen die Beine.

„Scheiße", zischte er.

Zu lang gewartet. Er wischte hektisch mit der bloßen Hand, auch wenn das sinnlos war. Dabei quietschte das Geländer im Takt seiner Bewegungen. Wie obszön. Er rieb die Hand am Hosenbein trocken und wedelte sie dann hin und her. Wie das roch. Vor Ekel bäumte er sich auf und ergriff die Querstange des Geländers. Das hätte er besser nicht getan.

Der Rollstuhl fuhr nach hinten weg, und Adam rutschte herunter. Sein Oberkörper prallte ans Metall, die Beine schlenkerten hinterher. Ein dumpfer Ton. Gott sei Dank dauerte die Schrecksekunde wirklich nur eine Sekunde. Er verbiss sich ein Stöhnen. Das durfte doch alles nicht wahr sein. Einen Augenblick lang lehnte er am Geländer. Dann zog er den Rollstuhl zu sich heran und stellte die Bremse fest. Wäre doch gelacht. Er streckte sich und hakte sich mit einer Hand in die Querstange. Dann mit der anderen Hand. Da hing er nun. Unter seinem Kopfverband pochte es. Und jetzt Klimmzug. Seine Bizepse zitterten, aber er war mit dem Hintern schon ziemlich weit oben. Dann gab er sich einen Ruck und landete auf der Sitzfläche. Die Federung knarzte. Er hob noch die Füße auf die Ablage und atmete tief durch.

Himmel, Meer, Strand. Alles so wie vorhin. Falsch. Sabor und Paula waren weg. Da platzte ein Schluchzer aus ihm heraus. Und noch einer. Adam schlug sich auf den Mund. Hatte Roswitha ihn gehört? Er lauschte. Leise Frauenstimmen. Wahrscheinlich sprach Roswitha mit Lisa. Er fischte ein Taschentuch aus dem Netz am Rollstuhl, faltete es auseinander und legte es auf den nassen Fleck zwischen den Beinen. Dann rollte er sich langsam zum Tisch zurück.

„Das hat aber lang gedauert", sagte Roswitha.

Er zuckte mit den Schultern. Er konnte nichts erklären. Und hätte es auch nicht gewollt.

Lisa stand am Tisch und hielt sich das Handy ans Ohr.

„Wo Sabor ist, ihr wisst auch nicht, oder?", fragte sie Roswitha und ihn.

Er deutete zum Strand und wollte antworten, aber auf einmal stand Roswitha auf.

„Wir verabschieden uns dann", sagte sie.

„Schade, ich hätte Dieter und Vera gerne Bescheid…", machte Lisa einen zweiten Anlauf.

Doch Roswitha drehte den Rollstuhl so schnell herum, dass Adam direkt ein bisschen schwindlig wurde.

„Ja dann buonanotte", sagte Lisa, „und viele Grüße ich soll noch ausrichten von Dieter und Vera, die gerade am Telefon…"

Selbst wenn Adam gewollt hätte, er hätte nichts mehr darauf sagen können. Sie waren schon zu weit weg.

„Haben wir einen Termin, so wie du rennst?", fragte er.

Roswitha antwortete nicht. Nach ein paar Minuten kamen sie am Bungalow an.

„Von wo eigentlich lassen Dieter und Vera Grüße ausrichten?", fragte er.

Roswitha steckte den Schlüssel ins Schloss.

„Die sind auf einem Ausflug."

„Hmhm."

Er dachte nach. Über Nacht?

„Und warum wollten sie Sabor sprechen?", fragte er weiter.

Roswitha antwortete nicht.

„Ich hab ihn übrigens gesehen", sagte er, „am Strand mit Paula. Ich hätte ihn rufen können, so nah war er."

Roswitha nickte bedächtig, als wägte sie ihre Antwort gut ab.

„Besser, dass du es nicht getan hast. Ich hab das Gefühl, er tut Dieter nicht gut. Eigentlich keinem von uns."

Ohne ein weiteres Wort ging sie ins Bad. Eine Weile wartete Adam noch auf sie. Dann hievte er sich, angezogen und ungewaschen wie er war, aufs Bett und schlief ein.

D ieter kniete sich zu Vera. Sie hob den Kopf und lächelte. Er half ihr, sich an den Kühlschrank zu lehnen und setzte sich daneben. Das Vibrieren im Rücken konnte er kaum von seinem eigenen Zittern unterscheiden.

„Was machen wir zwei beiden jetzt?", kicherte Vera plötzlich.

Als er nicht antwortete, sank sie in sich zusammen und schaute mürrisch drein. Durch ihre Haut an der Schläfe schimmerte eine dunkelblaue Ader. Er streckte die Hand aus und berührte sie. So zart. Vera kicherte wieder.

„Gehen wir zu dir?", fragte sie.

Er zog die Hand zurück.

„Nein, wir gehen nirgendwo hin", sagte er.

Nach dem Schreck, den sie ihm mit dem Geschrei eingejagt hatte, konnte er unmöglich Auto fahren.

„Auch gut", sagte sie lächelnd.

Er drehte sich weg. Ihr Lächeln tat ihm weh. Am Tresen standen der Wirt und die zwei Inder, die Vera zu Hilfe geeilt waren. Alle drei sahen zu ihnen herüber.

„Have you got a room?", fragte Dieter.

Der Wirt trat einen Schritt näher.

„Well, Mister..."

Er deutete auf die Männer an den Stehtischen, wohl um zu sagen, dass er voll war.

„Only a small room", bat Dieter.

Der Wirt wackelte mit dem Kopf, aber es sah nicht nach indischem Nicken, sondern nach echtem Zweifel aus.

„But is not very good."

Dieter wies mit einem Blick auf Vera. Der Inder musterte sie und holte dann einen Schlüsselbund aus der Hosentasche.

„I show you", sagte er und machte eine rechende Handbewegung, die wohl bedeutete, dass sie ihm folgen sollten.

Sie stiegen eine knarrende Holztreppe hinauf. Vera war so wacklig auf den Beinen, dass Dieter sie unter den Achseln stützte. Die letzte Stufe war höher als die anderen. Fast wären sie beide gestolpert. Sie bogen nach links und gingen einen Gang entlang.

Der Inder gab mit dem Klatschen seiner Flipflops den Takt vor. Am Ende des Gangs blieb er vor einer Tür stehen und steckte den Schlüssel ins Schloss. Sie sprang auf. Er knipste das Licht an und wies ins Zimmer. Stickige Luft drang heraus. Dieter trat mit Vera im Schlepptau ein.

Sand knirschte unter ihren Füßen. Sie blieben stehen. Eine blanke Glühbirne hing von der Decke. Nicht sehr hell, aber hell genug, um zu sehen, was der Wirt mit ‚not very good' gemeint hatte. Die Mauern waren unverputzt, die Ziegelsteine hatten schwarze Flecken. An einer Wand stand eine schmale Pritsche, im rechten Winkel dazu an der anderen Wand eine zweite. Es roch nach gebrauchtem Bettzeug. Vera schien all das nicht zu stören. Sie setzte sich auf eine Pritsche und wippte auf und ab. Dieter dagegen hielt sich die Nase zu.

„Can we open the window?"

Er drehte sich einmal um die eigene Achse und suchte das Fenster. Der Inder presste die Lippen zusammen.

„Cheap", sagte der und verzog den Mund zu einem seltsamen Grinsen, „only three Dollars each."

Da wurde es Dieter bewusst. Es gab tatsächlich kein Fenster.

„You take it?", fragte der Wirt und hakte schon den Schlüssel vom Bund.

Bevor er hinausging, wandte er sich noch einmal um.

„We have curry and sandwiches, very good."

Dann schloss er die Tür hinter sich. Vera schien keine Notiz von alldem genommen zu haben. Sie wippte auf der Pritsche, dass die Sprungfedern quietschten.

„Und jetzt?", fragte sie plötzlich.

Dieter setzte sich aufs andere Bett. Auch das quietschte.

„Was stellst du dir vor?", fragte er zurück.

„Wir machen einen Plan, wie wir von hier wegkommen", schlug sie vor.

Er blickte an die gegenüberliegende Wand. Ob die schwarzen Flecken Schimmel waren?

„Wir müssen keinen Plan machen, wir fahren sowieso morgen zurück", sagte er.

Sie hörte auf zu wippen.

„Das ist nicht dein Ernst!", rief sie mit rauer Stimme.

Es klang ehrlich entrüstet.

„Wir wollten doch weg. Zusammen", fügte sie hinzu.

Er setzte sich neben sie und legte ihr den Arm um die Schultern. Sie ließ es zu, war aber eine ganze Weile nur damit beschäftigt, ihre Hände zu betrachten, indem sie sie drehte und wendete. Endlich senkte sie den Kopf auf seine Brust.

Die blaue Ader an der Schläfe. Lief am Ohr entlang und weiter Richtung Hinterkopf. Die Haut war so durchscheinend wie bei einem Kind. Seine Vera. Er blies in ihr Haar.

„Sabor", sagte sie.

Dieter machte sich von ihr los und stand auf. Sie konnte eben nicht anders.

Er ging im Zimmer umher, wandte sich mal zur einen, mal zur anderen Seite. Diese undurchdringlichen Ziegelwände. Wenn morgen der Tag anbrach, würden sie es nicht einmal merken. Er raufte sich die Haare. Es lief alles auf dasselbe hinaus wie damals.

Er hatte die Wahl. Die Wahl, die keine war. Das Kind oder sie. Sabor oder Vera. Das musste ein Ende haben. Ein für allemal.

„Wo willst du hin?", fuhr sie hoch.

„Ich muss mal."

Dieter schloss die Tür hinter sich und ging ein paar Schritte den Gang entlang. Unten im Lokal hörte er Männer reden. Er zog sein Handy aus der Hosentasche und wählte Sabors Nummer.

Es musste alles auf den Tisch, sofort. Er würde ihm erklären, dass Vera und er seine leiblichen Eltern waren. Er erwartete nicht, dass Sabor das bestätigte, wahrscheinlich stritt er es sogar ab. Aber das war egal. Unter den jetzigen Umständen würde Sabor einsehen, dass er Vera nicht so lieben konnte, wie er es tat, sondern nur wie ein Sohn. Und Dieter würde Vera darauf vorbereiten, dass Sabor ihr das bald beibrachte. Nur so kam sie wieder zur Vernunft.

Immer noch die Mailbox. Dann probierte er die Nummer der Anlage. Lisa meldete sich.

„Oh, du hast Glück, dass du mich kriegst, ist Feierabend. Geht es gut?"

Darauf wusste er gerade keine Antwort.

„Vera und ich machen einen Ausflug und bleiben die Nacht hier."

Lisa machte ein langgezogenes Ahh.

„Dann der Wagen kommt morgen, ist gut, ich weiß Bescheid, und wo seid ihr?"

„In so einem Straßendorf, keine Ahnung", sagte er, „aber weißt du vielleicht, wo Sabor ist?"

Am anderen Ende der Leitung war es einen Moment still.

„Scusi, du hast mich heute schon gefragt. Ich weiß leider nicht."

Dann rief sie plötzlich:

„Un momento! Ich frage Roswitha."

Dieter schaute aufs Display. Fast Mitternacht. Roswitha war so spät noch im Lokal? Es raschelte in der Leitung. Er hörte zwei Frauen reden. Dann meldete sich Lisa.

„Roswitha weiß nicht, aber ich gebe sie dir."

„Nein, nein", sagte er schnell.

Er wollte sie nicht beunruhigen.

„O.k., wenn ich Sabor sehe, ich sage, er soll anrufen", sagte Lisa.

Er legte auf und ging zurück ins Zimmer.

Vera saß noch auf dem Bett. Sie hatte die Schuhe ausgezogen und ließ die Unterschenkel baumeln. Ihre Füße fegten den sandigen Boden. Er trat näher. Vera kaute an ihrem Zeigefinger und biss ein Stück Haut ab. Jetzt bemerkte sie ihn und ihr Gesicht hellte sich auf.

„Da bist du endlich", sagte in sanftem Ton.

Doch auf einmal erschienen Falten auf ihrer Stirn. Die Augen wurden rot. Sie riss den Mund auf.

Er stürzte zu ihr. Nicht wieder schreien. Aber sie gähnte nur. Er legte ihr die Hand auf die Schulter und drückte leicht. Sie sank auf die Pritsche. Er hob ihre Beine aufs Bett und schob ihr ein Kissen unter den Kopf.

„Danke, du weißt ja gar nicht…"

„Schlaf jetzt. Es ist spät", unterbrach er sie.

Dann setzte er sich aufs andere Bett und hörte mit geschlossenen Augen zu, wie sie atmete. Als er nach einer Weile die Augen öffnete, saßen zwei Geckos an der Wand.

Große Exemplare, die größten, die er bisher gesehen hatte. Kopf an Schwanz an Kopf an Schwanz formten sie fast einen Kreis über Vera. Nur links unten fehlte ein Stück. Wenn der eine Gecko den Kopf ein wenig zum Schwanz des anderen gedreht hätte, wäre der Kreis geschlossen gewesen. Dieter machte die Augen wieder zu. Vielleicht tat sich etwas, wenn er nicht hinschaute. Er zählte bis 60 und noch einmal bis 60, schließlich noch einmal, damit er zumindest ein paar Minuten gewartet hatte. Dann sah er wieder hin. Die Geckos waren weg. Wie schade. Keine Chance mehr auf einen ganzen Kreis.

Er stand auf. Vera blinzelte.

„Legst du dich zu mir?", fragte sie.

„Wollte grade duschen."

„Bitte", flüsterte sie.

Die Sprungfedern quietschten, als er sich einen Platz neben ihr suchte.

„Zeigst du mir die Sterne?", fragte sie.

Er hatte keine Ahnung von Sternen, und sie wusste das.

„Schlaf", sagte er.

„Ist gut."

Sie schmiegte sich an ihn. Ihr Körper war so weich, wie er ihn noch nicht gespürt und ihre Stimme so sanft, wie er sie noch nicht gehört hatte. Er knipste das Licht aus.

„Schau", sagte sie.

„Was?"

„Der Große Wagen."

Er starrte nach oben in die Dunkelheit.

„Oh", sagte sie.

„Was ist?"

„Es fehlt ein Stern."

„Welcher?"

„Der die Deichsel und den Karren verbindet."

Dieter fühlte sich sehenden Auges blind.

„Gib mir deine Hand", sagte Vera und führte sie an die Brust, „spürst du mein Herz?"

Es schlug gedämpft, wie mit Watte gepolstert.

„Ach Vera", seufzte er.

Sie drehte den Kopf, als ob sie ihn ansehen wollte.

„Ja?", fragte sie.

„Weißt du, wer ich bin?", fragte er.

Sie antwortete nicht.

Er hörte sie atmen. Regelmäßig, ein, aus, ein aus. Dann hielt sie auf einmal die Luft an. Lang. Sehr lang.

„Vera? Vera!"

Sie atmete gepresst aus. Er wartete. Ihr Atem beruhigte sich allmählich, bis er wieder regelmäßig war. Dieter wartete noch eine Weile. Vera schien eingeschlafen zu sein.

Er glitt vorsichtig aus dem Bett. Ohne das Licht anzuknipsen, tastete er sich zur anderen Pritsche. Er spürte das kalte Eisengestell, die raue Wolldecke. Hier war sein Handy. Der Schein des Displays blendete. Kein Briefkasten. Sabor hatte nicht angerufen. Zur Sicherheit hörte er die Mailbox ab. Er erschrak über das laute ‚Es liegen keine neuen Nachrichten für Sie vor'. Er nahm ein Handtuch und öffnete vorsichtig die Zimmertür.

Unten hockten ein paar junge Männer auf Backsteinen, jeder eine Bierflasche in der Hand. Es war unangenehm, wie sie ihm mit ihren Blicken folgten. Er lief ein paar Schritte die Straße hinunter und atmete tief ein und lang aus.

Wenn er nun einfach nicht mehr zurückging?

„Something to eat?", rief der Wirt ihm zu und hielt eine Schale hoch.

Er winkte ab.

„Where is the shower, please?"

Der Inder deutete auf eine Baracke gegenüber.

„Third door left."

Als Dieter zu der Baracke ging, war er auf alles gefasst.

Aber das Bad hatte ein großes steinernes Becken, gefüllt mit frischem Wasser und einen sauberen Platz zum Stehen, wo auch die Schöpfkelle hing. Und es gab eine helle Lampe an der Decke. Er zog sich aus und schüttete Wasser über sich. Schön kühl. Die Kelle fasste so viel, dass es sich wie eine echte Dusche anfühlte. Er machte das halbe Becken leer. Dann rubbelte er sich trocken, schüttelte den Staub aus der Kleidung und zog sich wieder an.

Er würde es schaffen. Er und Vera würden es schaffen. Auch ohne Sabor. Als er diesmal an den Männern vorbeiging, schauten sie irgendwie freundlicher.

Im Zimmer sah er als erstes die zwei Geckos. Einer links oben, der andere rechts unten. Ihre Körper waren so geschmeidig, dass sie sich ganz zwischen die Ziegel zu fügen schienen. Aber wo war Vera?

Er bückte sich. Sie lag unter dem Bett auf dem Boden und kratzte mit dem Fingernagel in einer Mauerfuge.

S abor öffnete die Augen. An der Decke ein Ventilator mit grünen Rotorblättern. Seiner hatte doch silberne. Er drehte sich zur Seite. Paula. Langsam kam die Erinnerung wieder. Sie waren vom Strand zurückgekehrt und hatten ein, zwei Bier getrunken. Oder ein paar mehr. Jetzt lag sie mit dem Rücken zu ihm, die Decke unter die Achseln geklemmt. Ein Lichtstrahl fiel durch den Fensterladen auf ihre Schultern. Helle Babyhärchen. Sie räkelte sich.

„Good morning", sagte er.

Sie drehte sich um und schmiegte sich an ihn.

„When are you going back?", fragte sie mit rauer Morgenstimme.

Ja, wann wollte er nach Hause zurückkehren? Wollte er überhaupt?

„Don`t know", sagte er.

Sie legte das Bein über ihn. Die feuchte Haut ihres Schenkels klebte an seiner.

„Anyway, I go with you", sagte sie und sah ihn mit großen Augen an, „help you to find your parents."

Sie würde ihn begleiten. Warum eigentlich nicht?

„Nice", sagte er.

Sie kam mit dem Mund dicht an seine Wange. Der heiße Atem kitzelte. Nein, es ging nicht. Er wand sich aus der Umarmung. Paula lächelte, aber ihr rechter Mundwinkel zuckte seltsam.

„What`s the matter with you?", fragte sie.

Vera. Wo war sie? Er drehte sich auf den Rücken und blickte zur Decke. Vom Ventilator hingen ein paar Spinnweben herab. Wohl schon lang nicht mehr gelaufen, das Ding. Paula machte einen Laut, als ob sie auf eine Idee gekommen wäre.

„And after Germany we could go to Italy", sagte sie mit fröhlicher Stimme.

Er wusste nicht, was er antworten sollte und drehte sich langsam weg, um aufzustehen. Doch da ließ sie ihre Hand unter die Decke gleiten. Nach einer Weile setzte sie sich auf ihn. Die Spinnweben am Ventilator wogten hin und her. Er hätte lieber die Sterne über sich gesehen.

Kurz nachdem Paula gegangen war, machte er sich auf den Weg zur Baustelle. Als er ankam, räumten gerade zwei Inder die Holzabfälle auf. Beim Sägen der Sparren war viel liegen geblieben.

„Hello", rief er ihnen zu.

Die Männer blickten auf.

„Mattayar sent us to help you", sagte einer.

Der andere nickte und legte einen Sparren schon genau dort ab, wo er nachher hochgeschafft werden musste. Sabor konnte ihre Hilfe brauchen.

„O.k., thank you, let`s start", sagte er und steckte sich Hammer und eine Schachtel mit Nägeln in die Hosentasche.

Die Arbeiter machten den Anfang. Der eine stieg auf einen Dachbalken. Der andere schob ihm einen Sparren zu und nagelte diesen unten fest. Der Sparren stakte jetzt oben einsam in die Luft.

Sabor stieg auf der anderen Seite auf den Dachbalken und nahm den zweiten Sparren entgegen. Jetzt würde sich herausstellen, ob er sauber gearbeitet hatte und die Hölzer oben zusammenpassten. Er schob den Sparren hoch, bis er den anderen berührte.

Sie fügten sich. Sabor atmete durch. Die Arbeiter und er richteten so nach und nach alle Sparren auf. Er staunte über die Geschwindigkeit, mit der sie die Nägel ins Holz schlugen. Bald war das Gebälk fertig.

„Well done", sagte er.

Die Männer lächelten und nickten ihr indisches Nicken. Später würden sie noch das Dach mit Ziegeln decken und das Fachwerk mit Stroh und Steinen füllen. Aber Sabors Arbeit war getan. Sie verabschiedeten sich mit Handschlag voneinander. Danach schüttelte er sich den Staub aus den Haaren und setzte sich auf einen Holzklotz.

Die Schultern taten ihm weh. Für ihn als Möbelschreiner war der Zimmermannsjob doch ungewohnt. Er schaute sein Werk an. Ein kleines Fachwerkhaus mit Satteldach. Das war schon was. Er streckte die Beine von sich und merkte, wie er schwitzte. Die Hitze des Tages breitete sich langsam aus. Wie viel Uhr war es eigentlich? Er schaltete das Handy ein. Kurz nach zehn. Prompt knurrte sein Magen. Zeit fürs Frühstück. Da sah er den Briefkasten auf dem Display.

Noch eine Nachricht von seinem Vater? Er rief sie ab. Nein, es war Dieter. Bat um Rückruf, aber schon gestern Nacht. Hatte sich vielleicht schon erledigt. Erst mal was essen. Er stand auf und ging ins Lokal. Die Terrasse war voll. Also setzte er sich an die Theke.

„Ah, der gesuchte Mann!", rief Lisa von Weitem.

Sie schlenkerte mit einem leeren Tablett und kam außer Atem bei ihm an.

„Mio caro, eine Belohnung ist geschrieben für dich."

„Wie bitte?", fragte er.

Sie lachte laut.

„Haben dich gesucht, den ganzen Abend, Dieter wollte dich sprechen."

Dann stieß sie mit dem Tablett die Schwingtür auf und verschwand in der Küche. Nach einer Weile kam sie mit vollem Tablett zurück. Frühstück für ihn, ohne dass er etwas gesagt hatte. Ein Korb mit Toast, zwei Croissants, drei Spiegeleier mit Speck, Marmelade, Honig, eine Mango und Latte Macchiato.

„Oh. Vielen Dank!"

Lisa winkte ab.

„Wer hart arbeitet…"

In kurzer Zeit hatte er alles aufgegessen. Den letzten Bissen spülte er mit einem Schluck Kaffee hinunter. Dann drückte er die Rückruftaste auf dem Handy.

Nach ein paar Mal Tuten sprang Dieters Mailbox an. Sabor legte wieder auf. Würde er schon noch erfahren, was der gewollt hatte. Aber wenn Dieter dran gegangen wäre, hätte er wenigstens Veras Nummer gekriegt. Wieso nur hatte er nicht sie selbst danach gefragt? Er stand auf und ging ans Geländer.

Das Meer war ruhig, nur ab und zu überschlug sich eine Welle und plätscherte an den Strand. Ein Mann mit Sonnenschirmen unterm Arm lief umher und bot sie Badegästen an. Langsam wurde es heißer. Sabor zupfte sich das feuchte Hemd von der Haut. Jetzt ins Meer, das wär`s. Er fasste sich an die Hose und fühlte seine Boxershorts darunter.

Ging. Er wandte sich nach rechts zur Treppe und wollte hinuntersteigen. Da sah er ein Pärchen in der Brandung stehen. Das rote Kleid der Frau flatterte im Wind. Vera! Und Dieter. Sabor riss den Arm hoch und winkte.

„Hallo!", rief er.

Ein paar Badegäste drehten sich um, aber die beiden schienen ihn nicht hören. Er rief noch einmal:

„Vera! Dieter!"

Da drehten sie die Köpfe. Dieter hob den Arm und winkte zurück. Sabor joggte los.

„Hallo", schnaufte er, als er bei ihnen angekommen war.

„Hallo", sagte Dieter.

Vera hatte ein strahlendes Lächeln im Gesicht. Am liebsten hätte er ihr die Hand an die Wange gelegt. Stattdessen klopfte er besser Dieter auf die Schulter. Doch der wich zurück, als ob er ihn gestoßen hätte.

„Ihr habt mich angerufen", fragte Sabor, „was war denn?"

„Jetzt haben wir uns ja gefunden", nickte Dieter und zog einen Mundwinkel nach oben, ohne dass ein richtiges Lächeln daraus wurde.

Sabor sah Dieter an und danach Vera. War er hier in etwas hineingeplatzt, das ihn nichts anging? Die Sonne brannte, ihm wurde heiß.

„Wir wollten doch mal was zusammen trinken?", sagte er.

„Ja", antwortete Dieter und wich noch ein Stück zurück, weg von ihm und Vera.

Der Wind wehte eine Haarsträhne schräg über ihr Gesicht. Sabors Hand zuckte, er steckte sie schnell in die Hosentasche. Vera lächelte. Sie hatte nicht aufgehört zu lächeln, seit er hier stand.

„Wo wart ihr eigentlich?", fragte er und spürte Sand in der Hosentasche.

„Wir haben uns diesen…, diesen Ort angeschaut", antwortete Dieter und sah Vera dabei an, „ wie hieß der noch?"

Sie hob eine Schulter und schwieg. Sabor stocherte mit der Hand so tief in der Tasche, dass sich Sandkörner unter seine Fingernägel gruben.

„Ihr beide solltet jetzt"; begann Dieter unvermittelt.

Aber er sprach nicht weiter, sondern wich mit einem Hüpfer einer Welle aus. Das gelang nicht ganz, seine Schuhe wurden nass dabei. Darauf zog er ein Gesicht, als ob ihm etwas eingefallen wäre. Er drehte sich um und ging in Richtung Bungalows davon.

Was war das? Sabor schaute Dieter hinterher, der nun zwischen den Palmen verschwand. Dann wandte er sich Vera zu. Sie lächelte und reckte das Gesicht in die Sonne. Nur noch sie beide hier. Er atmete tief ein.

„Vera", sagte er mit einem Seufzer.

Sie lächelte ihn an.

„Ich hab dich gesucht", sagte er.

„So lang?"

Er lachte, weil er nicht verstand, was sie meinte.

„Es ist nicht dunkel genug", sagte sie.

„Wie bitte?"

„Um die Sterne zu sehen."

Der Wind fuhr in ihr Haar. Strähnen züngelten über Nase, Wangen und Stirn. Er strich sie zurück. Im gleißenden Sonnenlicht sah ihr Gesicht blass aus, wie Marmor.

Er wollte sicher gehen, dass Dieter weg war und sah sich noch einmal um. Dann berührte er Veras Mund mit der Fingerspitze. Rissige Lippen. Er küsste sie, bis sie weich wurden. Nach einer Weile löste sie sich von ihm.

„Warum hast du mich gesucht?", fragte sie.

„Na so, du warst lang weg gewesen", sagte er und forschte in ihren Augen nach dem Grund für die seltsame Frage.

Eine Welle umspülte seine nackten Füße. Er sank in den Sand ein.

„Sabor", sagte sie und sah ihn an, „Sabor."

Dann drückte sie seine Nase mit Daumen und Zeigefinger und rüttelte daran, als ob er ein unartiger Junge gewesen wäre. Er lachte und schüttelte sie ab. Wieder schwappte eine Welle über seine Füße. Er trat ein paar Mal auf der Stelle, um das Gleichgewicht nicht zu verlieren.

„Ich gehe bald", sagte er.

Sie ergriff eine Haarsträhne von ihm und spielte damit.

„Ich weiß", sagte sie.

Wie sonderbar sie war. Gar nicht mehr so wie auf dem weißen Marmorplatz.

Sie hatte sich die Haarsträhne jetzt fest um den Finger gewickelt.

„Wie kannst du das wissen?", fragte er.

„Ich habe dich weggeschickt", antwortete sie und ließ die Hand schwer werden.

Es zog.

„Du hast mich doch nicht weggeschickt", widersprach er.

„Doch, aber es ging nicht anders", sagte sie, ohne ihn anzusehen.

Er wurde nicht schlau aus ihr.

„Du fragst gar nicht, wohin ich gehe", sagte er.

Sie schüttelte den Kopf.

„Weil ich es weiß. Du gehst zu deinen neuen Eltern."

Sabor blies vor Verwunderung die Backen auf.

„Hat Adam dir alles erzählt?"

Sie sagte nichts, sondern drehte den Finger noch ein paar Mal, sodass die Strähne nun bis zum Haaransatz herumgewickelt war. Es begann wehzutun. Er ergriff ihre Hand.

„Geh doch mit mir."

Sie sah ihm in die Augen.

„Das musst du allein schaffen", sagte sie.

Sein Kopf glühte. Die Sonne warf jetzt keine Schatten mehr.

„Nein, ich meine überhaupt", sagte er und drückte sanft ihre Hand.

Da zog sie sie mit einem heftigen Ruck zurück und riss ihm die Strähne dabei aus. Er schnappte nach Luft.

„Was tust du?!", schrie er und fasste sich an die schmerzende Stelle.

Es blutete. Sie sah ihn nur an. Es war, als würde sie durch ihn hindurchsehen. Ihre Füße stakten knöcheltief im feuchten Sand. Wenn er sie jetzt schubste, würde sie umfallen. Er trat einen Schritt zurück.

„Vera!"

Sie zeigte keine Regung.

„Komm doch zu dir!"

Er wartete einige Augenblicke. Ihr rotes Kleid flatterte im Wind. Keine Antwort war auch eine Antwort. Er drehte sich weg und ging.

Als er sich nach ein paar Metern umsah, stand sie da wie vorher. Er beschleunigte seinen Schritt. Je weiter er von ihr weg war, desto schneller wurde er. Im Bungalow ließ er sich aufs Bett fallen und vergrub sein Gesicht im Kissen. Es dauerte, bis er wieder klar denken konnte. Was hatte er erwartet?

Es trennten sie so viele Jahre, sie hätte seine Mutter sein können. Nach einer Weile setzte er sich auf und betrachtete die roten und nassen Flecken auf dem Kissen. Dann fiel sein Blick auf den Rucksack, der unterm Bett hervorschaute.

Er zog ihn hoch, einfach nur, um irgendetwas zu tun. Da rutschte ihm das Päckchen mit der Taschenuhr entgegen. Er wickelte sie aus und horchte an ihr. Ging noch. Er klappte den Deckel auf und fuhr über die schnörkelige Gravur. D. & V. für E. Wie aus einer anderen Zeit. Er hielt inne. Aus einer anderen Zeit, das stimmte total. Für alles hier.

Irgendwann würde er seinen Vater fragen, warum er ihm die Uhr gegeben hatte. Aber das war nicht eilig. Er war auch nicht gefragt worden, ob er sie überhaupt haben wollte. Damit stopfte er sie zurück in den Rucksack.

Vera grub die Fingernägel in den Handballen. Ihr war übel. Zurück zum Bungalow. Ihre Schritte waren staksig, sie spürte die Erschütterungen bis in den Kopf. Davon wurde ihr noch mehr übel. Sie stürzte ins Bad und erbrach sich. Husten, durchatmen. Rote Stücke auf der weißen Emaille. Hatte sie Tomate gegessen? Sie konnte sich nicht erinnern. Das Erbrochene roch so sauer, dass sie sich wieder übergab. Es kam nur noch Schleim, hellrot. Sie zog an der Leine, und der Wasserkasten entleerte sich ins Stehklo.

Dann hockte sie sich hin, holte die Knie nah zu sich heran und starrte in das dunkle Loch. Der Geruch von Urin stieg ihr in die Nase. Sie würgte wieder. Das war das Scheußlichste: Wenn man wollte, aber nicht konnte. Sie räusperte sich laut. Innerlich fühlte sich alles wund an. Sie betastete ihren Hals. Auch außen tat es weh. Ja, krächzte sie unwillkürlich. Besser nicht sprechen.

Sie rappelte sich hoch, drehte den Wasserhahn auf und hielt ihr Gesicht darunter. Lauwarm lief es ihr über Augen und Nase. Sie öffnete den Mund. Die linke Wange füllte sich. Ein wenig Wasser rann ihr die Kehle hinunter. Sie spie es aus und trocknete sich ab. Dann blinzelte sie in Richtung Spiegel. Doch bevor sie etwas erkennen konnte, sah sie weg und ging aus dem Bad.

Auf Dieters Bett lagen gefaltete T-Shirts. Packte er schon? Sie dachte nach. Ihr fiel nicht ein, welches Datum sie hatten. Sie legte die Hand auf das oberste Shirt. Sein Lieblingsshirt, sie kannte es so lang wie ihn. Das Blau war mit den Jahren ausgeblichen, die Baumwolle mürbe geworden. Aber Dieter blieb ihm treu, wie er allem treu blieb. Sie streichelte über den Stoff. Er war sehr weich. Auf einmal schnürte ihr etwas den Hals zu, das Schlucken ging hart.

Sie trat auf die Terrasse. Der Wind ließ rote Blütenblätter über den Boden tanzen. Hier und da war auch ein weißes Blatt dabei. Plötzlich knallte es. Sie fuhr herum. Die Tür war zugefallen. Sie hielt sich die Hand ans pochende Herz.

Da fiel ihr Blick auf den toten Gecko. Er lag noch auf der Fensterbank, auf dem Taschentuch, wo sie ihn hingelegt hatte. Sie nahm ihn und kauerte sich an die Wand. Mit seinen steif abgespreizten Beinchen passte er genau auf ihre Hand. Ein bisschen höher, damit sie ihn besser sah. Seine Lider wölbten sich über die dicken Glubschaugen. Mussten sie nicht längst vertrocknet sein? Sie tippte mit der Fingerspitze darauf. Der Augapfel gab ein wenig nach. Sie fuhr über den Rücken. Wie Papier. Sie hielt ihn unter ihre Nase. Roch nach nichts. Sie nahm ihn zwischen Daumen und Zeigefinger und drehte ihn um. Am Bauch war er dunkelbraun und etwas feucht. Sie setzte ihn wieder auf die Hand. Ein Stück Schwanz war abgebrochen, seine letzte Kurve unvollständig. War das eben passiert? Tat ihr leid. Sie drückte die Augen zu. Eine Träne fiel heraus. Es tat ihr sehr leid.

An der Seite des Bungalows knackte es. Sie wickelte den Gecko schnell ins Taschentuch und schloss die Hand. Adam bog um die Ecke.

„Da bist du ja, meine Schöne", rief er lachend.

Als er den Rollstuhl vor ihr anhielt, wurde er ernst.

„Du siehst ja aus. Was fehlt dir denn?"

Sie zuckte mit den Schultern. Wenn sie es wüsste.

Er hüstelte, als ob es ihm peinlich wäre, sie so zu sehen. Dann beugte er sich zu ihr und legte ihr die Hand auf den Unterarm. Wie das brannte.

„Veraschatz, die anderen zwei Männer suchen dich schon verzweifelt", grinste er.

Sie sah ihn an.

„Wer?"

„Na Dieter und Sabor."

„Hmhm."

Sie wusste nicht mehr, was sie denken sollte.

„Du scheinst ja wenig begeistert zu sein", sagte Adam, „dann leiste zumindest ich dir ein bisschen Gesellschaft."

Sie zuckte mit den Schultern. Er konnte ihretwegen tun, was er wollte. Aber was wollte er bloß? Was wollten sie alle bloß?

Adam rollte sich neben sie, sodass sie beide in dieselbe Richtung schauten. Er stemmte sich im Rollstuhl hoch und ließ sich wieder sinken. Dann wischte er mit der flachen Hand über den Oberarmmuskel, als ob er ihn nach der Anstrengung liebkoste.

Vera roch sein Aftershave. Oder war es das Deo? Sie blies fest durch die Nase aus, um den Geruch loszuwerden.

„Du bist so anders", sagte Adam.

Sie nickte langsam und überlegte. Aber wie war sie eigentlich vorher?

„Darf ich mal?", fragte er und beugte sich zu ihr.

Er zupfte ihr eine Haarsträhne von der Stirn. Das zwickte. Sie drehte das Gesicht weg.

„Was hast du da?", fragte er und deutete auf das Taschentuch in ihrer Hand.

Was mischte sich Adam immer in fremde Angelegenheiten?

„Nichts", sagte sie und schloss die Faust fester um den Gecko.

Adam seufzte und fuhr ein Stück nach vorn. Dann drehte er sich um.

„Wollen wir was zusammen trinken, ich glaube, du könntest ein bisschen Entspannung brauchen."

Vera kämpfte gegen einen neuen Anfall von Übelkeit. Jetzt war es wahrhaftiger Ekel. Dieser Rollstuhl, dieses Geschiebe, sie konnte es nicht mehr sehen.

„Ich würde uns was holen, redete Adam weiter, „einen Aperitif vor dem Abendessen, wie wär`s?

Nein. Das Lügen ging schon zu lang. Es musste aufhören. Also würde sie ein Exempel statuieren und bei Adam anfangen. Sie legte den Gecko neben sich auf den Boden und setzte sich aufrecht hin.

„Und wie willst du das schaffen?", fragte sie und deutete auf Adams Beine.

Die Oberschenkel, bedeckt von Bermudashorts, lagen so flach auf dem Sitz, dass man ahnen konnte, wie wenig Fleisch dran war. Adam lächelte.

„Für meine Freundin Vera schaff ich das."

Sie konnte die Schmeicheleien nicht länger ertragen. Damit würde aber gleich Schluss sein. Ein für allemal. Adam selbst würde keine Lust mehr dazu haben.

„Was für ein Pech damals für dich", fing sie an, „dass du mit deinem Auto genau zur selben Zeit wie Dieter auf der Kreuzung sein musstest."

Sie ließ sich Zeit beim Sprechen, um sicher zu gehen, dass Adam sie verstand. Der schnappte auch gleich nach Luft und ließ dann den Mund offen stehen. Was für ein dümmlicher Gesichtsausdruck. Sie wandte sich ab.

Der Wind verdichtete die Blütenblätter auf dem Boden zu einem kleinen runden Teppich. Ein Teppich aus vielen roten und wenigen weißen Blättern, der sich um sich selbst drehte. Blüten scherten aus, wurden beim nächsten Wirbel wieder mitgerissen, oder sie blieben am Rand liegen.

Adam beobachtete das Blütenspiel. Seine Arme wirkten jetzt genauso schlaff wie seine Beine.

„Ganz schön schattig hier", sagte er auf einmal, „hier will man nicht lang bleiben."

Vera schaute nach oben. Tatsächlich erreichte die Sonne nur noch die Wipfel der Palmen. Der Tag neigte sich dem Ende zu.

Sie wollte los. Beim Aufstehen griff sie nach dem Taschentuch mit dem Gecko und ging dann in den Bungalow. Adam warf ihr einen undurchdringlichen Blick zu, als sie die Tür hinter sich schloss. Er würde jetzt bestimmt viel nachdenken, über Dieter und sich. Das würde sie vielleicht auch tun. Nachdenken über Dieter und über sich.

Sie streifte das Kleid ab und warf es über die Stuhllehne. Lauter Schweißflecken auf dem roten Stoff. Sie zog sich den weißen Bikini an, darüber den weißen Baumwollrock und die weiße Bluse. Dann betrachtete sie sich im Spiegel.

Hatte sie noch gar nicht getragen in dem Urlaub diese Kombi. Noch Brille und Sonnenhut. Sie blickte an sich hinunter. Die weißen Sandalen hatte sie schon an.

Im Kulturbeutel kramte sie nach dem Lippenstift. Da fielen ihr die Tabletten in die Hand. Sie hielt das braune Glas zwischen Daumen und Zeigefinger und versuchte durchzublicken. Das würde nicht funktionieren, sie hatte es schon so oft probiert. Sie stellte das Glas weg und malte sich die Lippen rot.

Dann nahm sie den Gecko und trat auf die Terrasse. Adam war nicht mehr da. Gut so.

Sie ging den direkten Weg zum Strand. Jeder Schritt tat weh, als ob die Gelenke nicht mehr ineinander passten. Sie ging am Lokal vorbei. Einige Gäste standen am Geländer und schauten aufs Meer. Sie ging am Volleyballfeld vorbei. Niemand spielte zurzeit. Dann hatte sie die Brandung erreicht. Sie wandte sich nach rechts, der untergehenden Sonne entgegen. Der Wind strich ihr an den Armen entlang, fuhr ihr unter den Rock. Und bei jedem Schritt tauchte die Sonne ein Stück weiter ins Meer.

Vera bewegte leicht die Finger, um sich zu vergewissern, dass der Gecko noch in ihrer Faust lag. Von irgendwo her wehte Musik. Sie blickte sich nicht um. Bald verklangen die Töne. Sie ging weiter. Allmählich wurde alles blau. Der Himmel, das Meer, der Sand. Sie nahm die Brille ab und blickte an sich hinunter. Auch der weiße Stoff hatte einen bläulichen Stich bekommen. Sie blieb stehen, um das Blau besser betrachten zu können. Dann streifte sie Schuhe und Sonnenhut ab und legte alles in den Sand, die Brille oben drauf. Sie lief ein paar Schritte ins Wasser hinein, bis es ihre Knie umspülte. Wenn sie nicht wollte, dass ihre Kleidung nass wurde, musste sie jetzt stehen bleiben.

Da leckte schon die erste Welle am Rocksaum. Egal. Die Nacht kam schnell. Das Meer wurde dunkelblau, dann gräulich. Veras Kleidung dagegen heller. Seltsam. Bluse und Rock strahlten so weiß, als würde davon Licht ausgehen. Sie ging einen Schritt weiter ins Meer hinein. Es reichte schon bis zum Oberschenkel. Die Wellen spielten mit dem Rock, bauschten ihn auf, klebten ihn an die Haut, zogen ihn wieder weg. Jetzt umgab er sie wie ein Rettungsring. Sie wollte sich in diesen Ring hineinsetzen, hielt die Arme senkrecht nach oben, damit der Gecko nicht nass wurde, und ging in die Knie. Das Wasser schlug ihr bis an den Hals. Als sie sich wieder streckte, war der Rettungsring verschwunden. Unter der nassen Bluse zeichnete sich der Bikini ab. Das Wasser ging ihr jetzt bis zur Hüfte, obwohl sie sich nicht von der Stelle gerührt hatte. Die Flut kam.

Vera öffnete die Hand. Das Taschentuch mit dem Gecko war trocken geblieben. Sie wickelte ihn aus. Sein starrer Körper war dunkelgrau wie das Meer. Eine Welle schwappte ihr bis zum Bauchnabel und hätte sie fast aus dem Gleichgewicht gebracht. Sie setzte den Gecko auf die Handfläche und tauchte den Handrücken ins Wasser. Achtgeben, dass der Körper nicht weggeschwemmt wurde. Sie betrachtete ihn im Widerschein ihrer weißen Bluse. Der Schwanz waberte im Wasser, als würde das tote Tier zu neuem Leben erwachen. Langsam wurde der ganze Körper weich. Sie glaubte zu spüren, wie sich seine Pfoten an ihrer Handfläche festsaugten. Mit der Fingerspitze streichelte sie über den Rücken. Die Haut war fest, als hätte sie ihre Spannkraft zurückgewonnen. Doch die kugeligen Augen blieben geschlossen.

Sie hob den Gecko aus dem Wasser und schob zwei Finger unter ihn. Schlaff hing er an beiden Seiten herunter. Sie setzte ihn sich auf die Bluse, zwischen zwei Knöpfen oberhalb des Busens und breitete die Glieder so aus, wie sie zu Lebzeiten dagelegen hätten. Nur bei den Füßen schaffte sie es nicht. Die winzigen Zehen blieben ein Knäuel, so sehr sie auch versuchte, sie zu entwirren. Sie hielt eine Hand vor die Brust, damit sie den Gecko fassen konnte, falls er abrutschte. Dann lehnte sie sich zurück und ließ sich ins Meer sinken. Mit der anderen Hand ruderte sie, um gerade auf dem Rücken liegen zu bleiben. Das Wasser drang ihr in die Ohren, dass es nur so rauschte. Die Ärmel der Bluse plusterten sich auf wie pralle Schwimmflügel. Doch bald hatten sie sich vollgesogen und hingen schlapp herunter.

Vera blickte in den Himmel. Langsam tauchten die Sterne auf. Ein heilloser Haufen Sterne, der sie ganz verwirrte. Sie beugte den Kopf vor, um zu sehen, wie der Gecko lag. Der wurde von Wasser umspült, weil sie mit dem Rumpf ein wenig eingesunken war. Sie paddelte mit den Füßen, um die Balance wieder zu finden. Die Wellen wurden stärker, hoben sie hoch, ließen sie wieder sinken. Sie bewegte die Beine und schwamm weiter hinaus. Plötzlich hörte sie Stimmen.

Sie hob den Kopf und sah zwei Männer am Strand. Einer trug so helle Kleidung wie sie, der andere hatte etwas Dunkles an. Sabor und Dieter? Was machten sie da? Sie riefen. Aber Vera verstand sie nicht. Ob sie überhaupt sie meinten? Vielleicht waren es auch zwei andere Männer. Sie legte den Kopf zurück ins Wasser und paddelte aufs offene Meer hinaus.

Brausend zog es an ihren Ohren entlang. Eine ganze Weile tat sie nichts anderes, als auf dieses Brausen zu achten. Dann hielt sie inne und hob den Kopf. Der Gecko war weg.

Zeitfracht Medien GmbH
Ferdinand-Jühlke-Straße 7
99095 Erfurt, Deutschland
produktsicherheit@kolibri360.de